Ipanema, im Sommer 1985: Als Andrés Mutter bei einem Autounfall stirbt, findet der Sechzehnjährige Trost bei dem Dienstmädchen der Familie – und ihrer Tochter Luana, mit der er aufgewachsen ist, auch wenn ihre Leben kaum unterschiedlicher sein könnten: André wird wie sein Vater Medizin studieren, Luana wird das Dienstmädchen einer wohlhabenden Familie werden. Allen Widrigkeiten zum Trotz verlieben sich die Teenager, bis die jugendliche Unbeschwertheit an der Wirklichkeit zerbricht. Dreißig Jahre später bekommt André, der mit seiner Frau und zwei Töchtern in London lebt, einen Brief von Luana …

Ein ergreifender Roman über eine Liebe, die nicht gelebt werden darf und doch Jahrzehnte überdauert – und über die Sehnsucht nach dem wahren Zuhause, das man immer im Herzen trägt.

Luiza Sauma, geboren in Rio de Janeiro, wuchs in London auf und arbeitete viele Jahre für die *Independent on Sunday*. Sie studierte Creative & Life Writing am Goldsmiths College in London, wurde 2014 mit dem Pat Kavanagh Award ausgezeichnet und stand auf der Shortlist für den Commonwealth Short Story Prize. *Luana* ist ihr erster Roman.

Luiza Sauma

LUANA

Roman

Aus dem Englischen
von Mayela Gerhardt

Atlantik

Die Originalausgabe erschien 2017 unter dem Titel
Flesh and Bone and Water im Verlag Penguin Books Ltd., London.

*Atlantik Bücher erscheinen im
Hoffmann und Campe Verlag, Hamburg.*

1. Auflage 2018

www.hoca.de www.atlantik-verlag.de
Umschlaggestaltung: Sarah M. Hensmann © Hoffmann und Campe
nach einem Originalentwurf von Lauren Peters-Collaer
Satz: Pinkuin Satz und Datentechnik
Gesetzt aus der Albertina
Druck und Bindung: C. H. Beck, Nördlingen
Printed in Germany
ISBN 978-3-455-00454-0

HOFFMANN
UND CAMPE

Ein Unternehmen der
GANSKE VERLAGSGRUPPE

1

Lieber André,

vor ein paar Wochen habe ich zum ersten Mal im Internet nach Dir gesucht. Es war kinderleicht, Dich zu finden. Zwar gibt es viele André Cabrals auf der Welt, aber nicht in *Londres.* Ich habe ein Foto von Dir gesehen. Du siehst noch genauso aus wie früher – nur alt. Ich bin auch alt, leider. Ich habe Deine Büroadresse und Deine E-Mail-Adresse gefunden, aber nach so vielen Jahren erschien mir eine E-Mail unpassend – zu direkt. Deshalb schreibe ich Dir einen Brief.

Denkst Du manchmal an uns? Vermutlich nicht, aber das solltest Du.

Ich weiß, dass Du schon seit vielen Jahren in *Londres* lebst und Arzt bist. Wie könnte es auch anders sein. Du hast zwei Töchter, nicht wahr? Das hat mir Dein Vater vor seinem Tod erzählt. Zwei *inglesinhas,* wer hätte das gedacht? Bestimmt ist es kalt bei Euch.

Ich war noch nie in Europa. Ich habe noch nicht einmal Brasilien verlassen, aber das ist schon in Ordnung – ich hatte nie damit gerechnet. Und ich kann wirklich nicht klagen. Wenn man bedenkt, wo ich lebe. Es ist wunderschön hier und sicher. Die Kinder wachsen vollkommen frei auf, wie Indianer.

Und wo man auch hingeht, riecht man den Urwald. Im Moment bin ich allerdings nicht zu Hause. Ich bin in Belém, zu Besuch bei meiner Tochter.
Eines Tages werde ich nach Europa reisen: Paris, *Londres*, Irland, Deutschland. Meine Tochter Iracema wäre begeistert. (Sie studiert auch Medizin. Lustig, oder?) Dort zieht es mich hin: an Orte, an denen es kalt ist, weil mir noch nie kalt war. Wir werden sehen. Wobei die wenigen Gringos, die hierherkommen, mir versichern, es sei die lange Reise nicht wert; ihnen ist Brasilien lieber. Unser Land verführt sie, macht sie verrückt. Sie wissen nicht, wie es wirklich ist.
Ich werde Dir wieder schreiben. Ich habe Dir eine Menge zu erzählen. Ich werde Dich warten lassen, so wie Du uns hast warten lassen.

Luana

Das war der erste Brief. Ich erzählte niemandem davon. Nicht einmal meiner Frau Esther. Das Papier roch holzig, feucht, leicht tropisch. Die Vergangenheit besitzt einen bestimmten Geruch, nicht wahr? Für mich riecht sie nach Brasilien. Ich hielt mir den Brief vors Gesicht, atmete ein und spürte, wie die Jahre dahinschmolzen. Mit einem Mal war ich wieder siebzehn, noch ein Junge. Seit fast dreißig Jahren hatte ich Luana nicht mehr gesehen. Auf dem Umschlag stand kein Absender.

Ich las den Brief auf der Arbeit, zwischen zwei Patientengesprächen, las ihn noch einige weitere Male und steckte ihn in die Tasche meiner Anzugjacke. Dort blieb er für einige Wochen. Manchmal griff ich danach, schob die Hand in die Tasche, berührte die Kanten des Briefes und spürte, wie meine Haut taub wurde. Ich wollte im Internet nach ihr suchen, konnte mich aber nicht an ihren Nachnamen erinnern – hatte ich ihn vielleicht nie gekannt? Papai hätte ihn gewusst, aber er war schon lange tot. Für mich war sie einfach Luana. Luana Costa? Luana Santos? Ich versuchte es mit einigen gängigen Nachnamen. Dutzende andere Luanas starrten mich von meinem Bildschirm an, mit Schmollmund vor dem Spiegel posierend, jünger, als Luana heute wäre, älter, als sie damals gewesen war.

Wäre Mamãe nicht gestorben, wäre das alles nicht passiert. Ich würde immer noch in Rio de Janeiro leben, wäre mit einer Brasilianerin aus gutem Hause verheiratet, würde in unserer alten Wohnung mit Blick auf den Strand wohnen. Meine Frau und ich würden unsere Kinder auf die gleiche Weise erziehen lassen, wie wir erzogen worden waren – von liebevollen schwarzen Frauen, die in einem kleinen Zimmer hinter der Küche schliefen. Dinnerpartys in Ipanema, Leblon und Copacabana, Wochenendausflüge nach Teresópolis und Búzios und Urlaubsreisen nach Europa, wo wir davon träumen würden, dort zu leben.

Stattdessen wohne ich allein in einer Zweizimmerwohnung auf der Albion Road in Stoke Newington, London. Esther wohnt immer noch in unserem Haus auf der Winston Road, zwei Minuten zu Fuß entfernt – in dem Haus, das wir nach unserer Hochzeit gekauft haben, vor zwanzig Jahren, als die Gegend noch verhältnismäßig erschwinglich war. Ihre Familie ist von Grund auf anders als meine – englisch und jüdisch, Letzteres zumindest halbwegs, wie sie zu sagen pflegt. Wir haben zwei Töchter, Beatriz und Hannah. Beatriz ist nach Mamãe benannt. Ich nenne sie Bia; alle anderen rufen sie Bee. Es gäbe sie nicht, wäre Mamãe nicht gestorben. Jeden Tag gehe ich in die Praxis, kehre nach Hause zurück, esse allein zu Abend. Mein Leben ist klein und überschaubar. Mein Schlafzimmer geht zur Straße hinaus, und im Schlaf höre ich die Autos. Unglaublich, was ich für dieses Dreckloch bezahle. Ich bin Hausarzt und behandle all die verrückten Leute mit ihren Pseudo-Krankheiten, was mich rund fünfundvierzig Stunden pro Woche beschäftigt hält, aber was ist mit den übrigen einhundertdreiundzwanzig?

Mamãe starb im Januar 1985 bei einem Autounfall auf der Straße, in der ich aufgewachsen bin. Alles, was danach passierte, war zweitrangig. Die Militärdiktatur endete in jenem Jahr, aber ich kann mich nicht erinnern, was ich darüber dachte. Mamãe war tot. Was war da noch wichtig? Papai kehrte in seine Schönheitsklinik zurück. Mein Bruder Thiago und ich gingen wieder zur Schule. Die Leute bemerkten anerkennend, wie gut wir mit der Situation zurechtkämen. Doch das taten wir nicht. Ihre Abwesenheit war so unterschwellig und doch beharrlich präsent wie Tinnitus. Unsere Wohnung wirkte leer, obwohl wir zu fünft darin wohnten. Manchmal meinte ich zu hören, wie sie mit ihrer fröhlichen, rauen Stimme nach unseren Dienstmädchen rief: »Rita! Luana!«, oder ich nahm aus den Augenwinkeln ein Aufblitzen von Rosa und Orange wahr. Sie hatte leuchtende Farben geliebt. Sie hatte immer gelächelt. Nachts hörte ich, wie Thiago, der damals sechs Jahre alt war, in seinem Zimmer weinte, während Rita ihn in den Schlaf sang. Weinen war etwas für Frauen und Kinder, also weinte ich nicht. Ich sah mich nicht mehr als Kind. Ich war ein Mann ohne Mutter. Mein siebzehnter Geburtstag verstrich beinahe unbemerkt.

Das letzte Mal war ich zu Papais Beerdigung nach Brasilien gereist – an meinem vierzigsten Geburtstag hatte er einen Herzinfarkt erlitten. Wir sagten die Feier ab und flogen nach Rio, die ganze Familie. Und ich fragte mich, ob er das mit Absicht getan hatte, um meine Aufmerksamkeit zu erregen. Ich war eine ganze Weile nicht da gewesen. Das liegt inzwischen sechs Jahre zurück. London ist jetzt mein Zuhause. Das ist es schon seit langem. Ich bin britischer Staatsbürger – bereits seit Jahren. Als ich Brasilien verließ, kam ich gar nicht auf den Gedanken, dass ich das Land vermissen könnte. Ich war damals erst achtzehn; was wusste ich schon? Ich wollte all die Dummheiten, die ich begangen hatte, und die Leute, die davon wussten, hinter mir lassen. Jetzt ertappe ich mich mehrmals am Tag dabei, wie ich an das üppige Grün der Bäume überall in den Straßen von Ipanema denke. An die dünnen Kletterpflanzen, die sich um Telefonleitungen ranken. An den Atlantik, der mir in den Augen brennt. An die Leute mit ihrer forsch-fröhlichen Art.

In meinen Träumen von Brasilien ist alles übertrieben. Die Blätter sind übertrieben grün und das Meer übertrieben blau. Ich hatte einen Traum, in dem es regnete und der Himmel grau war. Ich war in Badeshorts am Strand von Ipanema und spürte die Regentropfen auf mir. Ich wusste, dass ich zu den Cagarras-Inseln schwimmen musste, zu der unbewohnten Inselgruppe, die vom Ufer aus zu sehen ist. Ich watete ins Wasser und schwamm auf die Inseln zu, schwamm mit geöffneten Augen durch das Salzwasser. Ich ging an Land, streckte mich auf den Felsen aus und spürte meine Haut in der Sonne brutzeln wie Speck in der Pfanne.

Der Traum von den Cagarras-Inseln hat keine besondere Bedeutung. Ich habe ihn nur zwei Mal geträumt. Wichtiger ist der Traum, der von Luana handelt, Ritas Tochter. Noch bevor sie mir zu schreiben begann, hatte ich bereits mindestens einmal pro Woche von ihr geträumt. Es war zum Verrücktwerden. In meinem Traum schwimmen wir im Fluss, im Amazonas, und versuchen, ans andere Ufer zu gelangen. Ein unmögliches Unterfangen, weil der Fluss viel zu breit ist. Ich bin wieder siebzehn Jahre alt. Meine Arme sind dünn, meine Brust unbehaart, mein Bauch flach. Mein junger Körper erscheint mir wundersam. Luana schwimmt voran, ich kann nicht mir ihr mithalten. Ihre schwarzen Haare bewegen sich in einiger Entfernung vor mir auf und ab. Ich sinke auf das Flussbett hinab, und kaltes Wasser dringt in meine Lungen.

Diesen Traum hatte ich zum ersten Mal vor eineinhalb Jahren, letzten Juli, nach der Feier anlässlich meines fünfundvierzigsten Geburtstags. Ich hatte meinen Geburtstag nicht feiern wollen, doch Esther bestand darauf. Sie hatte schon immer ein Händchen für Partys, genau wie Mamãe. Sie schrieb die Gästeliste, organisierte das brasilianische Catering – *salgadinhos, churrasco,* Caipirinhas – und buchte die Band, die in unserem Wohnzimmer brasilianische Lieder spielte. Die Musiker, zwei Männer und eine Frau, trafen eine Stunde vor den Gästen ein und brachten ihre Instrumente und Verstärker mit. Esther war im oberen Stock und machte sich fertig, also nahm ich die Musiker in Empfang und schlüpfte in meine Rolle als Brasilianer unter anderen Brasilianern. Ich war aus der Übung, und es kostete mich gewisse Mühe. Wir lachten und scherzten, beklagten uns über das Wetter und redeten darüber, wo wir herkamen. Sie waren beeindruckt, dass ich schon so lange hier war und die britische Staatsbürgerschaft besaß. Ich erzählte ihnen, dass ich bei meiner Ankunft in den achtziger Jahren kaum einem anderen Brasilianer auf der Straße begegnet war – nicht einmal Touristen.

»Und jetzt nehmen wir ganz *Londres* ein!«, rief die Musikerin.

Carolina, so hieß sie. Ich sah sie an, sie lächelte, und es traf mich wie ein Schlag: Sie sah Luana ungemein ähnlich. Carolinas

Augen waren zwar braun, nicht grün, und sie trug die Haare zu langen Zöpfen geflochten statt zu einem Dutt zusammengebunden. Ihre Haut war vielleicht ein wenig dunkler, und ihre Lippen besaßen nicht die gleiche tief geschwungene Form, doch wenn sie lächelte – *meu Deus*. Sie erzählte mir, wo sie herkam – Recife – und wo sie jetzt lebte – in Walthamstow –, und ich nickte, antwortete, schauspielerte, doch ich hatte weiche Knie, und ihre Worte drangen nur gedämpft zu mir durch.

Luana. Unsere *empregada*, unser Dienstmädchen. Ich hatte seit Jahren nicht mehr an sie gedacht. Okay, das ist nicht wahr. Natürlich dachte ich an sie – wie könnte ich auch nicht? –, aber immer nur flüchtig. Ihr Gesicht war eines von Hunderten, die ich jeden beliebigen Tag im Geist vor mir sah: Exfreundinnen, verstorbene Verwandte, lang aus den Augen verlorene Freunde, Patienten und Kollegen – doch ich versuchte, meinen Erinnerungen an Luana und an das, was zwischen uns vorgefallen war, nicht zu lange nachzuhängen. Als ich Esther kennenlernte, verbannte ich diese Erinnerungen in den hintersten Winkel meines Gedächtnisses.

»Wo sollen wir die Sachen aufbauen?«, unterbrach einer der Musiker meine Gedanken.

An jenem Abend trug Esther ein glänzendes marineblaues Kleid, ihr dunkles lockiges Haar war hochgesteckt, ihr Körper schmal und anmutig; auf High Heels ging sie von Gruppe zu Gruppe, um sicherzugehen, dass sich alle amüsierten. Nachdem die Feier einige Stunden in Gang war, alle begrüßt und verköstigt worden waren, fühlte ich mich angenehm betrunken. Ich verbrachte den Großteil des Abends in der Küche, in sicherer Entfernung von der Band, von Luanas Doppelgängerin, aber ich hörte immer noch ihre samtige Stimme, während sie alte Lieder von

Tom Jobim sang. Esthers Freundin Nina zerrte mich zurück ins Wohnzimmer und rief: »Hör auf, dich zu verstecken, André!« Ich hielt eine Rede, in der ich meine Liebe zu Esther bekundete und ihr dankte, dass sie die Party organisiert hatte, dann zog ich mich in den Garten zurück, um eine Zigarette zu rauchen.

»Wo warst du?«, fragte mich Esther, als ich mit einem leeren Glas in der Hand zurückkehrte.

»Nur ein bisschen frische Luft schnappen.«

Ich nahm eine Flasche Prosecco vom Tisch und füllte mein Glas auf. Sie rümpfte die Nase.

»Hast du geraucht?«

»Nur eine Einzige.«

»Aber du hast doch gesagt, du würdest aufhören.«

Neben uns auf der provisorischen Tanzfläche tanzten unsere Töchter und sangen zu »A Minha Menina« von Os Mutantes mit, das die Band gerade spielte. Carolina rasselte mit einem Egg Shaker und sang die Backing Vocals, doch ich hielt den Blick auf die Mädchen gerichtet. Sie sprachen kein Portugiesisch, kannten aber die Texte einiger Lieder – sie waren mit Mamães alten Schallplatten aufgewachsen. Hannah war fünfzehn und Beatriz fast achtzehn, kein Kind mehr. Sie besaß große Ähnlichkeit mit meiner Mutter, ihrer Namensvetterin, hatte ihr lebhaftes Lachen und die gleichen langen, schlanken Gliedmaßen. Hannah trug eine Brille mit dicken Gläsern, so wie ich in ihrem Alter, ansonsten war sie eine Feldman durch und durch, von der hellen Haut bis zu ihrer neugierigen, eigensinnigen Wesensart.

»Sieh sie dir an, Esther«, sagte ich. »Unsere Mädchen.«

Hannah rückte sich die Brille auf der Nase zurecht und winkte uns zu. Esther lachte, strahlte übers ganze Gesicht. Ich legte ihr den Arm um die Schultern, und sie drehte sich zu mir, um mich zu küssen. Alles würde gut werden. Der Abend würde zu Ende gehen, die Sängerin würde nach Hause gehen, und Luana würde in die Tiefen meines Gedächtnisses zurückkehren, einen kleinen Raum hinter der Küche.

Doch am nächsten Morgen erwachte ich schweißgebadet und mit trockenem Mund aus meinem Traum, Luanas Gesicht vor Augen. Ihr Gesicht, nicht Carolinas. Wir waren im Amazonas geschwommen, genau wie früher als Teenager. Esther lag mit dem Rücken zu mir, in einem weißen Trägertop, ihre Haut zart und blass. Ich streichelte ihren Arm, und sie gab ein wohliges Geräusch von sich.

»Guten Morgen, *querida*«, sagte ich.

Sie drehte sich zu mir um, die Augen noch geschlossen, die Schminke verschmiert, ein zartes Lächeln um die Lippen. Ihre dunklen Locken lagen offen auf dem Kissen ausgebreitet. Ja, damals war das Leben besser.

»Wie geht's deinem Kopf?«, fragte ich.

»Ganz gut. Und deinem?«

Luana entstammte einer anderen Zeit, einem anderen Ort, weit entfernt von London im Jahr 2013. Besser aufgehoben in meinen Träumen.

»Seltsamerweise fühle ich mich ganz gut«, sagte ich. »Vielleicht ändert sich das, wenn ich aufstehe.«

»Och nein, müssen wir denn wirklich aufstehen?«

Wir waren bis zwei Uhr morgens wach geblieben, nachdem die Band schon lange gegangen war und die Mädchen sich schlafen gelegt hatten. Ein paar Freunde waren noch geblieben (um ehrlich zu sein, waren es eher Esthers Freunde als meine), wir hatten Whisky getrunken, Zigaretten geraucht und irgendwann auch einen Joint. Worüber hatten wir uns bloß die ganze Zeit unterhalten? Ich wusste es nicht mehr, konnte mich nur noch daran erinnern, dass viel gelacht wurde. Ich hatte mir nichts anmerken lassen und mitgemacht, obwohl ich das Gefühl hatte, neben mir zu stehen, als beobachtete ich die Szene von einem anderen Raum aus, von einem anderen Kontinent.

»Hübsch siehst du aus«, flüsterte ich, versuchte, die Erinnerungen wieder in ihr Verlies zu verbannen.

Doch sie prasselten weiter auf mich ein. Ich erinnerte mich an einen anderen Geburtstag: meinen achtzehnten in Rio, an die Party, die ich mit Hilfe von Rita und Luana in unserer Wohnung gefeiert hatte.

»Hmm, das glaube ich kaum«, sagte Esther, die Augen einen Spalt weit geöffnet.

Luana im Fluss. Luana, die uns das Essen serviert, tagein, tagaus. Luana nach meiner Party. Luana, die lacht wie ein Kind. Sie war noch ein Kind, so wie ich auch.

Esther legte einen Arm um mich und drückte ihre Lippen auf meine. Nun hatte sie die Augen geöffnet.

»Komm her«, sagte sie, »bevor die Kinder aufwachen.«

Ich schob meine Hand unter ihr Trägertop. Wir liebten uns schnell, wussten genau, was der andere mochte, doch alle paar Sekunden driftete ich gedanklich ab. Zu jener Geburtstagsparty vor siebenundzwanzig Jahren. Esther bog den Rücken durch, die Beine hinter meinem Rücken verschränkt. Schließlich kehrte ich zurück, gehörte für ein oder zwei Minuten ganz der Gegenwart.

Doch es war nicht von Dauer. Sie hat mich dieses Jahr im Juni verlassen. Jetzt ist Dezember.

2

Einen richtigen Winter gibt es in Rio de Janeiro nicht, doch im Juli lässt die Hitze ein wenig nach, und die Luftfeuchtigkeit weicht einer vorsichtigen Kühle. Zweiundzwanzig Grad Celsius: Das war unsere Atempause. Im Juli 1985 schien gleichzeitig mit den Temperaturen auch unsere Trauer erträglicher zu werden. Seit Mamães Unfall waren sechs Monate vergangen. Beim Essen sprachen wir wieder mehr miteinander. Papai stellte alltägliche Fragen, beispielsweise: »Wie war's in der Schule?«, und erzählte uns Anekdoten von seiner Arbeit: unscheinbare Mädchen, die sich in Schönheiten verwandeln ließen, ein Herzstillstand auf dem OP-Tisch, eine Brustwarze, die während einer Brustverkleinerung verlorenging und im Mülleimer wiedergefunden wurde – Letzteres brachte uns zum Lachen. Thiago weinte nicht mehr jeden Abend, seine Tränen waren einer dumpfen Akzeptanz gewichen. Papai fing wieder an, über den Amazonas zu sprechen.

Er hatte uns schon immer Belém zeigen wollen, die Stadt, in der er geboren und aufgewachsen war. Eine Rückkehr zu unseren Wurzeln, ins Amazonasgebiet, in den Bundesstaat Pará – so verkaufte er es uns. Während meiner Kindheit hatte er die Stadt zwei- oder dreimal besucht, immer allein. Ein Familienausflug dorthin war nicht infrage gekommen, solange Mamãe noch lebte; allein bei der Erwähnung des Wortes »Pará« hatte sie angewidert die Nase gerümpft. Papais Eltern lebten nicht mehr, und er war ein Einzelkind – warum hielt er so zwanghaft an diesem Ort fest?

»Es ist alles organisiert«, verkündete er im August beim sonntäglichen Mittagessen. »Ich nehme mir einen Monat frei, und wir verbringen Weihnachten in Pará.«

Er schob sich einen Löffel *feijoada* in den Mund, sah uns lächelnd an und wartete auf unsere Reaktion. Der Dampf des Essens ließ seine Brillengläser beschlagen.

»Pará?«, sagte Thiago. »Was ist das?«

»Dort komme ich her, was bedeutet, dass auch ihr daher kommt.«

»Und was ist mit Vovô und Vovó?«, fragte ich.

Wir verbrachten Weihnachten für gewöhnlich mit Mamães Eltern in deren Landhaus in Teresópolis, ein bis zwei Stunden von der Stadt entfernt. Selbst im Sommer war es dort kühl und ruhig – das genaue Gegenteil von Rio. Papai kam meist für einen oder zwei Tage zu Besuch, dann fuhr er zurück, um zu arbeiten.

»Teresópolis? Wir sprechen hier vom Amazonas, nicht von einem Bergdorf.«

»Und was machen wir da?«, fragte ich.

»Verwandte besuchen«, sagte er und verzog leicht das Gesicht – mein Vater mischte sich ebenso ungern unter andere Menschen wie ich. »Durch die Stadt schlendern, gutes Essen genießen, im Fluss schwimmen. Es gibt sogar eine Insel in dem Fluss, Marajó – wir könnten hinfahren. Ich war das letzte Mal als kleiner Junge dort. Das wird ein richtiges Abenteuer.«

»Ich will aber zu Vovô und Vovó«, sagte Thiago.

»Sie wissen bereits Bescheid«, sagte Papa, »und ich habe die Flugtickets schon gebucht.«

»Und was hält Vovó davon?«, fragte ich.

Meine Großmutter erholte sich gerade von einem Facelifting. Ihre Trauer hatte sie altern lassen. Papai hatte die Operation selbst durchgeführt. Als wir Vovó eine Woche zuvor besucht hatten, war sie ganz aus dem Häuschen gewesen – vermutlich mit Medikamenten vollgepumpt –, und ihr Gesicht war grotesk geschwollen. Als ich sie sah, verstand ich, warum Papai immer zu Mamãe gesagt hatte, dass sie nichts an sich machen lassen sollte – nicht bevor sie alt war und es nötig hatte.

»Sie hielt es für eine gute Idee, dass wir ein wenig Zeit miteinander verbringen«, sagte Papai. »Nur wir drei, die Cabral-Männer.«

Ich fragte mich, was sie wirklich dachte. Es würde ihr erstes Weihnachtsfest ohne ihr jüngstes Kind werden, meine Mutter. Da wollte sie doch sicherlich den Rest der Familie um sich haben?

»Luana kommt auch mit«, sagte Papai.

»Klasse«, sagte Thiago, »dann bin ich dabei.«

»Und was ist mit dir, André?«

»Klar, das wird bestimmt lustig«, sagte ich, gab mein Bestes, um ihn zufriedenzustellen.

*

Mir graute davor. Ich war es nicht gewohnt, Zeit mit Papai zu verbringen. Bevor Mamãe starb, war er nie da gewesen – immer im OP, wo er Nasen in Form hämmerte, Brüste mit Silikon auspolsterte und Gesichter straffte. Wenn ich mich dagegen an Mamãe erinnere, habe ich sie immer zu Hause vor Augen: wie sie mit den Dienstmädchen sprach, mit uns zu Mittag aß, wie ihr Schmuck beim Essen klimperte. Wie sie ihre langen schwarzen Haare über die Schulter warf, wenn sie uns küsste, wie sie über Partys, Leute und ihren Laden plauderte, in dem sie Handwerkskunst aus dem Nordosten des Landes an Touristen verkaufte. Doch das war nun einmal unser neues Leben – es war besser, wenn ich mich daran gewöhnte. Immerhin würde Luana mitkommen. Im Dezember war der höllische Sommer zurückgekehrt, und unsere langen Ferien begannen. Papai machte die Schönheitsklinik zu, und wir flogen in den Norden. Wir reisten zu viert: Papai, Thiago, Luana und ich. Rita blieb zu Hause, um sich um unsere Katze Fifi zu kümmern. Eigentlich war sie Mamães Haustier gewesen. Ihr wahrer Name lautete Filha, Tochter, aber nur Mamãe hatte sie so genannt. Nach dem Unfall hatte Fifi den Verstand verloren. Sie fraß nicht mehr und hieb mit ihren rasiermesserscharfen Krallen auf uns ein, sobald wir sie zu streicheln versuchten.

Belém ist das portugiesische Wort für »Bethlehem«. Die längst verstorbenen Entdecker müssen der Stadt ihren Namen verliehen haben, als sie noch in vollem Glanz erstrahlte, Hoffnung versprühte. 1985 glänzte die Stadt nur noch mit unzähligen Schlaglöchern, vom Moos grün verfärbten Kolonialbauten, sintflutartigen Regenfällen und siedender Sonne. Die Menschen waren kleiner und dunkler als Rio, hatten so kleine Augen wie Papai und ich. (Thiago sah Mamãe ähnlicher: feingliedrig und hellhäutig.) Innerhalb weniger Sekunden hatte man seine frische Kleidung durchgeschwitzt. Wir wohnten in einem Kolonialbau mit rissiger blassgelber Fassade, die Fensterläden vor den hohen Fenstern waren geschlossen. Es befand sich in der Nähe des Río Pará – ein südlicher Nebenfluss des Amazonas, der in den Atlantik mündet. Das Haus gehörte Papais Cousin Eduardo, der nach Miami gezogen war. Es war halb leer geräumt, bereit für den Verkauf, und die Klimaanlage war kaputt.

»*Meu Deus*«, sagte Papai morgens beim Frühstück an unserem ersten Tag in Belém. Er biss in ein Brötchen, während ihm der Schweiß das Gesicht hinunterlief. »Ich habe gerade geduscht, und schau dir an, wie ich schon wieder aussehe! André, wo ist dein Bruder?«

»Der schläft noch.«

Die Sonne flackerte durch die geschlossenen Fensterläden. Ich konnte kaum das Essen auf meinem Teller erkennen. Meine Brille rutschte mir die verschwitzte Nase hinunter. Papais Brille rutschte ebenfalls.

»Können wir das Licht anmachen?«, fragte ich.

»Nein. Dafür ist es zu heiß!«

Luana trug einen Teller mit geschnittenem Obst herein. Sie hatte ihre lockigen Haare hochgesteckt und war lässig gekleidet, mit knielangen Shorts und einem T-Shirt. Nicht wie Rita, die stets eine gestärkte weiße Uniform trug. Selbst in der Düsternis erkannte ich einen dünnen Schweißfilm auf Luanas Stirn. Ich hatte angefangen, sie wahrzunehmen, nachdem ich sie jahrelang kaum zur Kenntnis genommen hatte. Der ungewohnte Schwung ihrer Taille, ihre grünen Augen, ihre Haut in der Farbe von *doce de leite* – auf einmal wohnte ein bildhübsches Mädchen bei uns, als wäre Ritas schmächtige, schweigsame Tochter ausgetauscht worden. Als Kinder hatten wir manchmal wie Freunde miteinander gespielt. Ich habe immer noch ein Foto, auf dem uns Rita auf unserem Balkon in Rio auf dem Schoß hat, ein Kleinkind auf jedem Knie, Fifi – damals noch ein junges Kätzchen – zu unseren Füßen. Auf der Rückseite steht in der geschwungenen Handschrift meiner Mutter: *André, Luana, Rita e Filha, abril 1971*. Seitdem ist die Distanz zwischen uns immer größer geworden. Ein stillschweigendes Übereinkommen, dass wir nicht gleich sind. Sie hatte vor kurzem die Schule abgebrochen, um ganztags für uns zu arbeiten, obwohl sie eine gute Schülerin gewesen war.

»Was meinst du, Luana?«, fragte ich. »Ist es zu heiß, um das Licht anzumachen?«

Sie stellte den Teller in der Mitte des Tischs ab, lächelte auf ihre geheimnisvolle neue Weise, mit geschlossenen Lippen, und sagte: »Was immer *doutor* Matheus wünscht.«

Papai warf mir einen selbstgefälligen Blick zu und wischte sich mit einer Serviette den Schweiß von der Stirn. Sie verließ das Esszimmer und ging zurück in die Küche.

Meine Beziehung zu Rita war unkomplizierter: Ich liebte sie vorbehaltlos. Sie war dunkel und stämmig, kräftig wie ein Baum und sprach mit nordöstlichem Akzent, der im Laufe der Jahre verblasst war. Beschämenderweise weiß ich nicht mehr, aus welchem Bundesstaat sie kam, weil sie nie darüber gesprochen hat. Rita lächelte nur selten, aber ihr Gesicht drückte selbst unbewegt mehr Güte und Wärme aus als jedes andere, das ich je gesehen habe. Sie hatte mich gewickelt, mich gebadet und mir an sieben Tagen die Woche das Essen gekocht, nur an zwei Sonntagen im Monat hatte sie frei. Sie war meine schwarze Mama, meine *babá*. Wenn überhaupt, war ich eifersüchtig auf Luana, weil Rita immer ihre Mutter sein würde und nicht meine.

Doch zurück zu dem heißen Haus in Belém.

»Warum wohnen wir nicht in einem Hotel?«, fragte ich Papai.

»Hör auf mit dem Blödsinn. Mir ein schlechtes Gewissen einreden zu wollen.« Er stand auf und wedelte mit seinem Hemd, um sich Luft zuzufächeln. »Ich mache einen Rundgang durchs *bairro*. Willst du mitkommen?« Ich schüttelte den Kopf. »Was hast du stattdessen vor?«

»Ich werde anfangen, für das *vestibular* zu lernen«, log ich.

Dabei handelte es sich um die Zulassungsprüfungen für die Universität, die ich im kommenden Jahr ablegen würde. Ich hatte vor, in Rio Medizin zu studieren; Papai hatte bereits vor meiner Geburt beschlossen, dass ich einmal Arzt werden würde. Sein Vater war Arzt gewesen, ebenso wie einer seiner Großväter (der andere hatte mit Zuckerrohr ein Vermögen gemacht) und einer seiner Urgroßväter, der in Beirut geboren worden war und seine Approbation in Belém erhalten hatte.

»Gute Idee«, sagte er. »Hast du Lust, später Fußball zu gucken?«

»Wer spielt?«

»Wer spielt?«, fragte er in gespielter Verzweiflung. »*Jesus Cristo!* Wessen Sohn bist du?«

Es war zu heiß, um rauszugehen und Belém zu erkunden. Ich verbrachte den Tag im Haus, fächelte mir Luft zu, klebte an den Möbeln fest und machte die Fenster auf, um die dicke Luft hereinzulassen, wodurch es noch unerträglicher wurde. Ich las die ersten paar Seiten von Jorge Amados *Gabriela wie Zimt und Nelken*, das ich in einem Bücherregal fand, doch jedes Mal, wenn ich mich auf die gedruckten Wörter konzentrierte, begann mein Kopf zu pochen und mir fielen die Augen zu. Ich gab auf, lag wie benommen mit Thiago auf dem Sofa herum und sah fern. Gerade lief eine alte Folge von *Tom & Jerry*. Tom war gerade dabei, mit Schrubber und Eimer sein Haus zu putzen, während Jerry auf alle erdenklichen Arten versuchte, sein Werk zunichtezumachen: Er leerte Aschenbecher auf dem Boden aus, jonglierte mit Eiern und warf mit Pasteten um sich.

»Seltsam, dass man nie die Menschen sieht, oder?«, sagte ich.

»Manchmal sieht man die Beine von Toms Besitzerin.«

»Das ist nicht seine Besitzerin. Sie ist die *empregada*.«

»Woher weißt du das?«

»Sie ist schwarz«, sagte ich.

Den Rest sahen wir uns schweigend an. Als das Dienstmädchen nach Hause zurückkam, hatte Jerry das Haus von oben bis unten mit Kohle angefüllt. Doch das Dienstmädchen gab Tom die Schuld und bewarf ihn mit der Kohle.

Thiago sagte: »Dann wohnen Rita und Luana also nicht bei uns, weil sie es wollen?«

»Sie wollen schon, aber wir bezahlen sie dafür. Wer will schon umsonst kochen und putzen?«

»Ich dachte, sie mögen uns einfach.«

»Das tun sie auch.«

Luana betrat das Zimmer, schien uns aber nicht gehört zu haben. Sie arbeitete trotz der Hitze. Ich nehme an, sie hatte keine andere Wahl. Sie wischte den Boden im Fernsehzimmer um Thiago und mich herum, während wir reglos wie Faultiere auf dem Sofa lagen. Nur wenige Monate zuvor war sie noch zur Schule gegangen. Jetzt war sie bloß eine *empregada*.

»Komm her, Lua, guck mit uns Fernsehen«, sagte Thiago.

Er war der Einzige, der sie Lua nannte. Auch Rita tat es, wenn sie allein waren – ich erinnere mich, es gehört zu haben. Ich hätte zu gern diesen Kosenamen benutzt, aber es war Thiagos Name für sie, nicht meiner. Er bedeutet »Mond«.

Sie blickte von ihrem Schrubber auf.

»Ich arbeite. Vielleicht später.«

»Später müssen wir unsere Familie besuchen«, maulte Thiago.

»Das wird doch sicher nett«, sagte sie.

Draußen fing es an zu regnen, es klang, als würden Nägel in den Boden gehämmert.

»Nein, ich will bloß fernsehen.«

»Du musst mal aus dem Haus kommen«, sagte sie und klang mit einem Mal wie ihre Mutter, wie eine Erwachsene. »Etwas frische Luft schnappen. Ihr beide.«

»Es regnet in Strömen«, sagte ich. »Und die Luft da draußen ist nicht besonders frisch. In Rio haben wir wenigstens eine Klimaanlage.«

»Ihr gewöhnt euch schon noch dran.«

Ich verlagerte meine Position auf dem Sofa ein wenig und spürte, wie mir der Schweiß herunterrann. Besser, ich bewegte mich gar nicht.

3

In Belém kühlte es nachts kaum ab. Papai musterte uns von oben bis unten, in unseren Shorts und T-Shirts, und drohte uns an, dass wir uns ebenfalls schick machen müssten. Er trug eine beige Leinenhose, dazu ein weißes Hemd und schwitzte schon jetzt.

»Ach, was soll's. Wenn meine Familie euch für *favelados* hält, meinetwegen.«

Wir waren bei seiner Cousine Camila zum Abendessen eingeladen. Papai hatte sie seit acht Jahren nicht gesehen. Er wirkte nervös. Nicht bloß verschwitzt, sondern auch fahrig. Partys waren Mamães Domäne – nicht seine. Es hatte aufgehört zu regnen, aber das Wasser strömte immer noch in die Gullis. Wir stiegen in Eduardos Auto, das er zurückgelassen hatte: ich auf den Beifahrersitz und mein Bruder auf die Rückbank.

»Mach die Klimaanlage an, André«, flüsterte Thiago, während er sich zu mir vorbeugte.

Ich warf Papai einen Blick zu, und er sagte: »In Ordnung.«

Als die kalte Luft auszuströmen begann, stöhnten wir alle genüsslich auf, sogar Papai.

»Wann sind wir da?«, fragte Thiago.

»Es wird ein Weilchen dauern. Sie sind vor ein paar Jahren aus der Stadt rausgezogen.«

Während wir durch Belém fuhren, wurde mir klar, wie wenig ich eigentlich von Brasilien kannte – den Bundesstaat Rio de Janeiro und sonst nichts. Dafür war ich schon in Disney World in Florida gewesen, in New York und auf einer öden Kulturreise durch Europa, die in Rom begann und in London endete. (Nichts an der Stadt deutete damals darauf hin, dass sie später einmal mein neues Zuhause werden würde – sonst hätte ich ihr mehr Aufmerksamkeit geschenkt.) Doch nun war ich in Belém, am Amazonas, zum ersten Mal in meinem Leben. Papais Stadt, bevor es ihn aus den üblichen Gründen nach Rio gezogen hatte: Langeweile, Dünkel, Neuerfindung.

Die Straßen waren gesäumt von Leuten, die Kokosnüsse, Popcorn und Süßigkeiten verkauften oder bloß auf dem Gehweg herumlagen und um Wechselgeld bettelten. Papai wies uns auf Sehenswürdigkeiten hin, wie die Ver-o-Peso-Markthalle und das große rosafarbene Teatro da Paz. Welche Art Aufführungen dort wohl stattfanden? Die Menschen in den Straßen sahen nicht wie die typischen Theaterbesucher aus. Einige Meilen außerhalb der Stadt passierten wir das Tor zu einer abgeriegelten Wohnanlage, nachdem Papai einem Wachmann mit Pistolenhalfter an der Hüfte seinen Namen genannt hatte. Es wirkte wie ein Urlaubsresort: säuberlich getrimmte Rasenflächen, die sanft geschwungenen Hügel eines Golfplatzes, Pferde, die im Dunkeln wieherten. Ich blickte zu Papai hinüber, um zu sehen, was er von diesem eigenartigen Ort hielt, aber er sagte nichts. Seinen Gesichtsausdruck konnte ich nicht erkennen. Nach ein, zwei Minuten hielt er den Kopf aus dem Fenster und wandte sich an einen anderen Wachmann, der am Straßenrand unter einer Laterne stand:

»Entschuldigung«, sagte Papai, »wo ist Nummer einundzwanzig?«

»Fahren Sie einfach weiter geradeaus, *senhor.* Es ist das große weiße Haus am Ende der Straße.«

Er sprach mit gemächlichem, freundlichem Akzent, der dem meines Vaters ähnelte, aber ausgeprägter war.

Am Ende einer Auffahrt entdeckten wir das Haus: eine moderne, mit Flutlicht angestrahlte Villa, die wie das Haus eines Filmstars aussah. Der Vorgarten war makellos. Palmen reckten sich in exakt gleichen Abständen dem schwarzen Himmel entgegen. Wir parkten auf der Auffahrt zwischen etlichen anderen Autos und gingen zur Haustür. Überall um uns herum summten Insekten. Eine *empregada,* schwarz-weiß gekleidet wie ein französisches Zimmermädchen, öffnete uns die Tür, wurde aber rasch von einer hageren Blondine beiseitegeschoben, die ein rosa Kleid und weiße Diamanten trug. Ihre Haut sah aus wie poliertes Leder. In einer Hand hielt sie eine Zigarette, in der anderen einen Drink.

»Matheus!«, kreischte sie.

»Camila!«, rief Papai, bemüht, ihre Aufregung nachzuahmen.

Aus dem Haus waren Musik und Stimmen zu hören. Wir hatten gedacht, wir wären bloß zum Abendessen eingeladen worden, aber es klang eher nach einer Party.

»Matheus!«, rief sie erneut. »Nach all den Jahren.«

»Jungs, das ist meine Cousine Camila. Wir sind in Belém in derselben Straße aufgewachsen.«

»Dann seid ihr also André und Thiago?«, sagte sie und blickte vom einen zum anderen, offenbar unsicher, wer wer war. Mit starrem Lächeln traten wir vor und küssten sie auf beide Wangen.

»Ich bin André, und das ist Thiago.«

»Aber natürlich, das weiß ich doch! *Meu Deus,* was für hübsche Jungen.«

Sie hielt meinen Bruder fest und kniff ihn in die Wangen, während ihr eine Zigarette aus dem Mundwinkel hing. Ich stellte mir vor, wie ich danach griff und einen kurzen Zug nahm. Bei dem Gedanken musste ich laut lachen. Camilas Lächeln gefror, als hätte ich sie ausgelacht, aber sie fuhr mit ihrer Farce von der glücklichen Familie fort. Sie ergriff Papais Arm und geleitete ihn ins Haus. Thiago rieb sich die Wangen. Wie ein sanfter Luftzug schloss die *empregada* die Tür hinter uns.

Wir kannten so gut wie niemanden, der in einem richtigen Haus wohnte. In Rios wohlhabendem Strandbezirk Zona Sul waren die meisten Häuser noch vor meiner Geburt abgerissen worden, um Platz für Hochhäuser zu schaffen. Ein Haus wie Camilas hatte ich noch nie gesehen. Alles glänzte, war weiß und nagelneu, abgesehen von diversen volkstümlichen Gemälden von Fischern und Dorffrauen in goldenen Bilderrahmen.

»Was für ein schönes Haus«, sagte Papai.

»Deutlich besser als das in Belém, *né?*«

Papai nickte.

»Ja, es ist viel geräumiger.«

»Und draußen ist auch alles weitläufiger, die Mädchen können reiten, Tennis spielen, es gibt Restaurants – alles, was das Herz begehrt.«

»Verlasst ihr die Wohnsiedlung überhaupt noch?«

»Ab und zu. Und Carlos muss immer noch nach Belém zur Arbeit pendeln, der arme Kerl.«

»Carlos ist Camilas Mann«, raunte Papai Thiago und mir zu.

Wenige Sekunden später tauchte er auf: ein Hüne von Mann, ebenso lang wie breit, mit weißem Haar, dröhnender Stimme und einem Händedruck, der uns fast die Schulter auskugelte. Thiago und ich hielten uns etwas abseits, während die Erwachsenen sich auf den neuesten Stand brachten. Sie setzten betroffene Gesichter auf, als sie über Mamãe sprachen, die sie nie kennengelernt hatten. Mamãe hatte sie nicht einmal kennenlernen *wollen*. Papai erzählte, dass wir gut mit der Situation zurechtkämen. Camila wandte ihr betroffenes Gesicht Thiago und mir zu. Ich wusste nicht, was ich tun sollte.

»Ihr armen Kleinen«, sagte sie mit Tränen in den Augen.

»Verfluchte Lkw-Fahrer«, kommentierte Carlos. »Ich habe ja schon immer gesagt, die *cariocas* fahren wie die letzten Arschlöcher.«

»Carlos!«, rief Camila und zog ihn am Arm.

»Ist doch wahr!«

»Du warst in Rio?«, fragte ich.

Carlos verlagerte das Gewicht von einem Fuß auf den anderen.

»Es waren immer nur Kurztrips«, sagte Camila. Ihr Kiefer verkrampfte sich. Sie sah Papai an. »Ich dachte, du wärst vielleicht nicht da?«

»Gut möglich«, sagte Papai, den Blick auf eine *empregada* gerichtet, die mit einem Tablett voller Getränke vorbeikam. Sie bemerkte ihn, blieb stehen, und er nahm sich einen Caipirinha. »Danke.«

Damit war die Unterhaltung beendet. Camila ergriff wieder Papais Arm und führte ihn ins Esszimmer.

Man stellte uns Papais Cousins und Cousinen, Großcousins und Großcousinen, älteren Großtanten und Großonkeln vor, die sich alle zu freuen schienen, uns zu sehen, und deren Namen ich sofort wieder vergaß. Es waren über zwanzig Leute dort, deutlich mehr, als Papai erwartet hatte. Thiago und ich wurden an den Kindertisch gesetzt, zu Camilas und Carlos' Töchtern Alice und Regina, die blaue Samtkleider, Kniestrümpfe und Lackschuhe trugen, als würden sie ins Ballett gehen. Sie waren acht und neun Jahre alt. Ich wusste nicht, worüber ich mich mit ihnen unterhalten sollte. Schweigend aß ich die libanesische Vorspeise, gefolgt von einem sämigen Fischeintopf, der nicht so gut schmeckte wie Ritas. Thiago erging es besser. Er erzählte den Mädchen von unserer Katze Fifi, die früher einmal sehr schön gewesen war, heute aber ebenso heruntergekommen aussah wie die portugiesischen Häuser in Belém.

»Sie ist sehr alt«, sagte er. »Steinalt. Mindestens dreißig Jahre.«

»Ooh«, staunten die Mädchen wie aus einem Mund.

Fifi war vierzehn.

»Ich *liebe* Katzen«, sagte Alice, die Ältere von beiden. »Wir haben einen Hund, aber ich möchte auch eine Katze haben. Papai sagt, Pará ist kein guter Ort für Katzen. Er sagt, sie läuft in den Dschungel und wird dort von einer Schlange gefressen.«

»Oder einen Affen«, sagte Regina. »Ich will einen Affen haben.«

»Willst du unseren Hund sehen? Wir haben einen Pudel.«

Die drei huschten in die Küche, um den Hund zu suchen, und ich blieb zurück und fragte mich, warum ich mit meinen siebzehn Jahren immer noch am Kindertisch sitzen musste. Es gab sonst niemanden in meinem Alter. Am ehesten noch eine hübsche schwangere Frau um die zwanzig mit olivfarbener Haut; sie war mit einem von Papais Cousins verheiratet. Als sich die Leute von ihren Stühlen erhoben, befragte sie mich kurz zu meinen Studienplänen, ein glückstrunkenes, mütterliches Lächeln auf dem Gesicht.

Die Erwachsenen zogen sich ins Wohnzimmer zurück. Ich folgte ihnen und hockte mich auf den Rand eines Sofas, trank meine Cola und versagte beim Small Talk. Glücklicherweise waren genug Leute dort – und genug Alkohol –, sodass es niemandem auffiel. Sie hörten Musik aus ihrer Jugend – Caetano Veloso, Gal Costa, Chico Buarque und irgendwelche Sachen aus dem Norden, die ich noch nie gehört hatte –, lachten laut, tranken reichlich und ließen sich über den neuen Präsidenten aus, diesen *filho da puta*, der nicht einmal ordnungsgemäß gewählt worden war. »*Democracia brasileira!*«, rief jemand immer wieder. Die drei Dienstmädchen füllten mit ausdruckslosen Gesichtern die Gläser der Gäste auf. Alle lobten Camilas Essen, das sie nicht selbst gekocht hatte.

»Sie plant alles schon seit Wochen«, sagte Carlos.

»Wirklich sehr aufmerksam«, sagte Papai.

»Für meinen liebsten Cousin nur das Beste«, sagte Camila.

Liebsten Cousin? Sie hatte ihn nicht einmal angerufen, als sie in Rio gewesen war.

Ich ging zurück ins Esszimmer, auf der Suche nach Alkohol. Die *empregadas* hatten den Tisch noch nicht abgeräumt. Ich entdeckte ein Glas Bier, halb voll und verlockend.

»Möchtest du eins?«, fragte mich eine *empregada*, die hinter mir stand.

Sie war mittleren Alters, hatte ein hartes, dunkles Gesicht und sprach mit dem gleichen weichen, langgezogenen Akzent wie der Wachmann.

»Du bist ein großer Junge – es ist bestimmt in Ordnung.«

»Okay«, sagte ich, »vielleicht ein Glas.«

Sie ging in die Küche und kehrte eine Minute später mit einem frischen, eiskalten Glas Bier zurück.

»Bitte sehr.«

»Danke.«

Ich hörte, wie die Kinder in der Küche mit den Dienstmädchen kicherten und wie die Erwachsenen im Wohnzimmer sangen und lachten. Was hat es bloß mit den Erwachsenen auf sich?, fragte ich mich. Den ganzen Tag über sind sie schlecht gelaunt und gestresst, und abends werden sie zu den glücklichsten Menschen auf Erden. Meine Mutter war auch so bei ihren Dinner-Partys. Um elf Uhr abends hätte man meinen können, es sei Weihnachten, nicht bloß ein ganz normaler Freitagabend. Alkohol half, aber das war nicht das ganze Geheimnis.

Ich fragte mich, was Luana gerade machte, allein in dem Haus in Belém. Wahrscheinlich sah sie fern, die nackten braunen Beine auf dem Sofa ausgestreckt, und genoss ein paar friedliche Stunden.

Meine Arme und Beine fühlten sich taub an, das Bier entfaltete seine Wirkung. Ich ging durch die Hintertür in den Garten und zog mich in eine dunkle Ecke zurück. Setzte mich auf den perfekt gestutzten Rasen. Lehnte den Kopf an den Holzzaun und lauschte dem durchdringenden Zirpen der Grillen. Trank das Bier aus und wollte noch eins. Dachte an Mamãe. Mit geschlossenen Augen konnte ich sie inmitten der Gäste fast hören. Ihr kehliges Lachen.

»Was machst du hier, André – versteckst du dich?«, würde sie fragen, während sie durch den Garten auf mich zukam, sich durch die langen dunklen Haare fuhr und heimlich eine Zigarette ansteckte. »Sag deinem Vater nicht, dass ich rauche.«

»Kann ich auch eine haben?«

»Meinetwegen. Oh, was bin ich für eine schlechte Mutter!«

Sie hätte nach schwerem, blumigem französischen Parfüm gerochen. Damals fand ich diesen Geruch abscheulich, doch jetzt durchschnupperte ich hoffnungsvoll die Luft. Mit siebzehn glaubt man immer noch an eine Art Magie. Doch als ich die Augen öffnete, roch ich nichts außer Gras und Luft und hörte das unbekannte Lachen der anderen Gäste in der Nacht widerhallen.

4

Nach Camilas Party schienen Papais Falten noch tiefer geworden zu sein. Vielleicht war ihm wieder eingefallen, warum er Belém damals verlassen hatte. Oder vielleicht war er auch einfach die Hitze leid. Das erzählte er uns zumindest ein paar Tage später – es sei zu heiß, um in der Stadt zu bleiben. Er kündigte an, dass wir Weihnachten auf der Insel Marajó im Amazonasdelta verbringen würden, wo er als Kind Urlaub gemacht hatte.

»Meine Großmutter kam aus Marajó – wusstet ihr das?«

»Ja, Pai, du hast es uns schon hundert Mal erzählt«, sagte ich. »Wo werden wir wohnen?«

»Das wird eine Überraschung.«

Wir wollten bei Morgengrauen aufbrechen, um die erste Fähre zu nehmen: Papai, Thiago, Luana und ich. Morgens war es kühler, aber immer noch so heiß, dass wir schwitzten. Die Luft fühlte sich prall an, schwanger, als würde es jeden Moment anfangen zu regnen. Als die Sonne aufging, blassrosa und qualmend, fuhren wir mit dem Taxi zum Hafen. Am Fahrkartenschalter hatte sich bereits eine lange Schlange gebildet, obwohl wir früh dran waren. Verwahrloste Männer trotteten die Schlange auf und ab, verkauften Maniok-Pfannkuchen und Kaffee.

»Möchtet ihr etwas davon?«, fragte Papai euphorisch.

»Was ist das?«, fragte Thiago.

Mit einem leichten Kopfnicken bedeutete Papai einem der Männer herbeizukommen. Der magere kleine Verkäufer schlängelte sich zu uns durch, hatte eine Kunststoff-Kaffeekanne und eine Tüte mit etwas zu essen bei sich. Er wirkte gepflegter als die anderen, trug ein locker geschnittenes weißes Hemd und eine beige Hose. Aus der Kanne goss er Kaffee in einen Pappbecher und reichte ihn Papai. Dann holte er einen in Papier eingewickelten Pfannkuchen hervor und hielt ihn uns hin.

»Meine Söhne haben noch nie etwas Typisches aus dem Norden gegessen.«

»Und ob wir das haben!«, protestierte ich.

»Aber nicht das hier.« Er blickte wieder zu dem Mann hinüber, während er in seiner Tasche nach Geld kramte. »Wir wohnen in Rio.«

»Aber Ihr Akzent klingt, als kämen Sie aus dem Norden«, sagte der Mann mit einem Lächeln. Ihm fehlten die meisten Zähne.

»Ich bin hier geboren«, sagte Papai.

»Ich war noch nie in Rio. Wie ist es dort?«

»Sehr schön«, sagte Luana, und der Mann nickte ihr zu, als hätte er sie gerade erst bemerkt.

Sie stand hinter uns, ihren kleinen Koffer zu ihren Füßen.

»Irgendwann möchte ich gern mal dorthin«, sagte der Mann.

Papai entlohnte ihn, und er verschwand weiter hinten in der Schlange.

»Hier ist es auch schön«, sagte Papai und reichte Thiago den Pfannkuchen, der ihn eine Weile in der Hand hielt und daran roch. »Jetzt iss schon, *menino*!«

Thiago nahm einen Bissen.

»Er schmeckt nach nichts.«

Ich entriss ihm den Pfannkuchen und biss hinein. Er hatte recht.

»Stimmt«, sagte ich. »Schmeckt wie Pappe.«

Ich dachte darüber nach, Luana etwas anzubieten, überlegte es mir dann aber anders. Sein Essen mit einer *empregada* zu teilen war eindeutig merkwürdig. Papai aß den Rest des Pfannkuchens und bot uns keinen Kaffee an, aber er war immer noch gut gelaunt. Nachdem wir die Fahrkarten gekauft hatten, gingen wir an Bord der Fähre, während die Sonne über den Fluss wanderte und das braune Wasser golden glitzern ließ. Unsere Sitzplätze befanden sich ganz oben; ein Verdeck schützte uns vor der gleißenden Sonne, doch die großen offenen Fenster boten Ausblick auf den Fluss, der breiter war, als ich gedacht hatte. Ich war davon ausgegangen, dass ich zumindest das andere Ufer sehen konnte, doch er dehnte sich aus wie ein trüber Ozean. Thiago warf einen Blick darauf, rief »Ha!« und wandte sich seinen *Turma da Mônica*-Heften zu. Die Comicserie handelt von den Abenteuern einer Kinderbande, angeführt von einem burschikosen Mädchen mit vorstehenden Zähnen. Papai war immer der Ansicht, Thiago solle lieber etwas Ausgefallenes, Fremdsprachiges lesen, beispielsweise *Tim und Struppi* oder *Der kleine Prinz*.

Papai stellte seine Tasche auf seinem Sitz ab, stand auf und blickte auf das Wasser hinaus. Seine olivfarbene Haut war glatt, die Anspannung war von ihm abgefallen. Luana saß auf einem Platz an der Reling und blickte ab und zu auf den Fluss hinaus. In der Sonne hatten ihre Augen die gleiche Farbe wie das Fruchtfleisch einer Limette: grellgrün. Sie sah zu mir herüber, dann wandten wir beide den Blick ab. Ich ging zu meinem Vater und stellte mich neben ihn.

»Ist das nicht wunderschön?«, fragte er.

»Ja.«

»Es ist zu lange her. Das hier ist meine Heimat, André. Du weißt nicht, wie das ist, so lange von deiner Heimat entfernt zu sein.«

»Warum kommst du dann nicht öfter hierher?«

Er verzog das Gesicht.

»Es ist so weit weg.«

»So weit nun auch wieder nicht.«

»Deine Mutter wollte nie hierherkommen.«

»Das sagst du immer.«

»Ich wollte eigentlich hierher zurückkehren, aber dann habe ich deine Mutter kennengelernt«, sagte er. »Es ist leicht, einen Ort zu verlassen, wenn man jung ist. Zurückzukehren ist schwieriger. Ich gebe dir einen guten Rat: Bleib, wo du bist.«

Es fing an zu regnen, und wir suchten uns andere Plätze, die weiter von den Fenstern weg waren. Die Überfahrt dauerte drei Stunden. Als wir am anderen Ufer an Land gingen, schien die Sonne, und Papai sah so friedlich aus wie der Dalai Lama höchstpersönlich. An dem geschäftigen Hafen drängten sich Leute, die Kisten und Koffer aus der Fähre luden, brüllten, sich unterhielten, Freunde und Familie zur Begrüßung umarmten. Es roch nach Hühnerscheiße, Dschungel und Schweiß. Zu meiner großen Verblüffung gab es Taxis, obwohl es wie ein Ort wirkte, an dem man sich ausschließlich mit Eseln fortbewegte.

Während der Taxifahrt schwiegen wir, abgesehen von Papai, der dem Fahrer von seiner Verbindung mit der Insel berichtete. Thiago, Luana und ich saßen auf dem Rücksitz, blickten auf die Wald- und Sumpflandschaft hinaus, auf die Büffelherden und Ansammlungen von kleinen Häuschen, deren Fenster und Türen allesamt offen standen. Wir sahen die Menschen, die auf Sofas und Betten lagen, fernsahen oder Radio hörten. Überall Musik.

Im Vorbeifahren erhaschte ich Bruchstücke davon, konnte sie aber nicht zu einem Lied zusammenfügen. Mittlerweile brannte die Sonne hoch vom Himmel, und das Taxi hatte keine Klimaanlage. Die Innenverkleidung des Wagens wurde mit Klebeband zusammengehalten. Unsere Gesichter glänzten vor Schweiß. Wenn es in Marajó wirklich kühler war als in Belém, bemerkten wir den Unterschied kaum.

Wir hielten vor einem blauen Haus. Verglichen mit all den Hütten war es von altehrwürdiger portugiesischer Pracht: hohe Fenster, frische Farbe, ein Garten, in dem gelbe und violette Blumen sprossen, und eine Veranda. Wir stiegen aus dem Auto und warteten auf dem Rasen, während Papai den Fahrer bezahlte. Ich beobachtete Luana, während sie das Haus in Augenschein nahm. Ihre volle Oberlippe beschrieb in der Mitte einen tiefen Amorbogen. Ich stellte mir vor, wie ich mit dem Finger darüberfuhr. Einmal hinunter und wieder hinauf.

Das Taxi ratterte davon.

»Ist das unser Hotel?«, fragte Thiago. »Gibt es einen Pool?«

»Das hier ist dein Erbe, *filho*«, verkündete Papai. Verständnislos blickten wir ihn an.

»Das war das Haus meiner Großmutter. Ich bin seit Jahrzehnten nicht mehr hier gewesen.«

»Es hat einfach nur hier herumgestanden?«, fragte ich.

»Mein Cousin Eduardo hat es ab und zu genutzt, aber es gehört mir. *Meu Deus*, es sieht noch genauso aus, wie ich es in Erinnerung hatte, bloß kleiner.«

Drinnen war es kühl, geräumig und sauber. Auf jedem Tisch und auf jeder Anrichte stand bunte Töpferware, an den Wänden hingen Gemälde, die Betten waren frisch bezogen. Rückblickend wird mir klar, dass jemand – eine *empregada* – dort vor unserem

Besuch sauber gemacht haben musste. Doch damals fielen mir solche Dinge gar nicht auf. Mahlzeiten tauchten auf, Häuser putzten sich von selbst, Betten wurden gemacht.

Luana half uns, die schweren Taschen in unsere Zimmer zu tragen, dann ging sie in das Dienstmädchenzimmer hinter der Küche.

5

Papai machte mit uns einen Rundgang durch Salvaterra, ein kleines Dorf, das um eine Straße mit Geschäften und Cafés angesiedelt war. Luana blieb im Haus und tat, was immer sie dort zu tun hatte.

»Es hat sich verändert«, sagte Papai, als wir die Straße entlanggingen. »Als ich ein Junge war, gab es hier so gut wie nichts. Wir haben alles, was wir brauchten, vom Festland hierhergebracht.«

Beim Gehen legte er uns die Hände auf die Schultern. Ich konnte mich nicht erinnern, dass er das je zuvor getan hatte. Es war verwirrend. Er deutete auf einen Baum, auf den er früher gern geklettert war, auf ein Haus, in dem eine schöne Frau gewohnt hatte – war es die hagere alte Dame, die dort auf der Veranda saß? –, und auf die Kirche, in die er früher gegangen war.

»Als ich noch gläubig war«, sagte er.

Dann nahm er uns mit an den Strand. Von der Hauptstraße waren es nur fünf Minuten zu Fuß, doch die Sonne brannte so grell und erbarmungslos, dass es uns zehn Mal so lang vorkam.

»Schaut mal, die machen es richtig«, sagte Papai und deutete auf zwei rundliche Frauen, die mit farbenfrohen Schirmen die Straße entlangliefen.

Der Strand war so gut wie leer: zwei Sonnenanbeter, ein Kokosnussverkäufer, ein paar streunende Hunde, und ganz hinten stand eine Herde Büffel am Flussufer. Papai ging auf den Kokosnussverkäufer zu, begrüßte ihn und hielt drei Finger in die Luft. Der Mann holte drei grüne Kokosnüsse aus seiner Kühlbox hervor, hackte das obere Ende ab und reichte ihm die Kokosnüsse mit je einem Strohhalm darin. Wir setzten uns in den Sand und tranken hastig unser Kokoswasser. Eisgekühltes Paradies. Das ist etwas, das ich vermisse – direkt aus einer Kokosnuss zu trinken.

»Wollt ihr schwimmen gehen?«, fragte Papai. »Ihr seid noch nie im Amazonas geschwommen – das ist ein einzigartiges Erlebnis.«

Ich schirmte meine Augen vor der Sonne ab und blickte geradeaus aufs Wasser hinaus, das blassbraun war. Sanfte Wellen rollten an den Strand.

»Ich kann das andere Ufer nicht sehen«, sagte Thiago.

»Ich habe meine Schwimmshorts nicht dabei«, sagte ich.

»Ach, jetzt habt euch nicht so!«

Papai zog sich bis auf die Boxershorts aus, wischte sich den Schweiß von der Stirn und ging in den Fluss.

»Er ist verrückt geworden«, sagte ich.

»Ist er das?«, sagte Thiago. Er war noch so jung, dass er alles für bare Münze nahm.

»Willst du reingehen?«

»Du hast doch gerade gesagt, er wäre verrückt.«

»Komm schon, du Spinner.«

Rasch zogen wir uns aus. Ich warf meine Brille auf den Kleiderhaufen, und wir liefen ins Wasser, platschten mit den Füßen, dass es hoch aufspritzte, und lachten. Papai war weiter rausgeschwommen, war etwa zwanzig Meter von uns entfernt, aber wir konnten seinen Kopf erkennen, der aus dem Wasser herausragte, seine schwarzen Haare lagen platt am Kopf an.

Wir schwammen zu ihm. Das Flusswasser auf meinen Lippen schmeckte beinahe süß.

»Es ist herrlich!«, rief Papai. »Ich hab's euch ja gesagt!«

Heute erscheinen mir jene ersten Tage auf Marajó wie das Paradies. Damals habe ich es kaum wahrgenommen. Wenn man jung ist, begreift man die Dinge noch nicht in dem Moment, in dem sie geschehen; erst wenn die Bilder erneut im Geist abgespielt werden, lange nachdem das Haar ergraut und der Bauch erschlafft ist, wird einem ihre Bedeutung bewusst. Als ich durch den langsam dahinfließenden Fluss schwamm, der so ganz anders war als das wuchtige Salzwasser von Ipanema, war ich zum ersten Mal seit Mamães Tod wieder glücklich. Vielleicht würde das Leben mit Papai ja ganz gut werden, dachte ich. Anders, aber gut. Schnell mischten sich Schuldgefühle unter meine Freude.

Wenn ich an Marajó zurückdenke, kommt es mir vor, als durchforschte ich einen Aktenschrank und läse Akten in einer Sprache, die ich einmal fließend gesprochen habe, die mir aber nicht mehr vertraut ist. Die Sprache der Jugend, der Unwissenheit. Ich berichte von diesen Erinnerungen, als hätte ich sie einfach der Reihe nach abrufen können. Erst geschah dies, dann das und dann jenes. Doch so ist es nicht. So war es nicht.

Ich ließ Thiago mit Papai weiter auf der Stelle paddeln und schwamm davon, kommentierte seine Warnung »Schwimm nicht zu weit raus!« mit einem unbekümmerten »Okay, Pai!«. Als sie nur noch kleine Punkte in der Ferne waren, schwamm ich nicht mehr weiter. Ich konnte das Flussbett nicht mehr mit den Füßen berühren. Ich drehte mich auf den Rücken, streckte Arme und Beine sternförmig aus und ließ mich treiben. Hier kommt

Papai also her. Heißt das, ich komme auch hierher? Wie weit muss man zurückgehen, um seine Wurzeln zu finden? Zurück zu den Portugiesen, zu den Libanesen, zu meinen eingeborenen Vorfahren, die sich wahrscheinlich auf die gleiche Weise auf dem Wasser treiben ließen, vor Hunderten von Jahren, in demselben Fluss?

Die Sonne brannte auf die Vorderseite meines Körpers, bis ich fast trocken war, während meine nassen Hände schrumpelig wurden. Wellen gab es hier so gut wie keine. Nur ein leichtes Wiegen, vor und zurück. Ich hob den Kopf an und stellte fest, dass ich weit vom Strand abgetrieben war. Papai stand im Sand und winkte mit beiden Armen, während der winzige Thiago neben ihm auf und ab hüpfte. Selbst ohne meine Brille erkannte ich, dass beide immer noch bloß Unterhosen trugen.

Als wir zum Haus zurückliefen, ging die Sonne unter, Insekten hießen surrend und säuselnd die Nacht willkommen. Die Türen und Fenster der Häuser standen noch weit offen, die Radios waren alle auf denselben Sender eingestellt. In Rio war ich immer sehr darauf bedacht, mein Schlafzimmerfenster nachts nicht zu öffnen, weil dann die Moskitos hereinfliegen. Vielleicht sind die Leute hier immun dagegen, dachte ich.

Wir hörten den weichen nördlichen Akzent des Radio-DJs die Straße hinunterhallen: »Und jetzt ein beliebter Klassiker: Chicos ›Tatuagem‹.«

Wir blieben stehen. Streichinstrumente und Hörner schwollen an. Chico Buarque sang in der Dunkelheit von dem Wunsch, eine Tätowierung auf dem Körper des geliebten Menschen zu sein – eine verzweifelte Form der Liebe. Es war eine eigenartige Vorstellung, dass seine Musik dort existierte, mitten im Nichts.

»Das Lieblingslied deiner Mutter«, sagte Papai.

»Ich weiß«, sagte ich.

Sie hatte es oft gesungen, manchmal auch gepfiffen. Überall in unserer Wohnung in Ipanema war die melancholische Melodie gedämpft zu hören gewesen. Aus ihrem Badezimmer, wo sie über dem Prasseln des Wassers widerhallte. Aus ihrem Schlafzimmer, während sie sich schminkte. Vom Balkon, während sie auf den Strand von Ipanema und die vorgelagerten Inseln blickte. Ich erinnere mich, wie ich sie und Papai an einem Heiligabend einmal dazu tanzen sah. Sie hauchte ihm die Worte in den Mund. Sie kannte den Text von Anfang bis Ende auswendig. Papai lächelte einfach nur zurück, mit trunkenem Blick. Ich muss damals zehn Jahre alt gewesen sein, saß auf dem Sofa. In jenem Jahr feierten wir Weihnachten bei uns zu Hause, weil Thiago noch ein Baby war – er lag in ihrem Schlafzimmer und schlief. Es hatte zehn Jahre gedauert, bis Mamãe erneut schwanger geworden war. Ein glückliches Jahr ging zu Ende.

Es war spät. Wir hatten zu Abend gegessen und um Mitternacht unsere Geschenke ausgepackt. Unsere Verwandten – Tante Lia, Vovô, Vovó und der verrückte Onkel Gustavo, dessen durchdringender Blick mir Angst machte, – waren nach Hause gegangen. Luana und Rita waren noch da. Sie hatten den Vormittag bei Verwandten in der Favela Vidigal verbracht, danach waren sie zurückkehrt, um für uns zu kochen. Mamãe zahlte ihnen einen zusätzlichen Lohn dafür, dass sie an Heiligabend arbeiteten. Sie standen in der Tür, die vom Wohnzimmer zur Küche führt. Luana lächelte und hatte die Arme um ihre Mutter geschlungen.

Als ich in Marajó auf der Straße stand, fragte ich mich, was wohl aus Luanas Vater geworden war. Sie war deutlich hellhäutiger als Rita. Er musste weiß gewesen sein, oder zumindest fast weiß. Ich hatte Mamãe einmal darauf angesprochen, aber sie sagte, das sei lange her und ginge mich nichts an. Lass die *empregadas* in Frieden. Einen Vater zu haben ist nicht wichtig, sagte sie, nicht für Leute wie sie.

Das Lied neigte sich dem Ende zu. Wir hatten dort auf der Schotterstraße gestanden und uns das ganze Stück angehört.

»Kommt, Jungs, es ist fast Zeit fürs Abendessen«, sagte Papai.

Er ging so schnell, dass Thiago nicht mit ihm Schritt halten konnte. Ich ließ mich zurückfallen und schlenderte gemeinsam mit meinem Bruder hinter ihm her.

»Was war das für ein Lied?«, fragte Thiago.

»Mamãe mochte es sehr gern.«

Wir gingen noch ein Stück weiter, bis das blaue Haus auftauchte. Verglichen mit den umstehenden Bretterbuden war es so prachtvoll wie der Copacabana Palace. Papai war bereits drinnen.

»Mamãe fehlt mir«, sagte Thiago.

»Mir fehlt sie auch.«

Er blieb stehen.

»André«, sagte er. »Manchmal kann ich mich nicht mehr an ihr Gesicht erinnern.«

»Was meinst du?«

»Wenn ich im Bett liege, versuche ich, mir ihr Gesicht vorzustellen, aber es klappt nicht. Es sieht nicht so aus wie sie.«

»Ich weiß, was du meinst«, sagte ich.

Doch das stimmte nicht – ich war zehn Jahre älter als er, und meine Erinnerungen an sie waren ausgeprägter. Selbst heute habe ich noch das Bild meiner Mutter vor Augen, höre ihre laute Stimme und das Klappern ihrer Absätze auf dem Fußboden. Sie ist wie ein Popsong, dessen Melodie und Text ich in- und auswendig kenne.

»Guck dir einfach die Fotos an, dann erinnerst du dich bestimmt wieder.«

Er nickte, den Blick zu Boden gerichtet. Ich legte ihm einen Arm um die Schultern und wuschelte ihm durchs Haar. Ich wusste nicht, was ich sonst noch sagen sollte.

Im Haus hatte unser Vater das Radio angeschaltet, in dem jetzt ein anderes altes Lied lief. Er saß auf dem Sofa im Wohnzimmer und blätterte in einem Buch. Ich roch, dass Abendessen gekocht wurde.

»Ihr geht beide so langsam«, sagte er und blickte auf. »Ihr passt perfekt hierher.«

Es stimmte. In Pará war alles langsamer. Die Menschen gingen gemächlich, sprachen gemächlich, packten im Supermarkt gemächlich ihre Tüten. Selbst die Zeit verging langsamer. In London hatte ich mir angewöhnt, schnell zu gehen, mein Ziel unbeirrt vor Augen, als wäre ich ein Rennpferd und trüge Scheuklappen. Doch in Pará schien das dreiminütige Lied von Chico Buarque eine ganze Stunde gedauert zu haben. Als das Stück zu Ende ging, war die Insel in schwarze Nacht getaucht.

Luana war in der Küche, hantierte mit einigen Töpfen gleichzeitig auf dem Herd herum: eine Hand in die Hüfte gestemmt, mit der anderen führte sie einen Holzlöffel zum Mund, um zu kosten. Ich stand ein paar Sekunden lang hinter ihr, ohne dass sie mich bemerkte. Sie zog den rechten Fuß aus ihrem Flip-Flop heraus und verschränkte ihn hinter dem anderen Bein, sodass ich ihre helle Fußsohle sehen konnte. Die Luft war dunstig, durchdrungen vom wohligen Geruch des Fischeintopfs: Kokosmilch, Paprika und Limettensaft.

Ich sagte: »*Oi*, Luana«, woraufhin sie den Fuß augenblicklich zurück in die Sandale schob.

»Hallo, André.« Sie blickte kurz zu mir herüber. »Wie war's am Strand?«

»Es war toll. Du solltest auch mal hingehen.«

»Ja, mal sehen.«

»Du kannst mit mir mitkommen.«

Sie drehte sich wieder zu mir um und blickte mich wortlos an, dann spülte sie den Holzlöffel unter dem Wasserhahn ab. Das Wasser fiel schwer in das metallene Spülbecken hinab und hallte laut wider.

»Es riecht gut.«

»Das ist das erste Mal, dass ich ohne meine Mutter *moqueca* koche.«

»Bestimmt schmeckt es großartig.«

Wir standen eine Weile dort. Ich überlegte, was ich sagen sollte. Ihr bezauberndes braunes Gesicht mit den grünen Augen offenbarte nichts. Keine Emotion. Ihre Lippen waren geschlossen. Wie es sich wohl anfühlte, sie zu küssen?

»Möchtest du sonst noch etwas? Einen Snack, etwas zu trinken? Das Essen wird noch eine Weile brauchen.«

Rita war normalerweise für die Zubereitung meiner Snacks zuständig. Ich konnte Luana nicht so behandeln.

»Nein, ich brauche nichts. Danke.«

Als ich die Küchentür hinter mir schloss, fühlte ich mich kraftlos. Mir schlug das Herz bis zum Hals. Ich hieb mir auf die Brust und versuchte, mich zusammenzureißen. Verliebt in eine *empregada*? Ich musste den Verstand verloren haben. Seit Mamães Tod hatte ich kein Interesse mehr an Mädchen gehabt. Ich hatte sogar kaum noch masturbiert, weil ich schreckliche Schuldgefühle davon bekam, als sähe ihr Geist mir dabei zu. Ich war praktisch noch Jungfrau, wenn man das eine Mal nicht mitzählte, als ich mit fünfzehn mit der Freundin einer Freundin unbeholfen am Strand herumgefummelt hatte. Aber mit Luana? Nein. Das durfte nicht passieren.

Ich ging ins Fernsehzimmer, wo Thiago zwischen den Sendern hin und her schaltete. Ich machte den Deckenventilator an, der über unseren Köpfen zu schwirren begann.

»Na, das macht auch keinen wirklichen Unterschied.« Ich streckte den Kopf zur Tür hinaus. »Pai!«

Keine Antwort. Ich hörte, wie er in der Küche leise mit Luana sprach.

»Paaaai!«

»Was, was denn?«, rief er.

»Gibt es hier in diesem Haus keine Klimaanlage?«

»Natürlich nicht.«

»Was heißt hier ›natürlich‹?«

»Hör auf, so spießig zu sein. Zieh halt weniger an.«

Ich trug bloß Shorts, aber er konnte mich nicht sehen.

»Ja, André, mach dich nackig«, sagte Thiago und kicherte.

»Klappe.«

»Lass deinen Schniedel rausbaumeln!«

Ich sprang auf ihn drauf, drückte ihn auf das Sofa und kitzelte ihn. Er lachte vergnügt, zeigte die kleinen Lücken zwischen seinen Milchzähnen.

»Hör auf, hör auf!«

»Nur wenn du zugibst, dass du ein Schwachkopf bist.«

»Ich bin ein Schwachkopf, ich bin ein Schwachkopf!«

Ich hörte auf, ihn zu kitzeln.

»Du gibst zu schnell auf.«

Er sah zerrauft aus. Seine schwarzen Locken waren schweißdurchtränkt. Eigentlich war ich mittlerweile ein wenig zu alt dafür, meinen Bruder zu ärgern. Ich setzte mich neben ihn und zog die Füße aufs Sofa. Luana kam herein, sie trug immer noch ihre Schürze und blieb neben der Tür stehen. Schweiß rann mir übers Gesicht, meine Brille rutschte. Luana roch nach *moqueca*, wovon mein Magen lautstark zu knurren anfing.

»Hast du etwa Hunger, André?«, fragte sie und lachte.

»Ja, es riecht so gut.« Das hatte ich vorhin schon gesagt. Sag etwas anderes. »Willst du dich zu uns aufs Sofa setzen? Von hier aus sieht man besser.«

»Äh, nein danke, ich hole mir einen Hocker.«

»Komm schon, das Sofa ist bequemer.«

»Na gut.«

Wir rückten zusammen, und Luana setzte sich auf den Rand des Sofas. Ich spürte Thiagos heißen Atem auf meinem linken Arm und ihre Jeansshorts an meinem rechten Bein. Ich hatte noch nie mit ihr auf einem Sofa gesessen. Ich spürte die Wärme ihres Körpers. Ich hoffte, sie roch meinen Schweiß nicht.

Das Gespräch verstummte, und wir blickten starr geradeaus, als der Vorspann zu der Sechs-Uhr-Telenovela *De Quina Pra Lua* begann, unterlegt mit flotter Sambamusik. Im Vorspann läuft eine schemenhafte männliche Gestalt einem davonfliegenden Stück Papier hinterher: Er reißt einer Frau das Handtuch weg, macht Zwischenstation in einem Gefängnis und schwebt schließlich gen Himmel. Die Serie erzählt die Geschichte von Zezão, der im Lotto gewinnt, dann aber stirbt und mit seinem Gewinnlos begraben wird, woraufhin sich seine Familie auf eine irrwitzige Suche nach dem Lottoschein macht. Manchmal erscheint er ihnen als Geist und gibt ihnen Hinweise.

Es war das erste Mal, dass ich neben Luana saß und sie neben mir lachen hörte. In Rio guckte sie schweigend Fernsehen, saß neben der Tür. Doch jetzt lachte sie schnell und laut, wie ein Maschinengewehr.

»Du lachst wie ein Esel!«, sagte Thiago.

»Thi, das ist unhöflich!«

Sie hielt sich eine Hand vor den Mund, lachte immer noch, aber verlegen. In dem Moment hätte ich sie küssen können. Wir kicherten jetzt alle. Es war ansteckend. Wir lachten so sehr, dass wir den Großteil der Sendung gar nicht mitbekamen. Als wir uns wieder beruhigt hatten, mussten wir Thiago versprechen, die nachfolgende Serie nicht durch unser Gelächter zu stören. Dann sahen wir die Sieben-Uhr-Telenovela *Ti Ti Ti*, die in der Modewelt von São Paulo spielt und von zwei ehemals besten Freunden handelt, die zu Rivalen geworden sind.

»Die finde ich nicht so gut«, sagte Thiago.

»Ich auch nicht«, sagte Luana.

»São Paulo ist doof«, sagte ich, obwohl ich noch nie dort gewesen war. Als *carioca* war die Feindseligkeit gegenüber São Paulo wie ein Erbstück über mehrere Generationen an mich weitergegeben worden.

»Es ist der Höllenschlund der Erde«, sagte Papai.

Wir blickten alle zur Tür hinüber; dort stand er in grauem T-Shirt und Jeans an den Türrahmen gelehnt, wie ein nerdiger Marlon Brando. Sofort stand Luana auf, aber er machte eine abwehrende Handbewegung und schnalzte leise mit der Zunge.

»Setz dich wieder«, sagte er. »Aufs Sofa.«

Sie nahm wieder Platz.

»Was stimmt denn nicht mit São Paulo?«, fragte Thiago.

»Es ist hässlich, gefährlich, und alle jagen nur dem Geld nach.«

»Aber ist uns Geld denn nicht wichtig?«, sagte ich.

»Wichtiger ist unser Abendessen. Luana, weißt du …?«

»*Sim, doutor.* Es ist fast fertig.«

Sie ging in die Küche, schien froh, den Raum verlassen zu können. Papai gegenüber verhielt sie sich anders. Er war ihr Vorgesetzter, wir nicht.

»Was guckt ihr da für einen Blödsinn?«, fragte er und deutete auf den Fernseher.

»*Ti Ti Ti*«, sagte Thiago. »Es ist grottenschlecht.«

»Gleich gibt es Abendessen, also macht den Fernseher aus und wascht euch die Hände.«

»Aber danach kommt *Roque Santeiro*!«

Das war die Acht-Uhr-Telenovela über einen Heiligen, der in seine Stadt zurückkehrt, um sie vor raffgierigen Landbesitzern und Politikern zu retten. Die Serie war sehr beliebt, nicht zuletzt weil sie von der Militärdiktatur zensiert worden war und erst mit zehn Jahren Verspätung ausgestrahlt wurde.

»André, hast du nichts Besseres zu tun, als diesen Schund zu gucken?«, fragte Papai. »Zum Beispiel für das *vestibular* zu lernen?«

»Pai, wir sind im Urlaub. Die Aufnahmeprüfung ist erst in einem Jahr.«

»Mit der Einstellung schaffst du es nicht an die Uni.«

Er ging auf das fast leere Bücherregal zu, zog ein schweres Buch mit unzähligen Eselsohren daraus hervor und wischte den Staub ab.

»*Menschliche Anatomie*«, las er den Titel vor.

Er warf das Buch aufs Sofa, wo es mit einem Knall zwischen Thiago und mir landete. Thiago nahm es an sich und begann, es durchzublättern.

»Dein Bruder interessiert sich mehr dafür als du«, sagte Papai.

Am liebsten hätte ich ihm das Buch an den Kopf geworfen, damit ihm das selbstgefällige Grinsen verging. Jahrelang war er der unsichtbare Mann gewesen, hatte nie gefragt, wie es in der Schule gewesen war, und jetzt interessierte er sich auf einmal für uns?

»Das Essen ist fertig«, sagte Luana, die hinter Papai aufgetaucht war.

Zumindest konnte ich die Lektüre des Lehrbuchs damit um eine halbe Stunde aufschieben. Thiago hatte das Interesse daran verloren und starrte reglos auf den Fernseher. *Roque Santeiro* hatte angefangen: Der böse Landbesitzer und der Bürgermeister lachten hämisch über ihre Pläne.

»Dafür bist du zu jung, Thiago«, sagte Papai. Er ging zum Fernseher und schaltete ihn aus. »Bleib du bei deinen Zeichentrickserien.«

Der Mahagonitisch im Esszimmer war mit Tellern, Besteck und Schüsseln mit Reis und *moqueca* eingedeckt. Wir bedienten uns.

»Es sieht toll aus, Luana«, sagte Papai, aber sie hatte das Zimmer bereits verlassen.

»Danke, *doutor*!«, rief sie aus der Küche. »Ich hoffe, es schmeckt auch gut.«

Sie hatte sich bereits einen Teller vorbereitet und aß ihre Portion am Küchentisch.

Während ich Luanas erste *moqueca* aß, dachte ich an einen Vorfall in Rio einige Wochen zuvor zurück. Ich hatte am Esstisch gesessen, mich mit meinen Mathehausaufgaben herumgequält und beschlossen, eine Pause einzulegen und mir etwas zu trinken zu holen. Als ich mit einem Glas süßem kaltem Matetee zurückkam, fand ich Luana über mein Mathebuch gebeugt vor. Sie sah mich und schreckte zurück.

»Verzeihung«, sagte sie.

»Und? Wie sehen meine Hausaufgaben aus?«

»Nun ja …«

»Jetzt sag schon.«

Dieses Mädchen konnte auf keinen Fall mehr wissen als ich.

Sie wies mit ihrem dünnen braunen Finger auf das Buch.

»Das da ist falsch«, sagte sie und deutete auf die Summe. Es hatte irgendetwas mit quadratischen Gleichungen zu tun. Ich weiß es nicht mehr genau, aber ich habe noch ihr Lächeln vor Augen: schüchtern, aber auch herausfordernd.

»Nein, ist es nicht«, sagte ich und nahm einen Schluck von meinem Matetee.

»Entschuldige, ich hätte es mir nicht ansehen sollen.«

Sie ging in die Küche und drehte den Wasserhahn auf. Spülte das Geschirr, oder was immer sie dort auch tat. Ich rechnete die Gleichung noch einmal nach. Wie peinlich – sie hatte recht gehabt.

Während ich in dem blauen Haus Luanas *moqueca* aß und an diese Unterhaltung zurückdachte, schämte ich mich.

6

Ich lernte Esther im Dezember vor einundzwanzig Jahren kennen, in der Fitzroy Tavern auf der Charlotte Street. Das Lokal war über und über mit Lametta und Lichterketten geschmückt, brechend voll mit betrunkenen Studenten, die Fenster waren beschlagen. Alle unterhielten sich lautstark, fühlten sich frei und waren euphorisch – kein Unterricht mehr bis zum neuen Jahr. Ich war mit meinen Freunden vom University College London dort, allesamt ausländische Studenten oder die Nachkommen ausländischer Zuwanderer. Ich lebte bereits seit fünf Jahren in London und wusste mittlerweile, dass die meisten Einheimischen lieber unter sich blieben. Sie waren schließlich hier zu Hause. Manche Familien bereits seit Hunderten von Jahren.

Ich sah sie ein paar Meter entfernt auf einem Sofa sitzen: ein Mädchen mit dunklen schulterlangen Locken, das beim Lachen den Kopf zurückwarf. Sie hatte große braune Augen und einen kleinen, rot geschminkten Mund. Ein Glas Rotwein in der einen und eine Zigarette in der anderen Hand. Silbernes Lametta ums Handgelenk. Mein Freund Matt bemerkte, dass ich sie ansah.

»Das ist Esther«, sagte er.

»Du kennst sie?«

»Ja, ein bisschen.«

Matt kam aus Massachusetts und studierte Wirtschaftswissenschaften. Seine Mutter war Chinesin, sein Vater Engländer, und er hatte zwei Jahre auf einem englischen Internat verbracht, war aber durch und durch amerikanisch: großspurig und charmant, alle mochten ihn. Heute lebt er in New York, und wir haben keinen Kontakt mehr.

»Gefällt sie dir?«, fragte er.

»Ich kenne sie nicht.«

»Sie studiert auch Medizin – du solltest sie kennenlernen. Hey, Esther!«, rief er ihr durch die Bar zu. Sie blickte auf und winkte.

»Komm mal her.«

Sie kam zu uns herüber, lächelte immer noch, wirkte aber, als sei ihr leicht unbehaglich zumute. Vielleicht steht sie auf ihn, dachte ich. Natürlich tut sie das. Sie trug ein rotes Kleid mit Schottenmuster und dazu kniehohe schwarze Stiefel.

»Hallo, Matt«, sagte sie. »Wie geht's dir?«

»Frohes Chanukka«, sagte er.

»Danke«, sagte sie und lachte. »*Le Chajim!*«

Sie stießen an und tranken.

»Das ist mein Freund André – er kommt aus Brasilien.«

Sie sah mich an und streckte mir die Hand entgegen.

»Ich bin Esther.«

Wir gaben uns die Hand.

»Machst du in London Urlaub?«, fragte sie.

Wenn ich heute daran zurückdenke, wird sie vor meinem geistigen Auge von einer schimmernden Aura umgeben, als wäre der Rest des Raums verschwommen und nur Esther scharf gestellt. Ich war überwältigt von ihrem offenen, schönen Gesicht und der rastlosen Art, mit der sie sich bewegte.

»Nein, ich studiere an der UCL Medizin«, sagte ich.

»Oh, ich auch! In welchem Semester bist du?«

»Im letzten.«

»Ich auch! Weißt du schon, worauf du dich spezialisieren willst?«

»Vielleicht Psychiatrie«, sagte ich. »Oder Tropenmedizin.«

Ich hatte keinen blassen Schimmer, fand aber, das klang beeindruckend.

»Und du?«

»Lass uns besser nicht über die Uni reden, sonst hören wir gar nicht mehr damit auf«, sagte sie und hielt sich eine Handfläche an die gerötete Wange. »Tut mir leid, ich weiß, ich habe davon angefangen.«

Irgendwann ließ Matt uns allein. Ich bemerkte nicht, dass er ging – er war nur plötzlich nicht mehr da. Ich bestellte eine weitere Runde Getränke: Rotwein für sie und ein Bier für mich, dazu eine Tüte Salt-&-Vinegar-Chips. Die englischen Essgewohnheiten waren mir mittlerweile bestens vertraut, und ich mochte sie.

»Ist in Rio jetzt Sommer?«, fragte sie.

»Ja. Heute sind es wahrscheinlich um die dreißig Grad.«

»Weihnachten am Strand – wieso verzichtet man darauf?«

»Das ist eine lange Geschichte.«

»Ich mag lange Geschichten.«

»Es ist aber nicht die Art Geschichte, die man jemandem erzählt, den man gerade erst kennengelernt hat.«

»Dann eben ein andermal.«

»Okay.« Ich ging zu einer unverfänglichen Frage über, die Engländer gern stellen: »Und was machst du über Weihnachten? Oder feiert ihr Chanukka, wie Matt gesagt hat?«

»O nein, wir sind lausige Juden und spulen das ganze Programm ab: Weihnachtsbaum, Truthahn, Geschenke. Meine Oma darf aber nichts davon erfahren, sonst bekäme sie einen Herzinfarkt.« Ihre Augen leuchteten. Ich wollte sie küssen. »Und was machst du?«

Ich hatte vorgehabt, Weihnachten in meinem möblierten Zimmer nahe der Holloway Road zu verbringen und mir Essen vom Lieferservice zu bestellen. Papai hatte wie jedes Jahr angeboten, mir ein Flugticket nach Rio zu bezahlen, doch dieses Mal hatte ich abgelehnt. Seit ich studierte, war ich jedes Jahr an Weihnachten nach Hause geflogen, und jeder Besuch hatte mich stärker deprimiert als der vorangegangene. Die Vertrautheit der Stadt wirkte auf mich eher befremdend als beruhigend, insbesondere unsere Wohnung mit dem neuen Dienstmädchen. Wie hieß sie noch gleich? Edilene, Papais vorletztes Dienstmädchen. Meine Freunde schienen sich zwar zu freuen, mich zu sehen, doch ihre Freude fühlte sich nicht ehrlich an. Sie versprachen, mich am nächsten Tag anzurufen, taten es aber nicht, also meldete auch ich mich nicht mehr bei ihnen. Sie wussten nicht, warum ich Rio verlassen hatte.

»Vielleicht fahre ich mit Freunden ein paar Tage aufs Land«, log ich. »Ich habe mich noch nicht entschieden.«

»Hört sich gut an, aber Rio klingt besser.«

Ich steckte mir eine Zigarette an und hielt ihr die Packung hin. »Möchtest du eine?«

»Ja, danke.«

Sie steckte sich die Zigarette an und sog hörbar die Luft ein.

»Es ist so heiß hier drinnen«, sagte sie und fächelte sich Luft zu. »Wollen wir etwas frische Luft schnappen?«

Wir gingen mit unseren Zigaretten und Getränken nach draußen und standen auf der Charlotte Street, ohne Mantel. Es war ein milder Winter, aber wir zitterten trotzdem vor Kälte. Der

Himmel war grün-schwarz, von der Stadt beleuchtet, aber ich entdeckte immerhin drei Sterne. Esther wies mich auf den hellsten hin und sagte, das sei die Venus.

»Woher weißt du das?«

»Jemand hat sie mir mal gezeigt.«

Sie leerte ihr Glas, lächelte nicht mehr. Ihr Lippenstift war verblasst, doch der Wein hatte ihre Lippen purpurrot gefärbt.

»Ist diese Jahreszeit nicht traurig?«, fragte sie, blickte erst mich kurz an und dann wieder zum Himmel hinauf.

»Findest du?«

»Ja, alles daran. Die Musik, die Weihnachtslieder …« Sie lallte ein wenig, versuchte aber, es zu kaschieren. »Jedes Weihnachtslied erinnert mich daran, dass ich nicht mehr acht Jahre alt bin und es nie wieder sein werde. Ein weiteres Jahr endet, die Zeit vergeht, und wir werden alt.«

»Noch sind wir nicht alt.«

»Aber wir werden es sein. In zwei Wochen ist schon 1994, und in sechs Jahren beginnt ein neues Jahrtausend. Kannst du dir das vorstellen? Wir werden dreißig sein und dann fünfzig und dann achtzig, aber Weihnachten wird immer gleich bleiben. Die gleichen Lieder, die gleiche Dekoration, die gleichen Bäume.« Sie schüttelte den Kopf und lachte. »Tut mir leid! Ich bin schrecklich betrunken.«

»Keine Sorge, ich auch. Ich verstehe, was du meinst.«

Ich legte einen Arm um sie, und sie blickte mit ihren großen braunen Augen zu mir auf. Sie war winzig. Neben ihr fühlte ich mich groß. Eine Gruppe Büroangestellter ging vorbei, sie trugen Weihnachtsmannmützen, teilten sich eine Flasche Wein und riefen: »Frohe Weihnachten!«

»Frohe Weihnachten!«, riefen wir zurück.

Als sie vorbeigegangen waren, zog ich sie näher an mich heran.

Während jener ersten süßen Monate erzählten wir uns gegenseitig von unseren Leben. Mamães Tod, mein Leben in Rio, der Strand von Ipanema, Affen, die sich an Telefonkabeln entlanghangeln. Esthers Jugend erschien mir unerhört exotisch: die viktorianischen Straßen im Nordwesten Londons, als Teenager am Regent's Canal unerlaubt Alkohol trinken, ihre Mädchenschule voller Überfliegerinnen. Ich hatte vor ihr schon andere Mädchen in London kennengelernt, aber nicht solche wie sie. Sie war intelligent, nachdenklich und lachte mehr als jeder andere Mensch, den ich kannte. Sie lernte zu viel und befürchtete trotzdem, es wäre nicht genug. Es war immer genug – sie war eine erstklassige Studentin –, auf der anderen Seite mochte sie Rotwein, Rauchen, Reden und Sex. Sie erzählte mir von ihren Exfreunden, ich wehrte Fragen über meine Exfreundinnen ab. Du bist die Einzige, die mir wichtig ist, sagte ich. Lass uns die Vergangenheit vergessen.

Wir heirateten im Oktober 1994 standesamtlich, mit nur zwei Gästen: unseren Trauzeugen Matt und Nina, einer Schulfreundin von Esther. Ihre Eltern waren stinksauer, und Papais Wut schlug mir von Rio durchs Telefon entgegen, aber wir hatten keinen Sinn darin gesehen zu warten. Wir waren verliebt. Esther hauchte allen Dingen Leben ein; sie hauchte *mir* Leben ein. Erst als wir ein Paar wurden, begriff ich, wie einsam ich vorher gewesen war. Ich hatte mit dem hektischen Grau Londons zu kämpfen gehabt, mit dem eintönigen Essen und der Sprache, und mich erst ganz allmählich in jemanden verwandelt, der sich zugehörig fühlen konnte. Am stärksten hatte ich mit meinen Erinnerungen gerungen. Mit Esther an meiner Seite schuf ich mir neue: Spaziergänge durch den Park von Hampstead Heath, um die Aussicht auf die Stadt zu bewundern, Lunch am Sonntag, Wochenenden in Europa, unsere Hochzeit, jeden Tag neben ihr mit dem Gefühl aufwachen, dass alles in Ordnung war.

Doch dann war es das nicht mehr. Die Euphorie unserer Liebe verblasste im Laufe der Jahre. Wir waren nicht mehr geheimnisvoll füreinander. Wir bekamen Kinder. Ich glaube, ich habe wirklich wenig mit angepackt. Wir hatten einige Putzkräfte nacheinander – aus Polen, von den Philippinen –, die einmal pro Woche kamen, doch Esther erledigte alles, was sonst noch anfiel. Es begann mit leisen Vorwürfen, nachdem Bia geboren wurde: ein Stirnrunzeln, ein entnervter Blick, ein Seufzen. Ich verbrachte nicht genug Zeit mit dem Baby, hatte keine Lust, ihm die Windeln zu wechseln, ich räumte nach dem Abendessen nicht den Tisch ab, ich *kochte* kein Abendessen, nicht ein einziges Mal.

»Machen die Männer in Brasilien denn gar nichts im Haushalt?«

»Nein, ich hab's dir doch erzählt – wir hatten Dienstmädchen.«

»Dienstmädchen!«, rief sie, immer noch lachend, immer noch verliebt. »Um Himmels willen.«

Ich bemühte mich, es besser zu machen. Ich lernte, wie man bügelt, was ein persönliches Erfolgserlebnis für mich war. Meine Eltern hatten in ihrem ganzen Leben keine Hausarbeit verrichtet. Ich räumte das Geschirr in die Spülmaschine und drückte den Startknopf an der Mikrowelle. Hannah wurde geboren, und ich wickelte sie ab und zu. Doch dann gab Esther ihre Arbeit auf – sie war Kinderärztin –, um sich um unsere Töchter zu kümmern, und machte schließlich alles allein, selbst dann noch, als sie einige Jahre später wieder halbtags zu arbeiten anfing.

Sie hatte gewusst, worauf sie sich einließ. Sie hätte mit einem der netten englischen Ärzte, die halbwegs in sie verliebt waren, eine Familie gründen können – Männer, die gerne kochten, Männer, die herzzerreißend aufrichtige Aussagen machten, wenn sie über Feminismus sprachen (ich habe nichts gegen solche Männer, aber ich bin keiner von ihnen) –, doch sie hatte mich gewählt, das Unbekannte. Sie fühlte sich von meiner Fremdartigkeit angezogen und ich mich von ihrer.

Nach einigen Jahren verflog der Zauber. Letzten Endes waren wir auch nur Menschen. Wir liebten uns immer noch, aber es war eine stille Art der Liebe, nicht die verrückte Verliebtheit der Jugend. So ist es nun einmal mit der Liebe – mit der Zeit wird der Glanz abgescheuert wie Blattgold vom Holz.

Doch alles war in Ordnung, bis diese Sängerin, Luanas Doppelgängerin, auf meiner Geburtstagsparty auftauchte. Nach diesem Abend, nachdem wir uns morgens geliebt hatten, wurde ich immer distanzierter. Ich frühstückte, lachte mit den Mädchen über den Abend zuvor, zog mich an und ging einkaufen. Am nächsten Tag ging ich arbeiten, betreute meine Patienten und unterhielt mich mit Kollegen über das Wochenende – doch meine Bewegungen fühlten sich roboterhaft an, mein Geist, träge und überängstlich, fiel wie ein gesprengtes Gebäude in sich zusammen. Irgendwie bewältigte ich meinen Alltag. Ich entsinne mich, wie ich mir die Akte einer Patientin ansah, die weinend neben mir saß – ihr Mann hatte Krebs und lag im Sterben, und sie bat mich, ihr etwas zu verschreiben, das ihre Traurigkeit lindern und ihr helfen würde, mit der Situation zurechtzukommen. Ich sagte zu ihr, mit meiner besten mitfühlenden Arztstimme, ich könne ihr gern ein Rezept ausstellen, aber ohne Medikament würde es ihr vermutlich besser gehen, denn die Trauer sei unvermeidlich, sie müsse sich Schritt für Schritt hindurcharbeiten, und sie stimmte mir zu und dankte mir aufrichtig. Doch ich war wie auf Autopilot geschaltet, nicht wirklich da; ein Anker, der von seinem Schiff abgetrennt worden war, die Welt von unten betrachtete, meilenweit entfernt, durch den Ozean hindurch. Es würde niemandem auffallen, dachte ich, niemand würde davon erfahren. Doch dann kam der Brief.

»Ich glaube, es ist besser, wenn du ausziehst«, sagte Esther an jenem Abend im Juni zu mir.

»Ausziehen?«

»Ja, für ein paar Monate. Oder für immer. Ich weiß es nicht.«

Es war ein Montag. Wir standen im Badezimmer und machten uns zum Schlafengehen bereit. Der Abendhimmel hinter den halbgeöffneten Jalousien trug noch eine Spur Licht in sich. Ich griff nach ihrer Hand, doch sie zog sie weg, verbarg sie hinter ihrem Rücken.

»Ich meine es ernst«, sagte sie.

»Lass uns ins Bett gehen.«

Ich versuchte es auf scherzhafte, spielerische Art – Hauptsache, sie änderte ihre Meinung. Natürlich war alles eine Farce. Seit meinem Geburtstag war fast ein Jahr vergangen, vor drei Monaten war der Brief angekommen. Ich bewahrte ihn in einem Schuhkarton hinten in meinem Kleiderschrank auf und las ihn mehrmals pro Woche. Er roch immer noch nach Brasilien.

Früher am Abend, beim Essen, hatte ich ein paar Gläser Wein getrunken. Esther hatte mich beobachtet, innerlich brodelnd. Früher hatten wir uns gemeinsam betrunken – haltlos betrunken, bis die Welt verschwunden war –, doch jetzt war ich damit allein. Die Mädchen waren ungewohnt schweigsam, und irgendwann bekam ich mit, wie Bia ihre Schwester ansah und die Augen verdrehte. Ich redete zu viel, zu laut, über die Arbeit, über meine Patienten, über Dinge, die sie nicht interessierten. Nachdem die Mädchen die Küche verlassen hatten, erledigte Esther den Abwasch, während ich den Wein austrank. Ich redete immer noch, aber das Wasser, das aus dem Hahn ins Spülbecken strömte, übertönte mich. Dann verließ sie wortlos die Küche und gesellte sich zu den Mädchen im Esszimmer. Ich setzte mich eine Weile zu ihnen, lauschte dem musikalischen Summen des Fernsehers und ihrem Lachen – sie lachten zu dritt. Dann ging ich nach oben und arbeitete ein paar Stunden lang.

»Früher hast du nicht so viel getrunken«, sagte sie im Badezimmer zu mir.

»Fang nicht schon wieder damit an.«

»Jetzt mal im Ernst, das ist neu. Was ist passiert?«

Ich überlegte, ihr von der Sängerin zu erzählen, von dem Brief, von meinem Traum von Luana – aber nein, das konnte ich nicht.

»Es hilft mir einfach, mich zu entspannen.«

»Du siehst aber nicht entspannt aus, eher betrunken und wütend. Warum erzählst du mir nicht, was los ist?«

Das Meer rauschte in meinen Ohren, übertönte sie. Esther stand auf dem Boot, über mir. Ich war der Anker.

»Nichts ist los«, sagte ich. »Das haben wir doch alles schon durchgekaut.«

»Glaubst du, ich merke nicht, dass du mir etwas verheimlichst? *Ich kenne dich.* Du bist nicht wirklich hier; du bist schon seit einem Jahr nicht mehr richtig da. Körperlich bist du zwar anwesend und damit beschäftigt, dich mit Alkohol zuzuschütten und Blödsinn zu reden, aber geistig bist du woanders. Wohin bist du abgedriftet?«

»Esther, wovon redest du?«, fragte ich und lachte, obwohl mein Herz in meinem Brustkorb hämmerte. »Ich stehe direkt hier neben dir.«

»Die Frage war nicht wörtlich gemeint, Herrgott noch mal!«

»Schrei nicht so, die Mädchen hören uns.«

»Als hätten sie das nicht schon tausend Mal gehört. Neulich hat Hannah mich gefragt, ob wir uns scheiden lassen.«

»Und was hast du gesagt?«

Sie starrte mich an.

»Dass sie sich keine Sorgen zu machen braucht«, sagte sie, dann blickte sie zu Boden, »aber ich habe meine Meinung geändert. Du und deine Geheimniskrämerei – ich ertrage das nicht länger.«

Sie drehte mir den Rücken zu.

»Ich verheimliche dir nichts«, sagte ich.

Sie lachte bitter. Ich versuchte, ihr die Hand auf die Schulter zu legen, doch sie schüttelte sie ab. Ich konnte uns im Spiegel sehen: älter und unglücklicher, als wir je gewesen waren. Sie fing an, sich mit einer elektrischen Zahnbürste die Zähne zu putzen.

»Esther«, sagte ich. »Mach sie aus.«

Sie blickte starr geradeaus in den Spiegel und schaltete die Zahnbürste aus.

»Mein Leben kotzt mich an«, sagte sie.

»Esther.«

Sie machte das Licht aus und ließ mich im Dunkeln stehen.

Einige Wochen später traf der nächste Brief in meiner Praxis ein. Zu jenem Zeitpunkt wohnte ich bereits allein auf der Albion Road, aber nur zur Kurzzeitmiete. Ich rechnete immer noch fest damit, bald nach Hause zurückzukehren. Als ich den Poststempel sah – *Marajó, Pará* –, erstarrte ich augenblicklich. Eine Patientin betrat das Sprechzimmer, und ich legte den Umschlag beiseite, war aber kaum imstande, ihr zuzuhören. Irgendeine Pilzinfektion. Ich untersuchte ihren Fuß und stellte ein Rezept aus. Nachdem sie gegangen war, las ich den Brief.

Hallo André,

Du hast diesen Monat Geburtstag, nicht wahr? Leider habe ich das genaue Datum vergessen. Herzlichen Glückwunsch! Ich sitze auf der Veranda vor meinem Haus. Heute ist Sonntag. Kinder kommen auf dem Weg zum Strand vorbei. Einige von ihnen fahren auf alten Fahrrädern, die keine Bremsen haben, und wenn sie anhalten wollen, müssen sie mit den Füßen auf dem feuchten Boden abbremsen. Es hat gerade aufgehört zu regnen, aber die Hitze ist unerträglich – so wie immer. Die Luft ist so dick, dass ich beinahe danach greifen kann.

Manchmal male ich mir aus, was die Gringos dachten, als sie vor Hunderten von Jahren erstmals hierherkamen. Als sie zum ersten Mal einen roten Ara über ihren Köpfen vorbeifliegen sahen oder einen nackten Indianer, der aus dem Dschungel kam. Als sie zum ersten Mal eine süße, reife *mamão* kosteten. Bestimmt mussten sie lachen. Zu viel Schönheit, zu viel Leben. Es droht einen zu übermannen. Manchmal wünschte ich, das täte es tatsächlich, der Dschungel würde unsere Städte zuwuchern, durch die Wände unserer Häuser wachsen, um unsere Hälse herum. Dass es wieder so werden könnte, wie es früher einmal war. Entschuldige, ich schreibe Unsinn. Ich hatte einfach nur viel Zeit zum Nachdenken.

Ich habe keine Ahnung, wie viel Du über mich weißt. Dein Vater sagte, Du wüsstest von meinem Mann, Jorge, und von meinen Kindern Francisco und Iracema. Er sagte, Du wüsstest, dass ich hier wohne. Ich habe jahrelang auf einen Brief gewartet. Ich dachte: André ist ein guter Mann – eines Tages wird er mir schreiben. Ich habe gewartet, gewartet und gewartet. Ich wurde wütend. Wenn ich nachts nicht schlafen konnte, verfasste ich im Geist wütende Briefe, aber ich brachte sie nie zu Papier. Doch dann veränderten sich die Dinge. Ich fühlte mich verpflichtet, Dir zu schreiben. Also tue ich es.

Du weißt vielleicht, dass es Chico gibt, aber Du kennst ihn nicht. Er war so ein gutes Kind. Nicht wie die anderen – die Kinder, die Tag und Nacht unten in der Favela rumlungern, mit Gewehren über der Schulter. Viele von ihnen erleben ihren zwanzigsten Geburtstag nicht. Er sollte niemals so enden. Er war Klassenbester. Er machte immer seine Hausaufgaben. Die anderen Kinder zogen ihn damit auf, dass er der Lieblingsschüler des Lehrers war. Als er sieben Jahre alt war, kam er eines Tages weinend nach Hause – ein anderer Junge hatte ihm seinen Bleistift aus der Hand gerissen und zerbrochen. Ich sagte zu ihm, der Junge sei bloß eifersüchtig. Er würde die Schule vermutlich in ein paar Jahren verlassen, ohne richtig schreiben und lesen zu können, während Chico alles tun konnte, was er wollte, so begabt, wie er war. Er sah so goldig aus und so traurig. Allein der Gedanke daran treibt mir die Tränen in die Augen.

Er wurde immer schlimmer schikaniert. Eines Tages kam Chico ohne seine Turnschuhe nach Hause – sie hatten sie ihm weggenommen, obwohl es billige Turnschuhe gewesen waren, bloß um ihn zu ärgern. Wir mussten Rio verlassen. Er hatte ein besseres Leben verdient. Er war besser als diese Jungen.

Francisco hatte eine Sache mit ihnen gemein – auch er wuchs ohne Vater auf. Und diejenigen, die einen Vater hatten, wären ohne ihn besser dran gewesen. So wie Leandro, der sein bester Freund wurde, nachdem wir hoch in den Norden gezogen waren. Sein Vater brachte den Großteil seiner Zeit damit zu, am Fluss zu sitzen und an einer Flasche Cachaça zu nuckeln. Danach ging er nach Hause und prügelte alle windelweich. Chico hatte Glück. Mir wäre es ohne Vater auch besser ergangen.

Ich werde Dir wieder schreiben.

Luana

Meine Hände zitterten, während ich ihre Zeilen las. Sie schrieb mir aus Marajó, aber warum? Was machte sie dort? Es war eine eigenartige Vorstellung, dass die Insel immer noch existierte, als hätte sie nach unserer Abreise im Januar 1986 im Fluss versinken sollen. Der Name ihres Sohns, Chico, erinnerte mich an Mamães Lieblingslied und daran, wie es ein Jahr nach ihrem Tod durch Salvaterra geschallt war. Ich war froh, zu erfahren, dass sie Kinder hatte und sich ein Leben aufgebaut hatte, aber ich hatte nichts von alldem gewusst. Mein Vater hatte mir nie irgendetwas erzählt. Ich hatte nicht einmal gewusst, dass sie in Kontakt geblieben waren. Meine alte Wut wallte wieder auf, doch es war sinnlos – er war tot. Vielleicht hatte er befürchtet, ich könnte sie dort besuchen.

War ich ein guter Mann?

Ich las den Brief mehrmals an jenem Abend, trank eine Flasche Wein und ging ins Bett. Bevor ich die Augen schloss, las ich ihn erneut, und dann konnte ich nicht schlafen, weil ihre Worte in meinem Kopf nachhallten. Ich konnte sie beinahe laut hören. Auf meinem Handy lauschte ich Chico Buarques »Tatuagem« und schlief ein, als es schon fast hell war. Eine Stunde später wachte ich auf und ging zur Arbeit.

Mein Geist war an jenem Tag benebelt. Von Zeit zu Zeit dachte ich an Luanas Gesicht und an ihre ruhige, sanfte Stimme. Dann konnte ich mich nicht mehr genau an ihre Gesichtszüge erinnern. Chicos Lied schwirrte mir immer noch durch den Kopf, doch mittlerweile war es nur noch lästig.

Nachmittags schrieb ich eine E-Mail an Thiago, in der ich ihn fragte: »Weißt Du, wie Luana mit Nachnamen hieß?«

Er antwortete mir sarkastisch: »Es geht mir sehr gut, vielen Dank der Nachfrage. Nein, ich weiß nicht, wie sie mit Nachnamen heißt. Und selbst wenn ich es wüsste, würde ich es Dir vielleicht nicht verraten. Warum fragst Du? Kommst Du bald zu Besuch?«

7

Am Weihnachtsmorgen spielte der lokale Radiosender auf Marajó amerikanische Popsongs über Rentiere und Schnee, die nicht richtig zu den vierzig Grad draußen passten. Papai war allein an den Strand gegangen – eine alte Angewohnheit von ihm. In Rio ging er manchmal frühmorgens schwimmen, vor der Arbeit. Ich verzichtete aufs Frühstück, setzte mich auf die Veranda und rauchte eine Zigarette. Ich war noch kein richtiger Raucher. Manchmal schnorrte ich mir bei einem Freund eine Zigarette, und als Mamãe noch gelebt hatte, hatte ich mir ab und zu eine aus der Packung in ihrem Schmuckkästchen stibitzt. An jenem Morgen hatte ich mir welche gekauft. Luana traf bereits die Vorbereitungen für ein portugiesisches Weihnachtsessen, so wie Papai es sich gewünscht hatte. Zu hören, wie sie mit dem Radio mitsummte, und zu riechen, wie sie das buttrig-salzige Essen zubereitete, reichte aus, um mich aus der Küche fernzuhalten.

Thiago steckte den Kopf zur Tür heraus, und ich schnippte die Zigarette in einen Busch. Aber es war zu spät.

»Rauchst du?«, fragte er.

»Nein.«

Er trat auf die Veranda hinaus. Er trug eine blaue *sunga* – eine enge Badehose; an seinem nackten, gebräunten Oberkörper traten die Rippen hervor.

»Das sag ich Papai«, sagte er.

»Was willst du, *babaca?*«

»Selber Idiot! Gehen wir an den Strand?«

»Sobald er zurückkommt.«

»Ich will jetzt gehen.«

»Guck, da kommt er schon.«

Papai kam die Straße herauf, war in der Sonne nur schemenhaft zu erkennen. Er war lässiger gekleidet, als ich ihn jemals gesehen hatte, trug ein T-Shirt, Shorts und Flip-Flops. Er hatte sogar seine Nickelbrille gegen eine Piloten-Sonnenbrille getauscht. Thiago lief auf Papai zu, woraufhin er strahlend lächelte, sodass man seine Goldzähne sah. Er hob meinen Bruder in die Luft, tat sich ein wenig schwer damit. Erneut verspürte ich ein eigenartiges Schuldgefühl, weil wir ohne Mamãe eine schöne Zeit miteinander verbrachten. Es war unser erstes Weihnachten seit dem Unfall.

»Gestern Abend habe ich *Papai Noel* gesehen«, sagte Papai. »Er hat mir erzählt, dass er ein ganz besonderes Geschenk für euch hat.«

»*Papai Noel* kommt hierher?«

»Wusstest du das denn nicht? Er wohnt auf Marajó.«

Thiago strahlte vor Freude; er schlang Papai die Arme um den Hals wie ein kleines Kind.

»Hallo, André«, sagte Papai. »Hast du schon gefrühstückt?«

»Ja. Thi und ich wollen jetzt an den Strand.«

»Warum nehmt ihr Luana nicht mit?«

»Luana?«

Er saugte sich eine Ausrede aus den Fingern: »Ja, damit sie auf Thiago aufpassen kann.«

»Ich brauche keinen Babysitter«, sagte Thiago.

»Und was, wenn ein *bandido* vorbeikommt und versucht, dich

zu entführen, während André gerade schwimmt? Dann kann Luana ihn in die Flucht schlagen.«

Thiago wirkte verunsichert.

»Na gut«, sagte er, »aber ich glaube, das könnte ich auch selber.«

Im Gänsemarsch gingen wir zum Strand – ich als Erster, gefolgt von Thiago und Luana. Jeder von uns trug einen Schirm als Sonnenschutz. Papai hatte sie in einem Schrank entdeckt. Ich hatte Luana einen blauen Schirm mit Spitzenborte gegeben und mir den genommen, der aussah, als hätte er bereits einen Tornado überlebt. Thiago und ich trugen *sungas*, Flip-Flops und sonst nichts (diesem Stil habe ich seitdem glücklicherweise abgeschworen), und Luana hatte ein fliederfarbenes Kleid an, das mit weißen Blumen bedruckt war. Es war ein altes Kleid von Rita. Ab und zu wandte ich mich um und warf Luana und Thiago einen Blick zu. Sie lächelte mich jedes Mal an, Thiago streckte mir die Zunge raus, und ich wünschte, ich könnte hinter ihr hergehen, um zu sehen, wie sich der dünne Baumwollstoff an ihre neuerdings gerundeten Oberschenkel schmiegte.

Viele der Dorfbewohner hatten Tische und Stühle in ihre Vorgärten getragen und verbrachten den Tag draußen – rauchten Zigaretten, aßen Snacks, tranken Bier und summten zur Musik im Radio mit. Viele riefen uns *»Bom dia!«* zu und *»Feliz Natal!«*, während wir vorbeigingen, und bedachten uns mit jenem eigenartig faszinierten Lächeln, das man überall auf der Welt Nicht-Einheimischen schenkt. (Außer in London, wo die Nicht-Einheimischen zu zahlreich sind, um noch faszinierend zu sein.) Wir sahen den Fluss, als wir an einem maroden blauen Haus vorbeikamen. Ein älteres schwarzes Paar saß auf Stühlen davor.

»Feliz Natal!«, rief der Mann uns zu.

Ein schwarzbrauner Hund saß hechelnd zwischen dem Paar. Er war keiner eindeutigen Rasse zuzuordnen – vermutlich ein ehemaliger Straßenhund. Heißer Speichel tropfte von seiner Zunge. Die Frau legte ihm die Hand auf den Kopf.

»*Feliz Natal*«, sagte ich. »Frohes Fest und alles Gute!«

»Danke«, sagte die Frau. »Was für ein netter, wohlerzogener junger Mann.«

»Und was für ein hübsches Mädchen!«, sagte der Mann. »Ist sie eure Cousine?«

Thiago und Luana kicherten.

»Natürlich nicht«, sagte ich.

»Sie ist unsere *empregada*!«, sagte Thiago.

»Sei still, Thi.«

Er hatte nichts falsch gemacht, aber ich wollte, dass er den Mund hielt. Wir sollten vor diesen bedauernswerten Leuten nicht mit unserem Wohlstand prahlen – das hätte Mamãe gesagt.

»*Feliz Natal* wünsche ich dir, *querida*«, sagte die Frau, sah erst Luana an und dann mich. »Gebt ihr mal ein bisschen frei, ja? Sie hat es verdient.«

Wir gingen weiter, und Thiago sagte: »Die Leute hier sind nett.«

Ich wollte ihm schon widersprechen – ich fand sie unhöflich und aufdringlich –, doch da sagte Luana: »Ja, das sind sie.«

*

Der Sand war zu heiß, um barfuß zu laufen, aber Thiago tat es trotzdem. Er hüpfte von einem Fuß auf den anderen und rief: »Ai, ai, ai!« Als er das Wasser erreichte, stieß er ein erleichtertes »Ahhh!« aus und brachte uns damit zum Lachen. Am Strand war mehr los als gewöhnlich, weil es ein Feiertag war. Die

Leute sonnten sich, plauderten, lachten und kickten Fußbälle durch die Gegend. Am Ufer spielten kleine Kinder, buddelten Löcher in den nassen Sand. Thiago und ich waren die einzigen Weißen.

»Gehst du ins Wasser?«, fragte ich Luana.

Konnte sie überhaupt schwimmen?

»Nein, ich schau euch beiden bloß zu.«

Sie zog einen blauen Sarong aus ihrem Stoffbeutel und breitete ihn auf dem Sand aus. Ich fragte mich, wann sie ihr Kleid ausziehen würde. Ich sah die Träger ihres orangen Bikinis darunter hervorgucken. Ich legte meine Flip-Flops und Sonnenbrille neben ihren Sarong und vollführte den gleichen Tanz im heißen Sand wie zuvor Thiago, bis ich das Wasser erreicht hatte. Luana kicherte, was mich anspornte, noch mehr herumzualbern – ich bespritzte Thiago mit Wasser und versuchte, einen Kopfstand zu machen. Dann watete ich mit meinem Bruder in den Fluss. Er war ein guter Schwimmer für sein Alter, aber ich schwamm langsam raus, damit ich ihn nicht abhängte. Er schwamm zehn Meter hinter mir, bewegte sich platschend durch das Wasser. Hinter ihm lag das sandige Ufer. Ich kniff meine Augen zusammen und konnte Luana vage erkennen: Sie war aufgestanden und zog sich das Kleid über den Kopf.

»Wohin guckst du?«, fragte Thiago. Er paddelte auf der Stelle und blickte zum Strand hinüber. »Guck mal, da ist Luana. Lua! Lua!«

Er winkte energisch und versuchte, dabei nicht unterzugehen.

»Hör auf, Thi, du ertrinkst noch.«

Luana stand am Strand, in ihrem orangen Bikini, und winkte zurück. Sie trug ihre Haare offen – so hatte ich sie seit Jahren nicht mehr gesehen. Sie fielen ihr in dunklen Locken über die

Schultern. Sie setzte sich auf den Sarong, und Thiago schloss zu mir auf. Wir schwammen weiter raus. Das Wasser war ruhig.

*

Zurück am Ufer, stürmte Thiago auf Luana zu und umarmte sie. Ich setzte mir die Brille wieder auf. Mein feuchtes Gesicht ließ sie beschlagen.

»Du bist klatschnass, Thi«, sagte Luana.

Er ließ sie los, und sie schüttelte sich lachend das Wasser von den Händen. In ihrem Bikini wäre man nicht auf die Idee gekommen, dass sie eine *empregada* war. Sie hätte als Schulfreundin von mir durchgehen könnten: wortgewandt, schlank und hübsch. Wobei keiner meiner Freunde schwarz war. Vielleicht ein Achtel oder ein Sechzehntel, aber nicht sichtbar.

»Wie ist das Wasser?«, fragte sie.

»Perfekt«, sagte ich. So wie du. Perfekt. »Gehst du rein?«

Wieder kam mir Chico Buarques Lied in den Sinn. Das Lied meiner Mutter.

Ich setzte mich neben sie in den Sand, so wie ich es mit den Mädchen aus der Schule gemacht hätte.

»Gefällt dir der Strand?«, fragte ich einfältig. »Wer hätte das gedacht, ein Strand an einem Fluss.«

»Er sieht aus wie ein braunes Meer«, sagte sie.

»Genau das habe ich auch gedacht.«

»Es ist hübscher, wenn es blau ist.«

»Aber das Flusswasser fühlt sich viel besser an. Es ist kein Salz drin – man muss es sich nicht aus den Haaren waschen.«

»Mir macht das Salz nichts aus«, sagte sie.

»Wirklich nicht?«

»Ich finde, es fühlt sich gut an.«

Heute weiß ich, was sie damit meinte. Wie es eine dünne weiße Kruste auf den Haaren und auf der Haut hinterlässt. Wenn man sich mehrere Stunden später mit der Zunge über die Lippen fährt, schmeckt man das Meer. Den Geschmack der Heimat.

»Gehst du an deinem freien Tag manchmal in Rio an den Strand?«, fragte ich.

»Nein. Nicht mehr. Aber ich sehe ihn mir gern vom Wohnzimmerfenster aus an. Es ist so eine tolle Aussicht.«

Sie sagte es wie jemand, der dort zu Gast war, nicht wie jemand, der dort wohnte.

»Ich glaube, ich habe mich so an den Ausblick gewöhnt, dass ich ihn kaum noch wahrnehme.«

»Es ist wichtig, die Dinge wahrzunehmen«, sagte sie.

Thiago buddelte am Flussufer ein Loch und sprach mit sich selbst. Manchmal wirkte er, als wäre er erst vier und nicht sieben Jahre alt.

»Ich gehe schwimmen«, sagte Luana.

»Ich komme mit.«

»Was ist mit Thi?«

»Wir behalten ihn im Auge.« Sie wirkte unsicher. »Komm schon, er ist kein kleines Kind mehr.«

Wir gingen in den Fluss. Sie grinste, genoss das lauwarme Wasser. Sie konnte schwimmen. Natürlich konnte sie das. Wir schwammen ein Stück raus und dann auf der Stelle, blickten zu Thiago am Ufer hinüber. Direkt unter der Oberfläche des Flusswassers sah ich ihre schmalen goldbraunen Schultern. Ich wollte sie berühren.

»War es ein seltsames Gefühl«, fragte ich, »von der Schule abzugehen?«

»Was meinst du?«

»Du weißt schon.« Ich wusste, ich hätte nicht fragen sollen, aber jetzt konnte ich nicht mehr zurück. »Dass du die Schule abgebrochen hast, um als *empregada* zu arbeiten?«

Ich konnte ihr Gesicht nicht sehen, weil wir beide immer noch zu Thiago hinüberblickten. Ich hatte Angst davor, ihr ins Gesicht zu blicken, ihre Verachtung zu spüren.

»Tut mir leid, das war eine dumme Frage«, sagte ich.

»Ist es ein seltsames Gefühl, reich zu sein?«

»Wir sind nicht reich. Einige meiner Freunde haben Boote, Pferde, Designerklamotten – wir haben nichts davon.«

Sie wandte sich mir zu, einen harten Ausdruck in den grünen Augen, und grinste spöttisch.

»Hattest du vor zu studieren?«, fragte ich.

»Nein, ich will als *empregada* arbeiten, bis ich alt und grau bin – es ist mein Traumjob. Ich sollte nicht mit dir darüber sprechen.«

Sie war mir so nah. Nur wenige Zentimeter von mir entfernt. Ich musste nur die Hand unter Wasser auf sie zuschweben lassen, um ihre Hüfte zu berühren. Ich spürte, wie sich bei dieser Vorstellung mein Penis regte. Doch sie hatte den Blick abgewandt, sah zu meinem Bruder hinüber. Die Stille dehnte sich aus wie ein Kaugummi. Luana drehte sich um und schwamm zurück, ohne einen Ton zu sagen. Nachdem sie wieder an Land war, setzte sie sich neben Thiago und half ihm, das Loch zu buddeln.

Abends gab es das Weihnachtsessen. Luana aß in der Küche, allein, und wir speisten im Esszimmer, wo sie uns lächelnd bediente. Salzgetrockneter Kabeljau mit Kartoffeln und Gemüse auf portugiesische Art. Es war lecker, aber mir wären Truthahn und Schinken lieber gewesen, wie sonst immer an Heiligabend.

Immerhin gewährte Papai mir ein Bier. Als er das Zimmer kurz verließ, ließ ich Thiago einen Schluck probieren.

Er verzog das Gesicht, streckte die Zunge raus und sagte: »Das ist widerlich«, und dann: »Gib mir noch was!«

Ich fragte mich, was Rita gerade in Rio tat. Ich malte mir aus, dass sie im Ehebett meiner Eltern schlief und den ganzen Tag fernsah, eine Vorstellung, die mir sehr gut gefiel. Aber in Wahrheit putzte sie höchstwahrscheinlich die Wohnung, ging in die Kirche, säuberte Fifis Katzenklo und vermisste ihre Tochter.

»Authentisches portugiesisches Essen«, sagte Papai anerkennend, als Luana die Teller abräumte. »Gut gemacht.«

Sie nickte und sagte: »Danke, *doutor.*«

»Wir gehen heute um Mitternacht in die Kirche. Willst du mitkommen?«

»Wir gehen in die Kirche?«, fragte Thiago.

»Willst du dich etwa beklagen?«

Thiago verzog das Gesicht, als hätte er Schmerzen.

»Ja, ich würde gern mitkommen«, sagte Luana.

Nach dem Abendessen war es Zeit für die Bescherung. Papai rief Luana aus der Küche herbei und überreichte ihr ein kleines rechteckiges Päckchen.

»*Feliz Natal*«, sagte er.

Neugierig öffnete sie es. Wir machten Rita und Luana immer kleine Geschenke – Seife, Handcreme, Flip-Flops –, doch diesmal schnappte Luana nach Luft, als eine blassgelbe Verpackung mit edlem goldenem Schriftzug zum Vorschein kam. Sie öffnete sie und holte eine Flasche Parfüm hervor. Ihre Hände zitterten vor Aufregung.

»Vielen Dank«, sagte sie. »Das ist viel zu großzügig.«

»Als ich es gesehen habe, musste ich an dich denken.«

Sie nahm den Deckel des Flakons ab – zwei gläserne Vögel im Flug – und sprühte sich etwas aufs Handgelenk. Der Duft von Blumen und Moschus erfüllte den Raum. Der Duft von Frauen.

»Lass mich mal riechen!«, rief Thiago. Er stand vom Sofa auf, ging zu Luana hinüber und roch an ihrem Handgelenk. »Es riecht wie Mamãe.«

»Nein, Mamãe hatte ein anderes Parfüm«, sagte Papai.

»Es tut mir leid, ich habe leider kein Geschenk für Sie«, sagte Luana.

»Deine Anwesenheit ist ein Geschenk für uns«, sagte Papai, was ich zu dick aufgetragen fand.

Wir packten ein paar weitere Geschenke aus. Luana saß auf einem hölzernen Hocker und sah zu. Thiago und ich schenkten Papai eine Kiste kubanischer Zigarren, worüber er sich zu freuen schien. Ich erwartete nichts Besonderes und behielt recht: Er schenkte mir ein kleines anatomisches Modell des menschlichen Körpers.

»Danke, Pai«, sagte ich. »Das kann ich gut gebrauchen.«

Seine angeheiterten Augen glühten vor Stolz. Er schenkte Thiago eine Ausgabe von *Alice im Wunderland* auf Englisch. Unsere Mutter hätte ihm eine neue Schallplatte oder eine Spielzeugpistole geschenkt. Thiago hatte noch nicht gelernt, Dankbarkeit vorzuspielen. Er schmiss das Buch auf den Boden, als wäre es eine Granate, rief »Das ist blöd!« und brach in hysterisches Geheul aus. Mein Vater setzte sich aufs Sofa, starr und verstört. Luana ging zu meinem Bruder und nahm ihn in den Arm.

»Ich vermisse Mamãe«, schluchzte er. »Wie können wir sie zurückholen?«

»Wir alle vermissen Dona Beatriz. Nicht weinen, Thi.« Es war, als hätte Rita von ihr Besitz ergriffen. Genau das hätte sie auch gesagt, in exakt dem gleichen tiefen, beruhigenden Tonfall. »Ich habe gehört, dass es ein tolles Buch sein soll, weißt du?«

Er hörte auf zu weinen und richtete den Blick auf einen Punkt in der Ferne. Wir schwiegen alle eine Weile. Papai trank ein dringend benötigtes Glas Whisky, und dann gingen wir in die Kirche.

Nach unserem Urlaub in Pará benutzte Luana das Parfüm ziemlich häufig. Selbst wenn sie nur kochte und putzte, roch sie wie eine reiche Dame auf dem Weg zu einer Party. Das Parfüm hieß *L'air du temps*. Mir fiel es erst viele Jahre später wieder ein, als Esther mich nach Kentish Town mitnahm, um ihre Eltern kennenzulernen. Es war im Mai 1994 – ein Samstag. Zwei Monate vor meinem sechsundzwanzigsten Geburtstag. Arm in Arm gingen wir die Falkland Road entlang. Immer noch in Wollmänteln, obwohl es schon Frühling war.

»Ich bin nervös«, sagte ich.

»Das brauchst du nicht zu sein«, sagte Esther. »Sie werden dich lieben. Sie lieben alles, was fremdartig und exotisch ist.«

»Du bist die Exotische, Gringa.«

Das Haus, in dem Esther aufgewachsen war, war ein dreistöckiges viktorianisches Reihenhaus; im Vorgarten saßen Hummeln im Lavendel. Ihre Mutter Judith öffnete uns die Tür, eine gutaussehende Frau mit kurzen dunklen Haaren und dem gleichen Lächeln wie Esther. Wir begrüßten uns, und dann roch die Luft nach Luana. Nach Blumen und Moschus. Nach Marajó. Nach unserem Wohnzimmer in Ipanema. Nach allem anderen. Ich küsste meine zukünftige Schwiegermutter auf beide Wangen, antwortete auf ihre Fragen, lachte, als sie sagte, ich hätte einen bezaubernden Akzent und dass sie schon immer hatte nach Brasilien reisen wollen. Kurz darauf erschien ihr Mann Joe im Hausflur, ich schüttelte ihm die Hand und überreichte ihm die Flasche Wein, die ich mitgebracht hatte, doch ich fühlte mich, als würden meine Beine jeden Moment unter mir wegsacken. Nach ein paar Minuten entschuldigte ich mich und ging ins Bad. Ich spritzte mir Wasser ins Gesicht, blickte auf und sah es dort stehen, neben dem Waschbecken: *L'air du temps.*

8

Es war dieselbe Kirche, in die Papai als Kind immer gegangen war: klein und weiß mit blauen Akzenten und einem Schild, auf dem 1911 stand. Alle Plätze waren besetzt. Die Türen standen offen, draußen saß das halbe Dorf, reckte die Hälse, um zu sehen, wie der Pfarrer die Predigt hielt, und fächelte sich mit einem Stück Pappe Luft zu. Wir kamen ein paar Minuten zu spät, und die Messe war bereits in vollem Gang, dröhnend leierte der Pfarrer seine Predigt auf Portugiesisch und Latein herunter.

»Es gibt keine Sitzplätze mehr«, sagte ich.

»Wir setzen uns einfach hier mit hin«, sagte Papai und deutete auf die Leute, die draußen vor der Kirche auf dem Boden saßen. Alle blickten zu uns herüber und tuschelten miteinander, wirkten aber sehr freundlich.

»*Senhor*«, ertönte eine Stimme aus dem Innern der Kirche. Sie gehörte einem hageren alten Mann, der in der letzten Stuhlreihe saß. »Ihre Tochter kann meinen Platz haben.«

Ich drehte mich zu Luana um, um zu sehen, wie sie reagierte, aber sie hatte den Blick von mir abgewandt und hielt ihn auf die halbnackte Jesusfigur gerichtet.

»Das ist schon in Ordnung«, sagte Papai ziemlich laut. »Wir setzen uns dort drüben hin. Vielen Dank.«

Wir setzten uns auf den Boden, gerade noch innerhalb der

Kirche. Die Leute rutschten beiseite, um uns Platz zu machen, dann boten sie uns Getränke und Snacks an: Becher mit Kaffee (»Das hilft Ihnen, wach zu bleiben«), Kokosnuss-Stücke und mehrere Handvoll buttrigen Popcorns. Thiago biss einmal von einem Stück Kokosnuss ab, dann rollte er sich auf Luanas Schoß zusammen und schlief ein. Ich war neidisch, dass er noch so jung war und damit durchkam. Luana sah ebenfalls müde aus. Ihre Augen gingen auf und fielen zu, auf und zu. Sie legte die Arme um meinen Bruder.

Ich wandte den Blick nach rechts und sah Papais Gesicht in der Dunkelheit; mit glänzenden Augen blickte er mich an. An seiner Lippe klebte ein winziges Stück Popcorn. Ich bekam kaum ein Wort von der Messe mit, abgesehen von dem regelmäßigen *amém* der zahlreichen Kirchenbesucher. Den Leuten, die um uns herum saßen, schien es ähnlich zu gehen; viele von ihnen unterhielten sich leise, aber angeregt miteinander.

»Sitzt du bequem?«, fragte Papai.

»Nicht besonders.«

»Ich auch nicht.« Er wirkte ebenso gelangweilt wie ich. Unruhig und unaufmerksam. »Vielleicht sollten wir die beiden aufwecken.«

Ich schüttelte Thiago vorsichtig.

»Mamãe«, sagte er und schlang die Arme um Luana. Sie war ebenfalls eingeschlafen und umarmte ihn.

»Thi-thi«, sagte ich.

Er öffnete die Augen.

»Wo sind wir?«

»In der Kirche.«

»Hm?«

»In Marajó.«

Er blickte auf und bemerkte, dass er in Luanas Armen lag, nicht in Mamães. Luana öffnete die Augen und hob den Kopf.

»Kommt, wir gehen«, sagte Papai.

Wir bedankten uns bei allen für die Snacks und Getränke; sie nickten uns zu und sagten: *»Prazer, prazer.«* Papai hatte sein Bedürfnis nach Nostalgie befriedigt, und es war an der Zeit, nach Hause zurückzukehren. Die Christmette war, ebenso wie Belém, seinen Erinnerungen nicht gerecht geworden.

»Jetzt weiß ich wieder, warum ich aufgehört habe, in die Kirche zu gehen. Es ist so langweilig«, sagte er auf dem Nachhauseweg.

Luana und Thiago trotteten Hand in Hand hinter uns her.

»Schon seltsam, nicht wahr?«, fuhr er fort. »Man sehnt sich nach Dingen zurück, die man früher nicht einmal mochte.«

»Was meinst du?«

Er sah mich an, aber ich konnte seinen Gesichtsausdruck nicht erkennen. Es war zu dunkel.

»Egal, vergiss es. Ich schwafele nur so vor mich hin – das tut man, wenn man alt wird.«

Innerlich stimmte ich ihm zu. Mein Vater kam mir uralt vor. Er war dreiundvierzig – jünger als ich jetzt.

Nachts war es viel zu heiß, um zu schlafen. Ich lag wach, schwitzte meine Laken durch, fühlte mich, als stünde ich in Flammen. Die Zikaden zirpten so laut, dass es sich anhörte, als wären sie direkt in meinem Zimmer. Ich öffnete das Fenster, aber es machte keinen Unterschied. Die Luft war zum Schneiden, und es regte sich kein Lüftchen. Ich griff nach meiner Brille, doch sie lag nicht auf dem Nachttisch. Ich stieg aus dem Bett und ging nach unten, wo es kühler war. Die Fliesen unter meinen Füßen fühlten sich fast kalt an. Ich wollte in die Küche gehen, um mir ein Glas Wasser zu holen, da hörte ich ihre Stimme:

»André?«

In meinem übermüdeten, halbblinden Dämmerzustand hielt ich es für möglich, dass mir der Geist meiner Mutter einen Besuch abstattete. Ich drehte mich um, blickte zur Tür des düsteren Fernsehzimmers und erkannte eine schattenhafte Gestalt auf dem Sofa. Ihre Locken fielen lose herab. Ganz anders als das Haar meiner Mutter, das so glatt gewesen war wie das einer Indianerin.

»Was machst du da im Dunkeln?«, fragte ich.

Ich streckte die Hand nach dem Lichtschalter aus, doch Luana sagte: »Nicht.«

»Bist du zum Vampir mutiert?«

Ich betrat das Fernsehzimmer und tastete mich an der Wand entlang zum Sofa. Ich setzte mich ans andere Ende, so weit wie möglich von Luana entfernt.

»Ich konnte nicht schlafen«, sagte sie.

»Ich auch nicht. Es ist zu heiß.«

»Die Hitze macht mir nichts aus.«

»Was ist es dann?«

»Ich weiß es nicht.«

»Weißt du es nicht, oder willst du es mir nicht sagen?«

»Wir sollten uns nicht so benehmen, als wären wir Freunde«, sagte sie.

»Und warum nicht?«

»Du stellst zu viele Fragen.«

»Tut mir leid.«

Ich war drauf und dran, sie zu fragen, ob sie Rita vermisste, doch dann wurde mir klar, dass das eine weitere Frage gewesen wäre.

»Ich weiß nicht, was ich sagen soll«, sagte ich.

Ihr Haar wurde von einem silbernen Lichtschein umgeben – das Einzige, was ich von ihr erkennen konnte. Keine Gesichtszüge, nichts. Bloß Schwärze.

»Du siehst aus wie ein Engel.«

»Was?«

»Dein Kopf wird von einem Lichtschein umgeben.«

Das klang dämlich – zu schwülstig.

»Musstest du an Dona Beatriz denken?«, fragte sie. »Konntest du deshalb nicht schlafen?«

»Ja und nein. Als ich dich hier sitzen sah, dachte ich zuerst, du wärst ihr Geist.«

»Und was hat mich entlarvt?«

»Deine Haare.«

Sie schüttelte den Lockenkopf in der Dunkelheit, und der Lichtschein flackerte über ihr.

Ich schluckte einmal schwer, dann fragte ich sie: »Denkst du manchmal an deinen Vater?«

»Nein. Ich habe ihn nie kennengelernt.«

»Wer war er?«

»Du mit deinen Fragen. Ich weiß es nicht, irgendein weißer Kerl aus Vidigal, der jetzt nicht mehr dort wohnt. Mamãe erwähnt ihn immer nur dann, wenn sie mich vor Männern warnen will.«

»Und was sagt sie?«

»Dass ich meine Zeit nicht mit Männern verschwenden, sondern mich auf die Arbeit konzentrieren soll.«

Aber Rita mag *mich*, wollte ich sagen, und ich bin ein Mann.

»Klingt nicht nach Spaß«, sagte ich.

»Ich weiß.«

In dem Moment wusste ich, dass ich sie küssen konnte. Alles andere konnte warten. Es gab nichts auf der Welt außer diesem Raum, dem Summen der Insekten, Luanas Lichtschein und meiner Erektion, die sich hoffnungsvoll in meinen Shorts erhob. Ich rutschte näher an sie heran. Kalter Schweiß lief mir zu beiden Seiten meines Gesichts hinunter. Sie musste die Bewegung auf dem Sofa gespürt haben.

»Was machst du da?«, fragte sie.

»Jetzt stellst *du* zu viele Fragen«, sagte ich mit ernster, sonorer Stimme. In dem Ton, den Männer in den Telenovelas anschlugen, wenn sie Frauen verführten. Es war nicht witzig gemeint, doch sie lachte.

»André.«

Ich rutschte so nah an sie heran, dass sich unsere Oberschenkel berührten. Ihre Haut war kühler als meine. In der Dunkelheit ertastete ich eine ihrer Hände auf ihrem Schoß. Unsere Handflächen waren schwitzig. Heiß und feucht spürte ich ihren Atem. Ich nutzte ihn als Orientierungshilfe und konnte ungefähr ausmachen, wo sich ihre Lippen in der Dunkelheit befanden. Ihre vollen rosafarbenen Lippen mit dem tiefen Amorbogen in Form eines V.

Ich beugte mich zu ihr, und sie fragte: »Was hast du vor?«, stieß mich aber nicht von sich.

Meine Berechnungen waren falsch. Ich küsste sie auf den Mundwinkel, und sie lachte leise. Ich lachte ebenfalls, nervös. Luana drehte den Kopf ein Stückchen zur Seite, und unsere Lippen trafen trocken aufeinander, trennten sich, fanden wieder zueinander. Es dauerte fünf Sekunden, nicht länger, dann stand sie auf, und ihr Lichtschein verschwand.

»Ich gehe schlafen«, sagte sie.

»Luana?«

»Gute Nacht.«

Sie ging zurück zu ihrem Zimmer, tapste durch die Küche. Mein Herz raste wie das eines kleinen Tieres. Ich ging ins Bett und masturbierte, dachte dabei an Luana in ihrem orangefarbenen Bikini und schlief ein, als die Sonne aufging.

Unsere restliche Zeit in Pará verging wie im Flug. Wir verbrachten zwei weitere Wochen in Marajó, darunter einen ruhigen Silvesterabend, und anschließend ein paar Tage in Belém. Ich sagte all die richtigen Dinge zu Papai, spielte mit meinem Bruder, bedankte mich jeden Tag bei Luana für das Essen, doch innerlich stand ich in Flammen. Wenn ich in Marajó an den Strand ging, knisterte das Flusswasser an meiner Haut, als wäre es elektrisch geladen. Alles verlangsamte sich, sobald Luana den Raum betrat – wobei sie es zu vermeiden schien, mit mir im selben Zimmer zu sein. Sie tat, als wäre nichts zwischen uns vorgefallen, und ich wusste nicht, was ich tun sollte. Es war unmöglich, mit ihr alleine zu sein. Sie klebte wie ein Parasit an Thiago: sah mit ihm fern, verschwand mit ihm an den Strand, bevor ich aufwachte, ging mit ihm einkaufen und überredete ihn irgendwie dazu, bei ihr in der Küche zu bleiben, während sie kochte. Er saß auf dem kleinen Tisch, blätterte in *Alice im Wunderland* und brachte sie so zum Lachen, wie ich sie gern zum Lachen gebracht hätte. Ich konnte sie von meinem Zimmer aus hören, schwitzte wütend und eifersüchtig vor mich hin. Es gab keine weiteren Küsse, weder in Marajó noch in Belém.

Am Abend vor unserem Rückflug nach Rio fand bei Camila ein Abschiedsessen statt, zu dem dieselben Gäste eingeladen waren wie bei der vorherigen Party und noch ein paar mehr. Es gab Wein, mehrere Gänge wurden serviert, und eine dreiköpfige Band spielte die gleichen alten Lieder. Thiago aß so viel, dass er sich fast übergeben musste. Ich strich ihm beruhigend über den Rücken, während er im Garten würgte. Es kam nichts raus. Im Haus schob er zwei Stühle zusammen und schlief darauf ein, während die Party um ihn herum weiterging. Ein ums andere Mal bekamen Papai und ich zu hören, wir müssten unbedingt bald wiederkommen, wir hätten länger bleiben sollen, wir könnten jederzeit bei jedem von ihnen übernachten.

Ich sah keinen von ihnen jemals wieder.

Ich ging wieder zu meinem Versteck hinten im Garten, schloss die Augen und dachte an Luana. An den Schwung ihrer Lippen, an ihre feuchte Hand, ihren Atem.

9

An einem Freitagmorgen im September erhielt ich eine Ansichtskarte von der Erlöserstatue: Cristo Redentor blickt mit ausgebreiteten Armen auf die Stadt und das Meer – das klassische Rio-Foto, zu weit entfernt, um das Hässliche zu sehen.

»Sieht schön aus«, sagte eine der Empfangsdamen, als sie mir die Karte aushändigte.

»Ist es auch«, sagte ich.

Hallo André,

ich bin gerade bei meiner Mutter in Rio zu Besuch. Sie wohnt immer noch bei ihrer Schwester in dem gleichen *bairro* wie früher. Ich habe ihr mehrmals angeboten, zu uns in den Norden zu ziehen, aber sie sagt jedes Mal: »Vielleicht nächstes Jahr.« Sie kommt nicht einmal mehr zu Besuch hierher. Sie glaubt, der Fluss wäre verflucht. Ich glaube das Gegenteil. Ich fühle mich in Rio schrecklich unwohl. Geht es Dir auch so? *Graças a Deus* werde ich morgen abreisen.

Luana

Ich las die Karte innerhalb weniger Sekunden, während ich auf meinen ersten Patienten wartete. In der Mittagspause las ich sie erneut, während ich mein Sandwich aß, und abends zu Hause noch einige weitere Male bei einem Currygericht aus der Mikrowelle und einer Flasche Wein, während ich mit einem Auge ein dänisches Fernsehdrama schaute, das Esther gefallen hatte. Ich las Luanas Briefe noch einmal von Anfang an, von ihrem ersten Brief bis zu der Ansichtskarte. Bei Morgengrauen verließ ich das Bett und las sie in der Küche erneut. Draußen vor dem Fenster war London in dunkelblaues Licht getaucht. Ich schloss die Augen und versuchte, mir den Strand von Ipanema vorzustellen, das Meer und die Favela. Dann öffnete ich die Augen, blickte auf viktorianische Reihenhäuser und war beschämt. Ich war weit weg von zu Hause.

*

Am Nachmittag trottete ich erschöpft die Straße entlang, um meine Töchter in der Winston Road abzuholen. Ich hielt die Klingel fünf Minuten lang gedrückt, bis Hannah die Tür öffnete. Sie trug einen rosa Schlafanzug, eine Brille und hatte die dunklen Haare zu einem Nest auf dem Kopf aufgetürmt. Während sie sich umzog, wartete ich im Wohnzimmer, versank in unserer alten Ledercouch, die Füße auf dem Perserteppich, den Esther und ich ein paar Monate vor unserer Hochzeit gekauft hatten. Hätte ich die Augen geschlossen, wäre ich innerhalb weniger Sekunden eingeschlafen – so müde war ich. Auf dem Kaminsims standen noch dieselben gerahmten Fotos, darunter unser Hochzeitsfoto, das Matt gemacht hatte. Esther trug ein kurzes weißes Kleid und dunkelroten Lippenstift. Sie sah aus wie achtzehn, nicht wie vierundzwanzig, und wirkte überglücklich; das Foto hatte ihr strahlendes Lachen eingefangen. Der Geruch des Hauses: Pflanzen, Holz und Staub, der Geruch von Esther, Hannah und Bia. In hundert Jahren würden wir alle tot sein, doch eine Spur von uns würde in diesem Haus bleiben. Dessen war ich mir sicher.

Ich ging mit den Mädchen dorthin, wo wir uns immer trafen. Nach drei Monaten Trennung hatten wir bereits ein Stammcafé: das Clissold Park Café in einem ehemaligen Herrenhaus. Früher war es einmal der Wohnsitz einer wohlhabenden und einflussreichen Persönlichkeit gewesen, heute war es ein Ort, um Kaffee zu trinken und Kuchen zu essen, ein Treffpunkt für Mütter mit Babys. Es lag in der Nähe des Restaurants, in dem Bia jobbte – sie sparte für eine Rucksackreise, die sie machen wollte, bevor sie mit ihrem Medizinstudium beginnen würde, unserem Familiengeschäft. Wir saßen draußen. Es war einer jener blau-goldenen Frühherbsttage, die einen für alles dankbar sein lassen: für die belegten Brote, den Kaffee, die vielen kleinen Hunde, die um uns herum über den Rasen tollten. Die Mädchen aßen mit einer Hand, mit der anderen streichelten sie die vorbeilaufenden Hunde.

»Hast du dir schon überlegt, wohin du reisen willst, Bia?«, fragte ich.

»Noch nicht«, sagte sie kauend. »Vielleicht nach Brasilien.«

»Brasilien? Wirklich?«

Sie kniff die Augen zusammen, und ihre Oberlippe zuckte.

»Ja, wirklich«, sagte sie gereizt.

Ich ging ihr so leicht auf die Nerven, so leicht wertete sie eine unschuldige Bemerkung als Angriff. Eine Traurigkeit umgab sie, eine nervöse Anspannung, was dazu führte, dass ich mich wie ein Versager fühlte.

»Es ist ein gefährliches Land«, sagte ich.

»Ach, komm.«

»Warum reisen wir denn nie nach Brasilien, Dad?«, fragte Hannah.

»Wir waren doch ein paarmal dort«, sagte ich.

»Zwei Mal«, sagte Bia. »Einmal, als ich drei war, woran ich mich nicht erinnere, und dann zu Opas Beerdigung.«

Papai war siebenundsechzig, als er starb. Seine *empregada* fand ihn am Boden liegend im Badezimmer. Ich bin der Nächste auf der Liste.

»Ich erinnere mich an die Aussicht von Opas Wohnung«, sagte Hannah, »auf den Strand.«

Es war eigenartig, dass sie ihn »Opa« nannten, obwohl sie ihn kaum kannten. Sie hatten ihn nur einmal getroffen, waren aber zu jung gewesen, um sich an ihn erinnern zu können. Beim zweiten Besuch war er ein Leichnam in einem Sarg gewesen – seine Haut glatt und wächsern von der Schminke, die Wangen gerötet wie bei einer Puppe. Mein atheistischer Vater wurde katholisch bestattet, in einem offenen Sarg. Thiago hatte alles organisiert.

»Dein Onkel Thiago wohnt jetzt in dieser Wohnung«, sagte ich.

»Das wissen wir, Dad«, sagte Bia. »Wir kennen ihn.«

Thiago hatte uns zweimal in London besucht. Ein paar Tage, als er noch ein Teenager war, auf seiner Rundreise durch Europa, und zwei Monate mit Anfang zwanzig.

»Thiago schreibt so nette E-Mails«, sagte Hannah.

»Es heißt Tschi-ah-gu«, verbesserte ich ihre Aussprache.

»Okay, Tschi-ah-gu«, sagte sie. »Er lädt uns immer ein, ihn zu besuchen und bei ihm und seinem Freund zu wohnen. Wie heißt der noch mal?«

»Jesse«, sagten Bia und ich wie aus einem Mund.

Bia lachte. Ich war überrascht, dass sie Jesses Namen kannte, dass sie eine Beziehung zu Thiago aufgebaut hatte, ohne dass ich davon wusste. Worüber sie wohl sonst noch sprachen?

»Wir haben neulich ein paar Fotos von Thiago und dir gefunden«, sagte Bia, »als Mum den Dachboden ausgemistet hat.«

»Und Fotos von euren Dienstmädchen«, sagte Hannah. »Ich kann nicht glauben, dass ihr *Dienstmädchen* hattet.«

»In ihren adretten weißen Uniformen«, sagte Bia.

»Oh mein Gott, wie in *Downton Abbey*.«

»Nicht ganz«, sagte ich. »Es waren bloß zwei.«

»Bloß zwei?«, sagte Bia und lachte. »Können wir dann wenigstens eine haben?«

Ich erinnerte mich an diese Fotos. Insbesondere an ein Foto, das im Haus meiner Großeltern in Teresópolis entstanden war, einige Wochen vor dem Unfall. Meine Mutter steht neben einem kleinen Baum im Garten, in dem ein Kolibiri sein Nest gebaut und zwei Eier gelegt hatte, winzig wie zwei Aspirin. Das Nest war direkt vor meinem Schlafzimmerfenster, und ich hatte das Foto aus dem Zimmer gemacht, mich dazu auf einen Stuhl gekniet. Man kann gerade das schimmernde blau-grüne Gesicht der Vogelmutter erkennen und wie Mamãe sie ansieht – den Blick gesenkt, mit einem zarten Lächeln, das schwarze Haar zu einem Knoten hochgesteckt. Bia ist ihr wie aus dem Gesicht geschnitten: breite Wangenknochen wie eine Indianerin, schwere Lider, blasse Haut. Sie ist der Geist meiner Mutter aus der Vergangenheit.

Die Mädchen gingen zu anderen Gesprächsthemen über – Schule, Fernsehen, Freunde. Irgendwann blickte ich in ihre lachenden Gesichter und stellte fest, dass ich keine Ahnung hatte, worüber sie gerade lachten; ich hatte ihnen schon einige Minuten lang nicht mehr zugehört. Ich war irgendwo anders gewesen. Ich sollte mir etwas besorgen, damit ich besser schlafen kann, dachte ich – ja, morgen kümmere ich mich darum. Meine Töchter lachten weiter, leicht hysterisch. Sie tupften sich Tränen von den Augen. Ich lächelte, gab vor, den Witz verstanden zu haben. Der Boden unter meinen Füßen schien zu schwanken.

10

Wie viele andere Wohnungen in Rio hatte auch unsere zwei Eingangstüren: eine zur Küche, und durch die andere, die Gästetür, betrat man das L-förmige Wohn- und Esszimmer. Mein Vater schloss die Küchentür auf, während wir im düsteren Hausflur standen. Thiago war aufgeregt, freute sich darauf, Rita wiederzusehen. Luana blickte starr geradeaus. Sie hatte mich während der Rückreise die meiste Zeit ignoriert, war aber gerade noch höflich genug gewesen, dass es niemand bemerkt hatte.

»Hallo allerseits«, erklang eine sanfte Stimme hinter der Tür, wie Balsam auf einer Schürfwunde.

»Rita!«, rief Thiago.

Sie stand in ihrem weißen Kleid und mit weißen Gummi-Flip-Flops in der Küche, ein seltenes Lächeln auf dem Gesicht. Thiago stürmte hinein und schlang die Arme um ihren ausladenden Körper.

Sie lachte, tätschelte ihm den Kopf und fragte: »Wie geht es dir, Thi-thi? Hast du Rita vermisst?«

»Ja«, murmelte er in ihre Uniform hinein.

Rita war um die dreißig, aber für mich war sie so alt wie die Erde selbst. Nicht dass sie so ausgesehen hätte. Ihr dunkles Gesicht war faltenfrei, aber sie bewegte sich, als trüge sie eine schwere Last, im wörtlichen wie im metaphorischen Sinne, als wüsste sie etwas, das die anderen nicht wussten. Mit siebzehn war ich zu alt und zu befangen, um eine Umarmung einzufordern, aber ich wusste noch, wie sich ihre Hände anfühlten, hart wie Stahl, von zwei Jahrzehnten Putzarbeit. Die Hände, die mich so viele Jahre lang gebadet und gefüttert hatten. Ich versteckte meine Eifersucht hinter einem Grinsen.

»Wie geht es dir, Rita?«, fragte Papai.

»Mir geht es gut, und Ihnen?« Sie hielt den Blick auf Papai, Thiago und mich gerichtet, Luanas Begrüßung bewahrte sie sich für später auf. »Haben Sie die Zeit in Ihrer Stadt genossen, *doutor?*«, fragte sie Papai.

»Sehr sogar«, sagte Papai. »Hattest du ein schönes Weihnachtsfest?«

»Ja, *doutor*, es war nett.«

»Schön. Ich packe mal die Koffer aus.«

Er verließ die Küche, und wir folgten ihm. Außer Luana. Sie blieb bei ihrer Mutter.

Auf dem Weg in mein Zimmer hörte ich, wie sie sagte: »Oi, Mãe.«

Rita antwortete: *»Oi, querida.«*

Daraufhin folgte Stille. Vermutlich umarmten sie sich. Die Stille dauerte eine ganze Weile an, dann schloss ich sie hinter meiner Zimmertür aus. Fifi lag auf meinem Bett, starrte mich aus paranoiden blauen Augen an, die Schultergelenke traten unter ihrer Haut hervor. Meine Bettlaken waren übersät von silbernen Haaren, die sie verloren hatte. Ich setzte mich neben sie, und sie stieß ein zaghaftes, verstörtes Jaulen aus.

»Hi, Fifi«, sagte ich. »Immer noch verrückt?«

Mit einem Satz sprang sie vom Bett und flitzte aus dem Zimmer.

Wie die meisten Haustiere in Ipanema lebte Fifi drinnen. Das ist der Preis, den sie dafür zahlen, in einem Luxus-Hochhaus zu wohnen – weder Abenteuer noch ausreichend Bewegung. Sie schlief den ganzen Tag über, kackte in eine Kiste und saß gern auf dem Balkon, blickte auf die Leute am Strand hinunter, wünschte sich wahrscheinlich, sie könnte zwischen ihnen entlangspazieren. Manchmal nahm Thiago sie mit auf den Spielplatz, der zu unserem Haus gehörte, wo sie ein paar Minuten einer Eidechse hinterherjagte, bevor sie ihn miauend anflehte, sie zurück ins Haus zu bringen. Doch ihr letzter Ausflug lag schon eine ganze Weile zurück.

Später entdeckten wir sie auf einem Sessel im Wohnzimmer; sie sah aus wie eine gepeinigte graue Katzenstatue.

»Was hat sie denn?«, fragte Thiago.

Draußen rauschte der Verkehr auf der Avenida Vieira Souto, die Wellen schlugen krachend auf den Strand von Ipanema. Ich blickte zum Fenster hinaus, nahm den Ausblick in mich auf – das aufgewühlte blaue Meer, den mit Sonnenanbetern übersäten Strand – und erinnerte mich daran, dass Luana gesagt hatte, es sei wichtig, die Dinge wahrzunehmen.

»Sie ist alt«, sagte ich. »Das ist alles.«

Ich schaute die Katze an und versuchte, nicht über sie zu lachen. Mein Bruder nahm die Sache sehr ernst.

»Sie hat uns vermisst«, sagte er. »Sie denkt, wir hätten sie nicht mehr lieb.«

»Sie denkt nicht, Thi. Sie ist eine Katze.«

»Und ob sie denkt!«

Er versuchte, sie zu umarmen, aber sie miaute und hieb ihm ins Gesicht.

»Aua!«

»Bist du okay?«

»Du hast mir wehgetan!«, sagte er zu der Katze.

Fifi verengte die Augen zu Schlitzen, ihr Blick sagte: »Na und?« Dann legte sie sich hin und wandte den Kopf ab. Thiago rieb sich die Wange.

Es waren sechsunddreißig Grad in Rio, aber zumindest hatten wir eine Klimaanlage. Wir zitterten in unserem beengten kleinen Fernsehzimmer – darin stand nichts außer einem Sofa, einem Holzstuhl und einem Fernseher. Manchmal öffneten wir das Fenster einen Spaltbreit, nur um festzustellen, dass es draußen immer noch so heiß war wie in einer Sauna, und schlossen es schnell wieder, bevor die kostbare arktische Kühle entweichen konnte. Papai hatte zu seiner Routine zurückgefunden und war in seinem Arbeitszimmer beschäftigt, und Luana saß wieder auf ihrem üblichen Fernsehplatz, dem Holzstuhl mit der harten Rückenlehne neben der Tür. Ich roch ihr Parfüm.

In den Tagen seit unserer Rückkehr hatte sie angefangen, ein gestärktes weißes Kleid zu tragen, so wie ihre Mutter. Sie ging in der Uniform geradezu unter – sie war ihr mindestens zwei Größen zu groß –, und es war entsetzlich, sie darin zu sehen. Die Uniform löschte sie aus. Als wir uns einmal auf der Straße begegneten, bemerkte ich sie erst, als sie hallo sagte; sie war bloß eine von vielen weißgekleideten *empregadas*. Wer hatte sie dazu angehalten, die Uniform zu tragen? Ich war mir sicher, Papai war es egal, ob sie eine trug oder nicht. Es musste Ritas Idee gewesen sein, die wollte, dass sie professioneller aussah. Ich fragte nicht nach. Ich traute mich nicht, Luana anzusprechen. Ihre Augen waren so kalt und leer wie Fifis, blickten starr auf den Fernseher. Vielleicht war Marajó bloß ein Ausrutscher für sie gewesen, und die Hitze hatte sie trunken gemacht. Aber für mich nicht. Ich hätte sie sofort wieder geküsst. Und noch mehr.

Bald würde für mich die Schule wieder anfangen. Ich hatte keine Lust. Ich wollte zu Hause bei Luana bleiben. Ihr zusehen, wie sie mit ihren dünnen braunen Armen kochte, die eines Tages so stark sein würden wie Ritas und ihre Hände ebenso rau. Ich wollte mit ihr allein sein und hören, wie sie meinen Namen aussprach. Ihr das hässliche weiße Kleid ausziehen, um zu sehen, was sich darunter verbarg. *Doce de leite*, dunkles Haar, Fraulichkeit. Mit ihr schlafen. Mein Geist war in einem Film über Luana gefangen – halb Porno, halb Romanze. Mein Blick war auf den Fernseher gerichtet, aber ich wusste nicht einmal, was gerade lief. Ich spielte meinen dubiosen kleinen Film ab, schrieb das Drehbuch aus dem Stegreif. Luana und ich, unsere Gliedmaßen ineinander verschlungen. Meine Hände kneteten ihre kleinen Brüste wie Teig (meine Sexualtechnik war mehr als unausgereift) und packten ihren perfekten runden *bumbum*, ein Wort wie ein Paukenschlag. In meinem Geist schlief ich mit Luana, während sie dort saß und über das, was im Fernsehen lief, lachte. Eine entsetzliche Minute lang fragte ich mich, ob sie meine Gedanken lesen konnte und wusste, dass ich ein Perversling war. Schließlich war sie Ritas Tochter, deren Argusaugen nichts entging.

Wie aufs Stichwort unterbrach Rita meinen Tagtraum, indem sie mit besorgtem Gesichtsausdruck den Kopf zur Tür hereinsteckte. Ihr Kopf schoss herum wie der eines Vogels. Mein Penis schrumpfte augenblicklich. Nichts entfacht so zuverlässig Schuldgefühle wie eine *babá*.

»Alles in Ordnung?«, fragte ich.

»Ja, es ist nichts«, sagte Rita.

Sie entfernte sich von der Tür, und ich hörte, wie sie in der Wohnung umherging, Möbel verrückte und Kussgeräusche machte. Luana und ich tauschten einen verwunderten Blick aus – unseren ersten seit Tagen – und lachten. Während ich lachte, schoss ein Gefühl des Entsetzens durch mich hindurch, als wäre unsere Fröhlichkeit das Schlimmste, was mir jemals passieren könnte. Eine ungute Vorahnung. Ich hörte auf zu lachen und versuchte, mich zu beruhigen.

Luana bekam von alldem nichts mit. Zumindest merkte man ihr nichts an.

»Mãe«, sagte sie und steckte den Kopf zur Tür hinaus. »Was machst du da?«

Rita kam zurück, Panik in den Augen.

»Ich mache mir Sorgen um Fifi«, sagte sie. »Ich habe sie schon seit Stunden nicht mehr gesehen. Ich glaube, sie ist weggelaufen.«

»Was?«, fragte Thiago, aus seiner Mattscheibenbenommenheit aufgeschreckt.

»Wie ist sie rausgekommen?«, fragte ich.

Wir blickten alle zum Fenster hinüber, das zur Rückseite des Gebäudes hinausging, sagten aber nichts.

»Auf dem Spielplatz ist sie nicht«, sagte Rita, und wir seufzten erleichtert, denn dort wäre sie gelandet, wenn sie aus dem Fenster des Fernsehzimmers gesprungen wäre.

»Sie kommt schon wieder zurück«, sagte Luana.

Thiago wirkte nicht überzeugt. Seine Lippen zitterten, er konnte jeden Moment anfangen zu weinen.

»Ja, Thiago, mach dir keine Sorgen«, sagte ich, selbst nicht ganz überzeugt.

Ich hatte gehört, dass Katzen sich zurückziehen, kurz bevor sie sterben, aber es wäre für Fifi so gut wie unmöglich gewesen, aus unserer Wohnung im fünften Stock zu entkommen. Wie die meisten Gebäude in der Zona Sul glich unser Hochhaus einer Festung: mit Glasscherben gespickte Mauern, Überwachungskameras und bewaffnete *porteiros* – Pförtner –, die rund um die Uhr aufpassten, dass keine unerwünschten Gäste das Gebäude betraten.

Wir halfen Rita bei der Suche, liefen durch alle Zimmer und riefen: »Fifizinha, wo bist du?« Wir durchsuchten Schränke und Kommoden, schauten unter Betten und Sofas, sahen sogar in der Dusche nach, im Wäschekorb und in jedem Zimmer. Schließlich gelangten wir vier an die verschlossene Tür zu Papais Arbeitszimmer, unter der ein schwaches Licht hervorschimmerte. Ich klopfte an die Tür. Er öffnete sie, sah uns davorstehen und lachte.

»Was macht ihr denn alle hier?«, fragte er.

»Fifi ist verschwunden«, sagte ich. »Ist sie hier bei dir?«

»Das bezweifle ich«, sagte er unbeirrt.

»Können wir nachsehen?«

Er hielt uns die Tür auf, und wir betraten sein Arbeitszimmer: ein kleiner Raum mit überwiegend nackten Wänden, ein paar Regalen, vollgestopft mit langweiligen Lehrbüchern und einem Schreibtisch voller Akten. Wir vier sahen uns um, schoben Gegenstände hin und her, schnalzten mit der Zunge und riefen ihren Namen, während Papai auf seinem Stuhl saß. Er hatte sich noch nie viel aus Fifi gemacht.

»Ich bin sicher, sie kommt zurück«, sagte er.

Es dauerte nur Sekunden, das Zimmer zu durchsuchen. Sie war nicht da. Thiago fing an zu weinen.

»Keine Bange, Thi«, sagte ich. »Warten wir einfach ein paar Tage.«

»Sie ist bloß eine Katze«, sagte Papai.

»Du bist herzlos!«, rief Thiago.

Er rannte aus dem Zimmer. Papais scherzhaftes Lächeln wirkte angestrengt.

»Wahrscheinlich wurde sie vom Balkon geweht«, sagte Rita.

»Und wo ist dann ihre Leiche?«, fragte ich.

»Das weiß nur *Deus*.«

»Dann geh in die Kirche und frag ihn«, sagte Papai. »Wir besorgen einfach eine andere Katze.«

»Bei allem Respekt, *doutor*«, sagte Rita, »Thiago will Fifi zurück, keine andere Katze.«

Die Tage vergingen, ohne ein Lebenszeichen von Fifi. Ich dachte mir Geschichten aus, um Thiago aufzuheitern. Fifi war zur Anführerin einer Bande von streunenden Katzen geworden. Sie liefen durch die Straßen von Ipanema, wanden sich zwischen den Beinen der Menschen hindurch, fingen glänzende Kakerlaken mit ihren Pfoten.

»Sie frisst Kakerlaken? Das ist eklig.«

»Nein, sie tötet sie bloß. Um der Gesellschaft einen Dienst zu erweisen.«

Nach dem Abendessen – *empadinhas de camarão* und *coxinhas* –, das sie sich von den Restaurants aus der Gegend stibitzt hatten, kehrte die Katzenbande zu ihrem Zuhause oben auf dem Arpoador Rock zwischen Copacabana und Ipanema zurück. Als die Sonne über dem Atlantik unterging, heulten sie wie Wölfe.

»Das denkst du dir nur aus«, sagte Thiago.

»Es ist alles wahr, Thi, versprochen.«

Eine Woche später hörten Rita und Luana ein Kratzen an der Küchentür. So erzählte es Rita mir. Ich war unterwegs gewesen und hatte mit meinem Freund Carlito am letzten Tag unserer Sommerferien Tennis gespielt.

Das Miauen war so schwach, dass es kaum noch nach einer Katze klang. Mehr wie das Fiepen einer sterbenden Maus, die in einer Falle festsitzt. Rita und Luana rannten zur Tür, atmeten tief durch, um sich innerlich für das zu wappnen, was auf der anderen Seite liegen mochte. Sie öffneten die Tür. Es war Fifi, aber wäre ihnen das erbärmliche Geschöpf auf der Straße begegnet, hätten sie es kaum erkannt. Ihr silbernes Fell war so grau wie der Staub unter einem Sofa. Sie war noch dürrer als zuvor, ein felliges graues Skelett, überzogen von Schmutz und Schrammen.

»*Meu Deus!*«, rief Rita. »Armes kleines Ding!«

»Was ist denn mit dir passiert, Fifizinha?«, fragte Luana.

Fifi miaute zweimal, was vielfältige Interpretationsmöglichkeiten zuließ.

Währenddessen saß ich im Taxi und setzte Carlito vor seiner Wohnung in der Rua Farme de Amoedo ab. Er war mein bester Freund: ein magerer Junge mit olivfarbener Haut, der immer ein weißes T-Shirt und Bluejeans trug, doch seine zerzausten schwarzen Locken und leuchtend roten Pickel ruinierten den James-Dean-Look. Auf dem Tennisplatz des Paissandu Atlético Clube in Leblon hatte er ein leicht abgewandeltes Outfit getragen – die Jeans war gegen schwarze Shorts ausgetauscht worden. Auf dem Rückweg verpestete er das Taxi mit seinem Körpergeruch. Michael Jacksons »Beat It« tönte aus dem Radio. Der Taxifahrer trommelte mit den Fingern auf dem Lenkrad herum.

Carlito erzählte mir von Weihnachten in Paris – »so was von langweilig, *cara*. Ich bin die meiste Zeit nur durch den Regen gelatscht und habe mir mit meinen Eltern alte Häuser angeguckt.

Die Stadt an sich sah ganz nett aus, aber mit seinen Eltern kann man das eben nicht auskosten, oder?«

»Stimmt.«

»Aber ich habe in meinem Hotel ein französisches Mädchen kennengelernt. Die Rezeptionistin.«

»Ach ja?«

Ich war Carlitos Schmonzes gewohnt. Er war ein unverbesserlicher Aufschneider. Ich wusste, dass er noch Jungfrau war, und er wusste, dass ich es wusste.

»Wir haben's die ganze Nacht lang getrieben, *cara*!«

Im Rückspiegel sah ich, dass der Fahrer starr geradeaus blickte, er hörte nicht einmal zu. Er war ein Kerl mittleren Alters mit stoppelbärtigem, müdem Gesicht.

»Wie hieß sie?«

»Wir waren zu geil aufeinander, um uns lang und breit vorzustellen, verstehst du? Und hast du am Amazonas Mädels aufgerissen? Eine heiße Indianerin?«

»Das nicht, aber –« Ich öffnete schon den Mund, um ihm alles zu erzählen, wusste, dass ihm meine Geschichte über Luana großes Vergnügen bereiten wurde. Carlito flirtete schon seit Jahren heimlich mit ihr, jedes Mal, wenn er mich zu Hause besuchte. Wir kannten ein paar Jungs, die mit ihren Dienstmädchen geschlafen hatten, aber ich wollte nicht so werden wie sie – mich zum Gespött der Schule machen. »Nein, ich habe niemanden kennengelernt«, sagte ich. »Ich war die ganze Zeit mit meiner Familie zusammen.«

»Öde. Und hast du vor, dieses Jahr endlich Daniela zu vögeln?«

»*Cara* …«

Daniela Hickmann war ein Mädchen aus unserer Schule, sie gehörte zu unserer Clique. Sie kam ursprünglich aus São Paulo und wohnte seit ein paar Jahren in Rio. Vor Mamães Unfall hatte ich mich für sie interessiert. Aber danach nicht mehr.

»Komm schon«, sagte er und schlug einen scherzhaften Ton an. »Ich weiß, du hattest ein hartes Jahr, aber sie mag dich. Sie ist ein nettes Mädchen.«

Wir hielten vor seinem Häuserblock.

»Danke«, sagte er zum Taxifahrer. »Tschüs, André, bis morgen in der Schule!«

Er stieg aus und knallte die Tür zu.

»Lass das Auto ganz, *moleque*!«, rief der Taxifahrer.

Als der Fahrstuhl im fünften Stock hielt, sah ich Rita und Luana an unserer geöffneten Wohnungstür stehen und auf einen Haufen Fell hinunterblicken. Luana ignorierte mich nicht länger – aus ihrem Blick sprach große Sorge.

»Das da ist Fifi«, sagte sie.

»*Meu Deus*, wo habt ihr sie gefunden?«

Als ich mich näherte, bewegte sich der Fellhaufen und stieß ein Quietschen aus. Ich beugte mich hinunter und legte meinen Tennisschläger auf den Boden. Sie schnurrte leise, als sie mich erkannte.

»Draußen. Sie lag direkt vor der Tür«, sagte Rita.

»Draußen vor der Haustür?«

»Nein«, sagte Luana. »Vor der Küchentür.«

»Sie wusste, wie sie zurück in den fünften Stock findet?«

»Wir verstehen das auch nicht.«

Ich blickte auf die Katze hinunter.

»Wo zum Teufel warst du, Fifi?«

Zu dritt gingen wir die Sache an. Wir benutzten ein altes Handtuch als Trage und brachten Fifi auf den Balkon, der zum Strand hinausgeht. Derselbe Balkon, auf dem das Foto von Rita, Luana, Fifi und mir entstanden war, damals, als wir noch jung waren – auch Rita. Doch Fifis Zeit war abgelaufen. Der Bauch der Katze hob und senkte sich unter ihren flachen Atemzügen, und in der Nachmittagssonne waren immer noch vereinzelte silberne Flecken in ihrem grauen Fell zu erkennen. Als Thiago von seinem Fußballtraining nach Hause kam, bewegte sie sich nicht mehr. Die Sonne war untergegangen, vor uns brauste düster der Atlantik, und die Favela Vidigal erleuchtete die Hügel am Rande der Bucht.

Mamãe hatte Fifi gekauft, als ich drei Jahre alt war. Ich konnte mich an ein Leben vor ihr nicht erinnern. Ich konnte mich an ein Leben vor Mamãe nicht erinnern, weil es kein Leben gegeben hatte. Jetzt war Mamãe tot und Fifi auch. So ist das Leben, dachte ich. Jetzt verstehe ich es. Alles endet, alles geht weiter. Ich fühlte mich so erwachsen, während ich das dachte. Ich weinte nicht, aber Thiago schluchzte.

»Woher wusste sie, welchen Knopf sie im Aufzug drücken musste?«, fragte er.

»Sie wusste es einfach«, sagte Luana und legte ihm die Hand auf die Schulter. »Nicht wahr, André?«

Ich nickte rasch. Der Tod der Katze hatte ihr Schweigegelübde durchbrochen, aber ich spürte, dass sie vergessen wollte, was in Marajó passiert war.

»Ja«, sagte ich. »Sie war schon immer sehr schlau.«

Ich kann auch vergessen, was passiert ist.

Luana legte die Arme um Thiago, dem die Tränen übers Gesicht liefen.

Kann ich das?

Bis heute weiß ich weder, wie Fifi nach Hause zurückgefunden hat, noch wo sie gewesen ist. Es gehört zu den Dingen, die man nie erfahren wird, so wie man nie erfahren wird, wie die eigenen Eltern waren, bevor man geboren wurde, oder wie Ipanema im Jahr 1500 ausgesehen hat. Wir verstreuten ihre Asche auf dem Spielplatz. Nachdem wir die letzten Körnchen aus der Plastiktüte herausgeschüttelt hatten, bekreuzigte sich Papai spaßeshalber.

11

Normalerweise fuhr ich mit dem Bus zur Schule, doch an jenem Tag beschloss ich, zu Fuß zu gehen. Ich musste Zeit totschlagen, denn ich war zwei Stunden früher aufgewacht, weil meine Mutter »Wach auf, André!« gerufen hatte – doch als ich die Augen aufschlug, fiel mir wieder ein, dass sie tot war.

Es war April – Herbst. Die Sonne war noch nicht ganz aufgegangen, daher war es noch verhältnismäßig kühl: um die dreiundzwanzig Grad. Hier in London ist das warm genug, dass Männer ohne Hemd über die Straße laufen, aber in Rio ist es angenehm kühl. Die Stadt bleibt lange wach und steht früh auf, weil jeder der Hitze entkommen will. Vielleicht rührt der Wahnsinn der Stadt daher: vom Schlafentzug. Im grauen Morgenlicht bewegten sich die Menschen flink durch die Straßen. Sie fuhren Auto, gingen zu Fuß, unterhielten sich, klimperten mit ihren Schlüsseln und schlossen Geschäfte auf, rollten Metallgitter hoch. Einige wirkten bedrückt und still, andere, wie die Müllmänner in ihren orangen Overalls, lachten und scherzten.

An einem Stand kaufte ich eine Kokosnuss und trank ihr eisgekühltes süßes Wasser, während ich auf Copacabana zusteuerte. Als die Sonne weißer und heißer wurde, weiteten sich die Poren meiner Stirn. Ich dachte an Luana, die ihren Arbeitstag antrat, dann unterbrach ich diesen Gedanken und dachte stattdessen an

Daniela Hickmann. Wir waren seit drei Wochen ein Paar. Außer Küssen war nichts gelaufen. Ich hoffte, sie würde Luana aus meinen Gedanken vertreiben. Nicht ganz einfach, schließlich wohnten wir unter einem Dach.

Als ich bei der Schule ankam, hielt ich die Kokosnuss einen Moment auf meinen Kopf, um ihn abzukühlen, dann warf ich sie in einen Mülleimer. Meine Schule war in einem großen alten Gebäude untergebracht, ein pfirsichfarbener Palast inmitten von Copacabanas moderner Hässlichkeit, zwischen Hochhäusern und überteuerten Hotels. Autos hupten, Kinder rannten umher, umarmten sich und brüllten, als hätten sie sich vor Jahren statt erst vor ein oder zwei Tagen zuletzt gesehen. Ich durchsuchte die Menge nach meinen Freunden.

»*Oi*, André!«

Eine nasale Stimme mit São-Paulo-Akzent. Ich drehte mich um und blickte Daniela ins Gesicht. Ihre Haut und ihr Haar waren von der Wochenendsonne goldig gefärbt. Sogar in ihren blauen Augen erkannte ich einen Hauch von Gold. Am Samstag waren wir mit unseren Freunden am Strand von Ipanema gewesen. Sie hatten uns so aufmerksam beäugt wie Hunde die Menschen beim Abendessen.

»*Olá*, Dani«, sagte ich.

Ich beugte mich vor, um sie zu umarmen, sie beugte sich vor, um mir einen Kuss zu geben. Schnell korrigierte ich meinen Kurs und küsste sie auf den Mund. Meine Augen waren geöffnet, ihre geschlossen und aufrichtig. Sie war die Art Mädchen, mit der Mamãe mich liebend gern zusammen gesehen hätte. Ihre Eltern waren in Zeitschriften zu sehen.

Unsere Schultage begannen bei Sonnenaufgang und endeten zur Mittagszeit. Nachmittags hatten wir frei. Wir trafen uns mit Freunden am Strand von Copacabana, umarmten uns zur Begrüßung und dehnten die Umarmung bei den Mädchen möglichst lange aus, um ihre bloß von Bikinis bedeckten Brüste an unseren Körpern zu spüren. Carlito war da und Daniela, außerdem Isabel mit ihrem Freund Rodrigo sowie Gabriel. Alle trugen entweder enge *sungas* oder Bikinis. Der weiß thronende Copacabana Palace mit seinen sonnenverbrannten Gringo-Gästen lag in sicherer Entfernung. Trotzdem brieten sich überall um uns herum europäische und amerikanische Touristen, bis sie knallrot waren, und trugen obendrein die falsche Badebekleidung. Wir waren jung, so gut wie nackt und hatten nichts zu verbergen.

Carlito brüllte: »*Ei, gringinhos,* ihr seht aus wie Hummer!«, und die Gringos winkten zurück, dachten, er hätte etwas Nettes gesagt.

Er hatte schon bald genug davon und rannte schreiend ins Meer, Gabriel direkt hinterher. Daniela kam zu mir, schlank und gebräunt in ihrem blauen Bikini, ihr Körper auf dem Höhepunkt unbefangener Perfektion. (Nicht dass uns das damals bewusst gewesen wäre.) Sie hockte sich hin, gab dabei acht, den Sand nicht mit dem Schritt zu berühren. Mädchen setzten sich immer auf Sarongs oder Strandliegen, nie direkt in den Sand. Ich warf einen kurzen Blick auf die angedeutete sanfte Wölbung ihres blauen Schritts, dann blickte ich wieder aufs Meer hinaus.

»Warum bist du so schweigsam?«, fragte sie.

»Bin ich das?«

»Immer.«

Ich schob mir die Brille auf der Nase hoch. Schweigsam zu sein wurde in Rio mit Misstrauen beäugt – und wird es immer noch –, was angesichts der Verdrossenheit unserer portugiesischen Vorfahren eigenartig ist. Daniela schien zu glauben, dass ich mich ändern würde, weil sie jetzt meine Freundin war, und ich war entschlossen, mir Mühe zu geben, die Verliebtheit, die ich vor Mamães Tod für sie empfunden hatte, neu zu entfachen.

»Lust, schwimmen zu gehen?«, fragte ich.

»Ja.«

Wir standen auf, klopften uns den Sand vom Körper und gingen zum Meer. Als das kühle Wasser über unsere Füße schoss, schrie Daniela kurz auf, von der Wucht des Wassers erschreckt. Ich nahm meine Brille ab und hielt sie in der rechten Hand.

»Siehst du so überhaupt noch was?«, fragte sie.

Dort, wo ihr Gesicht war, sah ich ein verschwommenes Lächeln. Dahinter den Atlantik. Und dahinter, wer weiß.

»Nicht besonders viel«, sagte ich.

Sie nahm meine Hand, und wir gingen ins Wasser.

Nach dem Strand begleitete mich Daniela nach Hause, um dort etwas zu trinken – es war ihre Idee gewesen. Mir war mulmig bei dem Gedanken, dass sie dort auf Luana treffen würde, aber mir war keine Ausrede eingefallen. Dani wollte sehen, wo ich wohnte, und es lag auf dem Weg zu ihrer Wohnung – sie wohnte ebenfalls auf der Avenida Vieira Souto in einer Wohnung mit Meerblick. Wir nahmen den Personalaufzug, weil wir voller Sand waren, betraten die Wohnung aber durch den Gästeeingang.

»Hallo?«, rief Luana aus der Küche.

»Hi, ich bin's«, sagte ich. »Ich habe eine Freundin mitgebracht.«

Luana betrat das Wohnzimmer, die Hände hinter dem Rücken verschränkt, wirkte ungewohnt förmlich.

»Luana, das ist Daniela«, sagte ich und versuchte, möglichst ungezwungen zu lächeln.

»Hi«, sagte Dani, blickte Luana an und dann mich.

»*Prazer*«, sagte Luana mit einem Kopfnicken. »Möchtet ihr etwas trinken?«

Bevor ich nein sagen konnte, hatte Daniela bereits ihre Bestellung aufgegeben: »Ja, kann ich bitte einen Guarana-Eistee haben?«

»Für dich auch, André?«

»Ja, bitte.«

Luana verließ das Zimmer, ihre Uniform schlackerte um ihren Körper. Wahrscheinlich gehörte das Kleid ihrer Mutter. Dani und ich saßen auf einem Sofa, verteilten den Sand überall. Sie beugte sich zu mir und küsste mich auf die Wange, während ich überlegte, was ich sagen sollte, denn ich wusste, dass Luana uns hören konnte.

»Was ist denn mit der los?«, flüsterte Dani und verdrehte die Augen.

»Was meinst du?«

Bevor sie mir antworten konnte, kehrte Luana mit zwei geeisten Gläsern mit Guarana-Eistee zurück.

Abends fragte Papai mich beim Essen über meinen Schultag aus. Ich erzählte ihm, was ich gelernt hatte, und ließ unerwähnt, dass ich den ganzen Nachmittag damit zugebracht hatte, mit meinen Freunden am Strand Bier zu trinken, Zigaretten zu rauchen und mit Daniela zu flirten. Dass wir uns im Wasser herumgeschubst, Händchen gehalten und uns darüber gefreut hatten, dass wir uns erneut zueinander hingezogen fühlten.

»Vergiss nur nicht, mit vollem Einsatz zu lernen«, sagte Papai. »Konzentriere dich ganz darauf. Verschwende keine Zeit mit deinen Freunden.«

»Aber ab und zu darf ich sie doch sicher sehen?«

»In angemessenem Rahmen.«

Papai war als Teenager ein Streber gewesen – das verrieten mir seine alten Fotos – und versuchte, mich nach seinem Vorbild zu formen. Ich trug auch eine Brille, aber das war auch schon alles, worin wir uns ähnelten.

Thiago hatte eine Gabel in seine Hähnchenbrust gerammt und nagte sie nach und nach ab wie ein Eis am Stiel.

»Das ist eine widerliche Art zu essen«, sagte Papai.

Thiago fuhr unbeirrt fort. Mein Vater schien keine Lust zu haben, das Thema weiterzuverfolgen.

»Was habt ihr heute in der Schule gelernt, Thiago?«, fragte er.

»Wie die Portugiesen in Brasilien gelandet sind.«

»In welchem Jahr war das?«

»1500.«

»Wer hat es entdeckt?«

»Ähhh …«

»Komm schon, das ist für uns einfach.«

»Cabral!«, rief Thiago, den Mund voller Hähnchen. »Pedro Álvares Cabral. Ist er mit uns verwandt?«

»Vermutlich«, sagte Papai, schnitt etwas von seinem Hähnchen ab und nahm einen schnellen Bissen. Er stieß mit der Gabel an seine Zähne; bei dem Geräusch lief es mir kalt den Rücken runter.

»Allerdings gibt es den Namen sehr häufig«, sagte ich. »Und er ist nicht mal in Brasilien geblieben.«

»Ach, André, jetzt verdirb uns doch nicht den ganzen Spaß.«

»Genau«, sagte Thiago. »Ich bin der König von Portugal!«

Er reckte seine dürren Ärmchen in die Luft, und wir lachten alle.

»Ich wollte dir etwas vorschlagen, André«, sagte Papai. »Was hältst du davon, bei mir in der Klinik zu arbeiten? Nur gelegentlich. Es könnte hilfreich für deine Aufnahmeprüfung an der Universität sein.«

Er schob sich die Brille auf den Kopf und blickte mich durchdringend an. Ich hatte keine Wahl und wusste, dass »gelegentlich« nicht »gelegentlich« bedeutete.

»Und was würde ich dort tun?«

»Bei den Operationen zuschauen, der Rezeptionistin helfen. Und vielleicht, du weißt schon, könntest du mir sogar zur Hand gehen.«

»Ist das legal?«

Er verzog das Gesicht, als wollte er sagen: Wen kümmert das? Meinen Vater scherten Regeln nicht, abgesehen von denen, die er selbst aufstellte. Was das anging, war er keine Ausnahme. Das Land – genau genommen der ganze Kontinent – wurde von Männern wie ihm regiert. Regeln waren für Bedienstete und arme Leute da und für die glücklichen Gringos, die in zivilisierten Ländern lebten.

»Ich habe im Moment viel für die Schule zu tun, Pai. Ich weiß nicht, ob ich Zeit habe.«

»Hör auf, mit deinen Freunden an den Strand zu gehen, dann hast du Zeit dafür«, sagte er.

»Habe ich in der Sache überhaupt etwas zu sagen?«

Er sah mich geradewegs an und lachte, seine kleinen Augen blickten spöttisch, seine braune Haut glänzte vor Schweiß. Was hätte Mamãe dazu gesagt? Matheus, lass ihn in Ruhe, *meu Deus do céu* – er ist doch noch so jung.

»Ach, so ist das also?«, fragte er. »Ich biete dir diese Möglichkeit, und du willst dich nur herauswinden und an den verfluchten Strand gehen? Ich wäre in deinem Alter überglücklich über so ein Angebot gewesen, aber leider Gottes musste ich mir alles allein erkämpfen.«

Das war ein wiederkehrendes Thema: Wie gut wir es im Vergleich zu ihm hatten, obwohl er nie Details aus seiner Vergangenheit preisgab. Wenn Mamãe wütend auf ihn gewesen war, hatte sie zu uns gesagt, Papai sei unmöglich, weil er aus einer unmöglichen Familie komme. Sie sagte, sein Vater habe ein Dutzend unehelicher Kinder und sei verschwunden, als Papai noch ein Teenager war, vermutlich wurde er ermordet. Ich wusste nicht, ob das stimmte, aber es klang sehr aufregend, wie eine Telenovela.

»Okay«, sagte ich. »Ich mach's.«

»Gut«, sagte Papai und wirkte ehrlich erfreut. »Du fängst nächste Woche an.«

Damit war unser Gespräch beendet. Alles, was ich hörte, war Schneiden, Kauen, Schlucken, Trinken und die Autos auf der Straße, Leute, die vorbeigingen und redeten. Das Leben fand dort draußen statt; eines Tages würde mein Leben anfangen. Ich aß schnell zu Ende und stand auf. Thiago folgte mir.

»Geh schnell und sieh noch etwas fern«, sagte Papai zu mir, »denn bald arbeitest du bei mir. Dann beginnt der Ernst des Lebens, *menino*.«

Wir gingen ins Fernsehzimmer. Ich war stinksauer. Wut brodelte in meinem Herzen, brannte in meinen Fingern und Zehen. Eines Tages werde ich nicht mehr unter seiner Fuchtel stehen, schwor ich mir. Eines Tages werde ich ihm zeigen, dass ich ein besserer Mann bin als er. Thiago war in seiner eigenen Welt und erzählte mir von dem neuen Streichelzoo in seiner Schule.

»Ich habe ein Ziegenbaby gestreichelt«, erzählte er.

»Hat dir das gefallen?«, brachte ich mühsam hervor.

»Es war niedlich. Wir sollten uns eine Ziege kaufen. Mach den Fernseher an.«

Ich weiß nicht mehr, was gerade lief – irgendeine Seifenoper –, denn ich sah gar nicht hin. Ich blickte zum Fernseher, nahm ihn aber nicht wahr. Nachdem sie das Geschirr gespült hatte, tauchte Luana auf und nahm auf ihrem Holzstuhl Platz. Ihre Augen strahlten nicht wie gewohnt. Weniger Limettenfruchtfleisch, mehr zertrampelte Blätter. Immer noch hübsch genug, um meine Wut lauwarm werden zu lassen. Ich schenkte dem Fernseher noch weniger Beachtung. Sie wusste, dass ich sie ansah – ihr Kiefer zuckte, und ihre Augen waren glasig –, doch sie blickte trotzdem starr geradeaus auf den Bildschirm. Ich drehte mich zu Thiago um und bemerkte, dass er mich beobachtet hatte.

»Was machst du?«, fragte er.

»Nichts.«

Luana warf uns einen unbehaglichen Blick zu, dann sah sie wieder zum Fernseher. Als die Sendung vorbei war, stand sie auf, sagte »Gute Nacht« und zog sich in den kleinen Raum hinter der Küche zurück. Sie sah mich nicht einmal an, als sie das Zimmer verließ. Flip-Flops klatschten über die Küchenfliesen. Ich zählte mit: *um, dois, três, quatro* … Kurz darauf ging Thiago ebenfalls in sein Zimmer.

Das Zusammenleben mit Luana wurde von Tag zu Tag schwieriger, und es war kein Ende in Sicht. Ich hatte vor, in Rio auf die Universität zu gehen, und würde noch viele Jahre zu Hause wohnen, bis ich mit einer Frau zusammenziehen würde. Das konnte in sechs Jahren sein oder in zehn, oder noch ewig dauern, so wie bei Mamães Bruder Gustavo, der mit über vierzig immer noch bei Vovó und Vovô lebte, arbeitslos, wahnhaft und benebelt vom Lithium. Tante Lia lebte in der Angst, ihn pflegen zu müssen –

sie war Psychoanalytikerin und in ihrem Leben schon genug verrückten Menschen begegnet. Doch ich war von Grund auf anders als Gustavo. Ich beschloss, Luana, so gut ich konnte, aus dem Weg zu gehen. Keine gemeinsamen Fernsehsitzungen mehr, keine sehnsüchtigen Blicke. Ich würde den Anweisungen meines Vaters Folge leisten, in meinem Zimmer bleiben und wie ein braver Junge meine Hausaufgaben machen. Sein Angebot, unbezahlt für ihn zu arbeiten, bot mir den perfekten Vorwand, die Wohnung zu verlassen, auch wenn ich keinerlei Lust darauf hatte.

In dieser Nacht lag ich wach, legte mir fein säuberlich meine Pläne zurecht, als ordnete ich Schmuckstücke in einem Regal an. Und dann masturbierte ich, während ich an Luana dachte – an den Schwung ihrer rosa Lippen, ihren runden *bumbum*, ihre kleinen Brüste und ihre Brustwarzen, die ich noch nie gesehen hatte, die aber bestimmt so braun und hart wie Rosinen waren. Doch nachdem ich in meine rechte Hand gekommen war, schlug meine Erregung in Scham um. Ich hörte ein Geräusch aus der Küche, vom anderen Ende der Wohnung. Luanas oder Ritas Flip-Flops. Wasser, das in einen Plastikbecher strömt.

12

Als Kind träumte ich von Europa: *o primeiro mundo*, die mythische Erste Welt. Trotz der Tatsache, dass meine Freunde und ich alle schon einmal dort Urlaub gemacht hatten – und uns zu Tode gelangweilt hatten, während wir, in zu viele Kleiderschichten eingepackt, durch Kunstgalerien und verschlafene alte Straßen gelaufen waren –, hielten wir an der Vorstellung fest, dass eine Auswanderung nach Europa einer Reise ins Paradies gleichkam. In welches Land, spielte dabei keine Rolle. Für uns war der ganze europäische Kontinent ein Land – alles gleichermaßen glamourös, klug und überlegen –, obwohl ich rückblickend bezweifle, dass wir von der Sowjetunion, Jugoslawien oder Rumänien träumten. Diese Länder zählten nicht.

Gelegentlich verbrachten ältere Geschwister oder Cousins ein oder zwei Jahre dort und schwärmten nach ihrer Rückkehr von den Galerien, der Kultur, den Statuen, der Überlegenheit der Heimat unserer Vorfahren. (In meinen Adern fließt italienisches und portugiesisches Blut, aber selbst Portugal erschien mir vollkommen fremd, als wir dort Urlaub machten: der spröde Akzent, die mürrischen Menschen.) Unsere Forschungsreisenden des zwanzigsten Jahrhunderts kehrten immer aus irgendeinem Grund zurück. So wie Carlitos ältere Schwester Juliana, die zwei Jahre in London verbrachte, wo sie mit anderen Brasilianern in einer WG lebte, mit einem brasilianischen Koch ausging und ihre Englischstunden schwänzte: »*Meu Deus*, es war unglaublich.«

Die Alte Welt. *Londres. Roma. Lisboa. Paris.* Doch ganz besonders *Londres*. Keine Diktaturen, keine Bürokratie, keine Überfälle, keine beschissene Währung. (In jenem Jahr hatten wir eine neue bekommen, den Cruzado.) Die meisten von uns waren mindestens einmal überfallen worden. Ich war zweimal dabei gewesen, als Mamãe ihr Portemonnaie zwei mit Messern bewaffneten schwarzen Jungen hatte aushändigen müssen. Mein Fahrrad – das Geschenk zu meinem siebzehnten Geburtstag – wurde mir, drei Wochen nachdem ich es bekommen hatte, geklaut. Rodrigo wurden seine Turnschuhe gestohlen, während er oben auf dem Hügel in Santa Teresa seine Familie besuchte. Auf Socken ging er zurück zum Haus seiner Tante. Carlito war einmal nur mit Boxershorts bekleidet heimgekehrt. Isabel verlor den Ehering ihrer Großmutter an zwei Jungen, die höchstens neun Jahre alt waren. Der Ring hatte Auschwitz überdauert, in irgendeiner Öffnung versteckt, doch eine Nacht draußen in Copacabana überstand er nicht. Daniela war zweimal in São Paulo überfallen worden – einmal mit gezücktem Messer, einmal mit vorgehaltener Waffe. Es war nicht überraschend: Man sah ihr den Wohlstand an, ihren Sommersprossen, ihren blauen Augen, die Nägel manikürt, die Beine gewachst, die Haare sonnengebleicht, der Gang unbekümmert. Unsere Gesichter verrieten unseren Reichtum wie blinkende Signallampen: Kommt und raubt uns aus. Kein Wunder, dass wir bloß wegwollten und uns danach sehnten, in Städten zu leben, wo es mehr von unserer Sorte gab.

Zwar war ich seit meinem zwölften Lebensjahr nicht mehr in Europa gewesen, aber das hielt mich nicht davon ab, bei der Verehrung unseres Gelobten Kontinents eifrig mitzumischen. Wir hatten alles genau geplant: mitternächtliche Spaziergänge zum Trevi-Brunnen, glitzerndes Gold an den Hälsen und Ohren der Mädchen, ohne dass sie Gefahr liefen, bestohlen zu werden, am Seine-Ufer Croissants essen.

»Die Straßen in *Londres* waren so sauber«, schwärmte ich, »und alle saßen in Cafés und haben Bücher gelesen.«

Wir saßen nach Schulschluss unter einem Baum vor unserer Schule. Am Morgen hatte es stark geregnet, aber der Boden war schon wieder staubtrocken.

»Wow«, sagte Isabel.

Jeder von uns hätte sich in Rio in ein Café setzen und Bücher lesen können, aber wir taten es nicht. Ich hatte vergessen, dass Londons Straßen außerdem übersät waren von Kaugummis, Hundescheiße und Obdachlosen, die in der ganzjährigen Kälte froren – vielleicht war es mir auch nicht aufgefallen.

»Wir sind ins Kino gegangen und konnten jeden beliebigen Film sehen – nichts war zensiert.«

»Hier ist mittlerweile auch nichts mehr zensiert«, gab Dani zu bedenken.

»Ja, seit ungefähr fünf Minuten nicht mehr«, sagte Carlito. »Was hast du dir angeguckt?«

»*Das Imperium schlägt zurück.*«

»Der war hier nicht mal verboten«, sagte Rodrigo. »Ich hab den Film im Barra Shoppingcenter gesehen!«

»Mag sein, aber mal ehrlich – ich war zwölf Jahre alt«, sagte ich. »Hier hätte ich nicht *Beim Sterben ist jeder der Erste* gucken können.«

»Was ist das?«, fragte Dani.

»Bloß der bedeutendste amerikanische Film der siebziger Jahre.«

»Der Siebziger?«, sagte Isabel. »Wen kümmern denn die Siebziger?«

»Ich verstehe nicht, warum ihr alle so versessen darauf seid, von hier wegzugehen«, sagte Dani. »Mir gefällt es hier.« Alle Blicke richteten sich auf sie, woraufhin sie rot anlief. »Warum ist das so merkwürdig?«

»Dieses Land ist ein Dreckloch«, sagte Isabel. »Ich ziehe nach Paris und arbeite für die *Vogue.*«

Sie lachte, als wüsste sie, dass es bloß ein Hirngespinst war und sie eine Society-Lady werden würde, so wie ihre Mutter; finanziell ausgehalten, geliftet und fitnessstudiogestählt, mit drei *empregadas* und einem Ehemann, der fremdgeht.

»Ich muss nicht am Nabel der Welt leben«, sagte Dani.

Ich fragte mich, ob sich die Menschen, die dort lebten, anders fühlten, während sie durch diese alten Straßen spazierten, weil sie ein Ziel vor Augen hatten, eine Aufgabe. Ob man, sobald man aus dem Flugzeug stieg, ein bedeutungsvolles Knistern in der Luft vernähme. Damals, mit zwölf Jahren, hatte ich nichts dergleichen gespürt, aber jetzt war ich ein Mann.

»Es würde dir nichts ausmachen, für den Rest deines Lebens hier zu wohnen?«, fragte ich.

»Ich würde gern um die Welt reisen«, sagte Dani, »aber danach möchte ich zurückkommen.«

»Auf keinen Fall, *cara,* ich verschwinde auf Nimmerwiedersehen von hier«, sagte Gabriel. »Sobald ich meinen Vertrag bei Juventus unterzeichnet habe.«

Er lachte selbstironisch, so wie Isabel.

»Träum weiter!«, sagte Carlito. »Ich haue auch ab.« Er pickte sich wahllos eine Stadt heraus. »Madrid oder so. Was ist mit dir, André?«

Ich meinte es ernst. Ich wollte weg. Weg von der drückenden Hitze, den Palmen am Strand, dem Geschmack des Kokosnusswassers, den säuberlich gefalteten Kleidern in meinem Schrank. Von dem Ausblick auf die Cagarras-Inseln aus unserem Wohnzimmerfenster. All das war ein Echo meiner Mutter, das »Mamãe Mamãe Mamãe« flüsterte.

»*Londres*«, sagte ich. »Ich habe mich dort wirklich zu Hause gefühlt.«

Alle nickten, außer Daniela. Sie lachte über mich, schüttelte den Kopf. Ich redete völligen Blödsinn. Ich hatte mich in London keineswegs zu Hause gefühlt. Ich war gelangweilt gewesen, hatte gefroren und war genervt hinter meinen Eltern her durch die Museen getrottet. Thiago war zwei Jahre alt gewesen, hatte im Mittelpunkt der Aufmerksamkeit gestanden. Meine persönlichen Highlights waren die Breakdancer mit ihren ausgerollten Matten auf der Straße gewesen – schwarze Jungs, die sich für ein paar Münzen in Szene setzten, so wie in Rio auch, aber es war nicht die gleiche Art von schwarzen Jungs – und *Das Imperium schlägt zurück*, das ich mit Papai in einem Kino in Marble Arch gesehen habe. Zumindest glaube ich, dass es dort war. Mir fällt es schwer, das London von 1980 mit dem London von 2014 in Einklang zu bringen. In Wahrheit war der einzige Ort, an dem ich mich jemals zu Hause gefühlt habe, unsere Wohnung in der Avenida Vieira Souto, zwischen der Rua Maria Quitéria und der Rua Joana Angélica, oben im fünften Stock.

13

Papais Schönheitsklinik befand sich in einem der wenigen erhalten gebliebenen Häuser in Ipanema. Niemand wusste, warum es von der Zerstörung der alten Zona Sul verschont geblieben war – es war nichts Besonderes. Weiß getüncht und kastig, vergitterte Fenster, um Einbrecher abzuhalten, und eigentlich zu schäbig für das, was es war. Es passte nicht zusammen, in einem derart alten Gebäude hochmoderne plastische Chirurgie zu praktizieren. (»Alt« bedeutet in Rio Anfang des zwanzigsten Jahrhunderts.) Doch Papai sagte immer, Chirurgie sei nicht besonders kultiviert – bloß eine Mischung aus Gemetzel und gesundem Menschenverstand. Ein Schild im Vorgarten verkündete Papais Namen und Titel neben einem Foto von seinem lächelnden Gesicht. Matheus Cabral, *Cirurgião Plástico.* Ich erinnere mich noch lebhaft an die Auseinandersetzung zwischen Mamãe und ihm wegen dieses Schilds, nachdem er das Haus gerade gekauft hatte.

»Glaubst du wirklich, die Leute wollen sich von jemandem mit deiner Nase operieren lassen?«, hatte sie gefragt.

Doch sein Geschäft hatte nicht darunter gelitten. Vielleicht gefiel seinen Patienten die Aufrichtigkeit des Fotos. Sehen Sie her, hier ist meine riesige libanesische Nase, verkündete es, hier sind meine winzigen einheimischen Augen und meine vertrauenswürdigen vollen portugiesischen Lippen. Und jetzt lassen Sie mich mal sehen, was wir mit Ihrem hässlichen Gesicht anstellen können. Junge Frauen wollten sich in erster Linie die Nase operieren und die Brüste vergrößern oder verkleinern lassen, während ihre Mütter und Großmütter sich die Haut straffen ließen. Auch Männer spazierten mit Bandagen im Gesicht durch die Straßen von Zona Sul, trugen stolz die blutigen Beweise ihres Wohlstands zur Schau. Darüber eine Sonnenbrille, wie *Der unsichtbare Mann*.

Ich begann, nachmittags, abends und sogar an den Wochenenden unbezahlt als Rezeptionist, Verwaltungskraft und Mädchen für alles in der Klinik zu arbeiten – Papai arbeitete mehr als je zuvor. Die erste Operation, bei der ich zusah, war eine Brustverkleinerung. Ich erinnere mich nicht mehr an das Gesicht der Frau, aber ihre Brüste werde ich nie vergessen – gewaltig, von Gänsehaut überzogen und mit dunklen Brustwarzen. Und wie leicht ihre Haut unter dem Skalpell meines Vaters nachgab, das ich ihm anreichte. Unter der Haut war die Frau bloß rotes Fleisch und gelbes Fett, nur ein Tier, das geschlachtet wurde. Ich schmeckte etwas Säuerliches hinten in meiner Kehle, mein Körper fühlte sich bleiern an und mein Kopf leicht, aber natürlich würde ich mich vor meinem Vater nicht davon übermannen lassen. Er drehte sich zu mir um und nickte anerkennend, als bekämen wir ein seltenes Kunstwerk vor Augen geführt. Ich gewöhnte mich schnell an die Operationen, und manchmal assistierte ich Papai sogar über das Anreichen seiner Instrumente hinaus. Natürlich war das nicht legal, aber die anderen Ärzte und Krankenschwestern runzelten kaum die Stirn, als er mich nach ein paar Wochen bat, eine Brustwarze wieder anzunähen. Ich leistete gute Arbeit, und die Frau würde nie etwas davon erfahren – sie war vollständig bewusstlos, ihr hing die Zunge aus dem Mund.

»Wozu brauchst du ein Medizinstudium, wenn du mich hast?«, sagte Papai und klopfte mir auf den Rücken.

Er lächelte breit durch seine OP-Maske hindurch, seine kleinen Augen strahlten. Ich lächelte zurück. Es gefiel mir, meinem Vater zu gefallen. Ich lernte, einen Einschnitt zu machen, eine Naht zu setzen und eine Nase perfekt zu modellieren. Damit hatte ich gegenüber meinen zukünftigen Kommilitonen bereits einen Vorsprung, genau wie er es wollte. Eines Tages würde all das mir gehören, ob ich es wollte oder nicht.

Papai war schon immer ein Workaholic gewesen, aber manchmal fragte ich mich, wer sich an einem Montagabend um zweiundzwanzig Uhr die Nase richten ließ. Als ich anfing, in der Klinik zu arbeiten, wurde das Geheimnis noch mysteriöser. Die meisten seiner Angestellten machten um achtzehn oder neunzehn Uhr Feierabend, aber Papai und eine seiner Krankenschwestern, Elena, arbeiteten bis spät in die Nacht. Nachdem wir zu Hause zu Abend gegessen hatten, kehrten wir häufig in die Klinik zurück, wo ich an der Rezeption saß, Verwaltungsarbeiten erledigte und seine Patienten begrüßte. Die Patienten, die abends kamen, waren nicht wie die anderen. Sie standen nicht im Terminkalender. Sie sahen nicht anders aus, wenn sie die Klinik verließen. Keine Verbände, keine geschwollenen Brustkörbe. Bloß tränenverquollene, leicht schmerzverzogene Gesichter. Allesamt Frauen, die üblicherweise allein kamen. Papai zitierte mich nicht an den Operationstisch und wies mich an, abends keine Anrufe entgegenzunehmen, sondern sie direkt in sein Büro durchzustellen.

Eines Abends fragte ich ihn, was dort vor sich ging.

»Ich experimentiere mit neuartigen nicht-operativen Techniken«, sagte er. »Es ist besser, sie nicht in den Büchern festzuhalten.«

Das klang plausibel, aber zwielichtig – was, wenn dabei jemand verunstaltet wurde? An jenem Abend war bloß eine Patientin eingeplant, für einundzwanzig Uhr, aber sie kam zu spät. Ich saß eine Stunde lang auf meinem Posten und wartete auf sie, zu Tode gelangweilt. Die Uhr tickte, die Klimaanlage brummte, Autos hupten, ich hörte entferntes nächtliches Gelächter aus den Bars und die Leute auf der Straße. Ich las alle Magazine und Zeitungen, die im Wartezimmer lagen: *Veja, O Globo*, eine alte Ausgabe der *Vogue Brasil* voller pseudophilosophischer Interviews mit High-Society-*peruas* und -*patricinhas*, Models und Schauspielerinnen. In den neueren Zeitschriften war der World Cup in Mexiko in der kommenden Woche das Top-Thema. Nicht dass mich das interessiert hätte. (Die meisten englischen Männer fangen sofort an, mit mir über Fußball zu reden, sobald sie hören, dass ich aus Brasilien komme. Wenn sie merken, dass mich das nicht interessiert, weichen sie erschreckt vor mir zurück, als hätte ich mich zu einer entsetzlichen Perversion bekannt.)

Schließlich traf die Patientin ein: eine Frau Anfang vierzig, mit High Heels, Sonnenbrille und einem blauen Seidentuch, das über ihrem dunklen Haar verknotet war. Ganz offensichtlich war sie stinkreich. In Rio verbrachten nur die Superreichen so viel Zeit in Autos und Gebäuden mit Klimaanlage, dass das Tragen eines Kopftuchs vonnöten war. Ich bat sie zu warten, während ich meinen Vater über die Sprechanlage herbeirief. Die Frau warf sich *Chiclets* in den Mund und begann lautstark zu kauen. Ihr Gesicht zuckte nervös. Ich versuchte, nicht hinzusehen.

Als mein Vater hereinkam, fragte sie mit kratziger Stimme: »Wer ist der Junge? Ich dachte, es wären bloß Sie und die Krankenschwester da.«

»Das ist mein Sohn. Keine Bange. Wollen wir?«

Er brachte sie zum OP und kehrte ein paar Minuten später zurück.

»Geh nach Hause, *filho*. Es ist spät.«

Tante Lia offenbarte mir die Wahrheit, als Thiago und ich sie in ihrer Wohnung in Leblon besuchten. Lia war Mamães ältere Schwester. Sie wirkte auf lebensüberdrüssige Weise glamourös mit ihren Seidenblusen, den grauen, zu einem Bob geschnittenen Haaren, ihrer Psychoanalytiker-Couch, auf der wir gern herumlagen, und ihren Zigaretten, die sie den ganzen Tag über rauchte, sogar während des Essens. Sie hatte nie geheiratet und keine Kinder, aber sie liebte junge Leute und behandelte die meisten Erwachsenen, besonders Papai, wie langweilige Idioten. Vielleicht dachte sie, Mamãe hätte jemand Besseres verdient.

Wir aßen *quindim*, einen leuchtend gelben Kokos-Ei-Pudding. Thiago stand auf, um ins Badezimmer zu gehen. Tante Lia blickte ihm nach, bis er das Esszimmer verlassen hatte.

»Dein Vater nimmt dich also hart ran?«, fragte sie.

Ich hatte mich vorher über die langen Arbeitstage beklagt.

»Ja«, sagte ich, doch da ich ihre Missbilligung ihm gegenüber nicht noch weiter schüren wollte, fügte ich hinzu: »Aber das ist schon in Ordnung, ich lerne eine Menge.«

»Um ehrlich zu sein, habe ich Respekt vor dem, was er tut«, sagte sie, und ich blickte auf. »Schockiert dich das? Er tut das Richtige. Ich bin kein Jesus-Freak, warum sollte ich etwas dagegen haben?«

Ich hatte keinen blassen Schimmer, wovon sie redete, also schwieg ich und nickte, in der Hoffnung, dass sie weiterredete.

»Es ist gefährlich, aber es ist richtig so«, sagte sie. »Wenn eine Regierung so beschissen und selbstsüchtig ist wie unsere, muss man die Dinge selbst in die Hand nehmen, findest du nicht?«

»Ich schätze schon.«

»Aber sag ihm nicht, dass ich Bescheid weiß. Ich habe es von einer meiner Patientinnen erfahren, die bei ihm war. Noch ein Mädchen, das arme Ding, viel zu jung, um Mutter zu werden. Sein Name ist ihr einfach rausgerutscht – sie hatte nicht vor, ihn zu verraten.«

»Verstehe.«

Ich war bestürzt, bemühte mich aber um Fassung. Doch Lia konnte man so leicht nichts vormachen – sie war eine scharfsinnige Frau. Sie schürzte die Lippen, blickte mich durchdringend an und beugte sich zu mir vor.

»Du wusstest doch davon, oder?«, fragte sie.

»Ja sicher, natürlich wusste ich davon«, plapperte ich.

»*Meu Deus do céu*, du wusstest nichts davon«, sagte sie, blickte zur Zimmerdecke hinauf und dann wieder zu mir. »Du hattest keine Ahnung, stimmt's? Verflucht!«

Ihre Hände begannen zu zittern, sie griff nach ihren Zigaretten. Mit einem silbernen Feuerzeug steckte sie sich eine an, zog daran, stieß Rauch aus und wedelte ihn weg.

»Sag ihm nicht, dass ich es dir erzählt habe«, sagte sie.

Ich versprach es ihr, als Thiago zurück ins Esszimmer kam.

Ich erzählte Papai, dass ich Bescheid wusste, sagte ihm aber nicht, woher.

»Ich muss meine Informanten schützen«, sagte ich.

»Was bist du, ein Detektiv?«

»Wann hast du damit angefangen?«

»Vor ein paar Jahren.«

»Wusste Mamãe davon?«

»Ja, aber sie fand es nicht gut.«

»Brauchst du das Geld wirklich?«, fragte ich. »Es ist illegal.«

»Das sollte es aber nicht sein. Wir brauchen nicht noch mehr ungewollte Kinder auf der Welt. Sieh dir die Erste Welt an – dort ist es legal. Wir können nicht mit ihnen mithalten, weil es hier zu viele religiöse Fanatiker gibt.«

»Hast du keine Angst, erwischt zu werden?«

»Ich mache keine Werbung. Ich schreie es nicht in alle Welt hinaus. Unter uns gesagt – ich habe einigen sehr wichtigen Persönlichkeiten geholfen, was mir einen gewissen Schutz bietet. Wem, kann ich dir nicht sagen. *Sehr* wichtigen Leuten. Aber du darfst niemandem davon erzählen. Nicht einmal deinen Freunden.«

»Und was, wenn einer von ihnen eine Abtreibung braucht?«

»Ich hoffe, solche Freunde hast du nicht«, sagte er mit angewidertem Gesichtsausdruck.

Für einen Atheisten besaß er eine ausgemacht puritanische Ader. Papai führte Hinterhof-Abtreibungen durch, doch die Rua Joana Angélica ist alles andere als eine Hinterhofgegend. Er trieb die reichsten Embryos von Rio de Janeiro ab.

14

Am späten Nachmittag, mehrere Stunden nach Schulschluss, saß ich mit meinen Freunden am Strand von Copacabana. Mein Vater hatte mir den Nachmittag zum Lernen freigegeben. Ich hatte meine Bücher mit an den Strand genommen, sie aber nicht aus dem Rucksack hervorgeholt. Die Sonne ging bereits langsam unter, und ich wollte nach Hause gehen. Dani hatte eine modische neue Frisur – eine voluminöse flauschige Dauerwelle. Isabel sagte, sie sehe aus wie eine berühmte Schauspielerin, aber ich fand, sie sah albern aus. Jedes Mal, wenn wir uns küssten, roch ich ihr Haargel. Ein winziges schwarzes Insekt flog in ihr Haar, aber ich sagte nichts, weil ich sie nicht in Verlegenheit bringen wollte. Ich bezweifelte, dass das Insekt lebend daraus geborgen werden konnte.

Ich lief die Strandpromenade entlang, den ganzen Weg zurück nach Ipanema. In Rio geht die Sonne schnell unter, und der Himmel war schon blau-schwarz, wurde zur Rechten von hoch aufragenden Gebäuden verdunkelt und dehnte sich zu meiner Linken über das Meer aus, über die Welt. Leute joggten, fuhren Rad, Frauen gingen in klackernden High Heels heimwärts, die Luft war leicht und warm. Ich ging am Arpoador Rock vorbei und erreichte Ipanema. Die hügeligen Umrisse der Dois-Irmãos-Felsformation waren am Ende des Strands noch zu erkennen. Die

Favelas dahinter wurden nach und nach erleuchtet, als die Menschen von der Arbeit nach Hause zurückkehrten. Das Meer war laut und dunkel. Leute saßen auf Plastikstühlen in den Strandbars, tranken und plauderten. Zehn Meter entfernt hockte eine Mutter mit ihren zwei Kindern auf dem Bürgersteig; sie machten einen abgerissenen Eindruck. Und dort war unser Wohnhaus, auf der gegenüberliegenden Straßenseite, mitten in den Häuserblock hineingeschmiegt. Das Wohnzimmerfenster leuchtete wie eine Laterne in der Nacht.

Ich hörte Luanas Stimme, als ich aus dem Fahrstuhl trat; sie war weich und süß wie ein Pfirsich, als könnte sie nichts aus der Ruhe bringen. Sie sagte etwas wie: »Mãe, reichst du mir mal …«, und ich war eigenartig gerührt, dass sie da war und unser Abendessen zubereitete. Ich öffnete die Tür und betrat die Küche, begrüßte sie und ihre Mutter. Rita und ich sprachen kurz über die Hitze. Abgesehen von einem Hallo zur Begrüßung würdigte mich Luana keines Wortes oder Blickes und fuhr mit dem Kochen fort, den Kopf über den Herd gebeugt, konzentriert, abweisend oder beides. Ich redete weiter, mit zu lauter Stimme, meine Lungen fühlten sich verkrampft an, als ginge ihnen die Luft aus.

»Du hältst uns von der Arbeit ab, André«, sagte Rita in ironischem Tonfall.

»Schon gut, schon gut«, sagte ich und verließ lachend die Küche.

Nachdem ich geduscht hatte, ging ich ins Esszimmer. Papai war von der Arbeit heimgekehrt, saß am Tisch und las die Zeitung.

»Hallo, André«, sagte er. »Hast du heute viel gelernt?«

Er hob seine Nickelbrille an und wischte sich mit einer Serviette den Schweiß von Stirn und Augenlidern.

»Ein bisschen, ja.«

»Gut.«

Ich nahm das sanfte Raunen von Ritas und Luanas Stimmen in der Küche wahr und den köstlichen Kokos-Maniok-Geruch des *bobó de camarão*, der auf dem Herd vor sich hin köchelte. Bald würden sie das Essen hereinbringen, und ich würde Luana sehen – das war es, worauf ich wartete. Es war gerade einmal dreißig Minuten her, dass ich sie gesehen hatte, und ich vermisste sie bereits. Thiago kam zu uns an den Tisch, trug einen Supermann-Schlafanzug mit Umhang, bereit, ins Bett zu gehen. Seine Haare waren noch nass vom Duschen. Er setzte sich auf seinen Platz, zog ein Comicheft aus der Hosentasche hervor und begann zu lesen.

»*Filho*«, sagte Papai, »am Esstisch wird nicht gelesen.«

Thiago blickte auf und fuhr mit dem Lesen fort. Mein Vater hieb mit der Faust auf den Tisch.

»Hör auf damit!«, rief er.

Thiago legte das Comicheft auf den Tisch und blickte starr geradeaus. Rita brachte Schüsseln mit Reis und Salat herein. Dann kam Luana aus der Küche, trug einen schweren Keramiktopf, den Blick zu Boden gerichtet. Auf ihrer weißen Uniform prangte ein orangefarbener Soßenfleck. Sie stellte den Topf auf den Tisch, blickte auf und lächelte mich an – zum ersten Mal seit Wochen oder Monaten –, hinterließ ein wohliges Gefühl in meinem Bauch. Ich lächelte zurück, trunken vor Glück. Ich blickte zu meinem Vater hinüber, der fast unmerklich den Kopf schüttelte. Thiago blickte zwischen mir und Papai hin und her und stieß ein hohes Kreischen aus.

»Ruhe! Jetzt wird gegessen«, sagte Papai, und wir aßen.

Später lag ich im Bett und las bei gedimmten Licht, damit alle glaubten, ich schliefe schon, doch mein Vater ließ sich nicht austricksen. Ohne anzuklopfen, betrat er mein Zimmer, durchflutete es mit gelbem Licht aus dem Flur. Immer noch in Hemd, Krawatte und Hose, stand er in der Tür, eine Hand auf dem Türknauf.

»Was liest du da?«, fragte er.

»Fernando Pessoa. Es ist für die Schule.«

»Guter portugiesischer Dichter. Aber mach dir keine Illusionen. Das Leben ist nicht so einfach wie ein Gedicht.«

»Was soll das heißen?«

Er trat näher an mein Bett heran.

»Ist dir nicht heiß in diesen Klamotten?«, fragte ich.

Er wischte die Frage mit einer Handbewegung beiseite und stand im Halbdunkel über mir, den rechten Zeigefinger in die Luft gereckt.

»Lass die Finger von Luana«, sagte er.

Seine Stimme war kaum ein Flüstern – so leise und kratzig wie das Krabbeln einer Kakerlake.

»Was?«

»Lass. Die Finger. Von Luana.«

»Ich habe Luana nicht angefasst.«

»Gut. Und das lässt du auch schön bleiben. Haben wir uns verstanden, André?«

»Wovon redest du, Pai?«

»Diese Grenze darfst du nicht überschreiten«, sagte er.

»Das hatte ich auch nicht vor.«

»Sie sind nicht wie wir. Es ist nicht richtig.«

»Okay«, sagte ich.

Was hatte Papai gesehen? Woher wusste er Bescheid? Hatte er uns in Marajó gehört? Hatte er auf dem Flur gestanden, während wir uns geküsst hatten? Oder, noch schlimmer – konnte ich gar nichts tun und auch nichts denken, ohne dass er es wusste?

Mein Vater ging zum Standspiegel und betrachtete sein Spiegelbild. Das fahle Mondlicht (vielleicht war es auch nur die Straßenlaterne, wenn ich es mir recht überlege) schien auf sein Gesicht, warf einen Schatten auf den ausgeprägten Schwung seiner Lippen. Er holte einen Kamm aus seiner Tasche hervor, kämmte sich das dichte schwarze Haar, lockerte seine Krawatte und sah wieder zu mir herüber. Mein Zimmer ging nicht zum Strand hinaus, doch wenn ich an diesen Moment zurückdenke, höre ich, wie der Atlantik auf den Sand aufschlägt.

»Vielleicht sollten wir Weihnachten dieses Jahr wieder in Pará verbringen. Hättest du Lust?«, fragte er.

»Klingt gut.«

Oranger Bikini, Küsse im dunklen Fluss.

»Bloß wir drei.«

Oh.

»Bis morgen«, sagte er.

»Gute Nacht, Pai.«

Nachdem er gegangen war, machte ich das Licht aus und deckte mich mit einem Laken zu; doch es war zu heiß, also strampelte ich es wieder von mir. Ich starrte in die Dunkelheit, dachte über seine Worte nach. Wenn er herausfand, dass wir uns geküsst hatten, würde er ausrasten. Vielleicht würde er Luana wegschicken. Ich muss mich beherrschen, dachte ich, ich darf nicht länger an sie denken. Es ist vorbei. Das war's. Doch als ich die Augen schloss, wurden Papais warnende Worte rasch von den Gedanken an Luana verdrängt, an ihre grünen Augen, ihren Bikini, der neonfarben unter dem Flusswasser leuchtete. Kurz darauf legte sich der Schlaf wie ein schwerer Mantel über mich.

Als ich aufwachte, fühlte ich mich vollkommen zerschlagen. Meine Augen waren verklebt, mein Kopf schwer und meine Nase verstopft. Als ich den Kopf vom Kissen hob, durchschoss ein Schmerz meinen Körper, und ich stöhnte auf. Wie gewöhnlich klopfte Rita um Viertel vor sechs an meine Zimmertür, um mich zu wecken.

»Rita!«, jammerte ich.

»Ja?«, sagte sie durch die Tür.

»Mir geht's nicht gut, ich kann nicht zur Schule.«

»Ist gut, *querido*, ich rufe dort an und gebe Bescheid. Brauchst du irgendetwas?«

»Nein. Ich schlafe einfach weiter.«

Ich hörte ihre Flip-Flops über den Flur schlappen und dann zwei Personen in der Küche gedämpft miteinander sprechen – Rita und meinen Vater. Seine schweren stampfenden Schritte näherten sich meinem Zimmer. Er trat, ohne anzuklopfen, ein und blieb in der Tür stehen, blickte mich stirnrunzelnd an. Ich fühlte mich wie gerädert und hundeelend. Ich bekam kaum die Augen auf. Mein Vater war bloß einen Meter siebzig groß – drei Zentimeter kleiner als ich –, aber er wirkte wie ein bösartiger Riese aus einem Märchen. Ich fühlte mich fiebrig und war wütend.

»Was ist los mit dir?«, wollte er wissen.

»Mir tut alles weh.«

Er kam schnellen Schrittes zu mir herüber, befühlte mit trockener, warmer Handfläche meine Stirn und nickte. »Bleib im Bett. Ich gehe jetzt zur Arbeit.«

Er verließ das Zimmer. Die Sonne war gerade aufgegangen. Es war noch nicht so heiß, wobei ich Temperaturen an jenem Tag nicht besonders gut einschätzen konnte. Ich schwitzte am ganzen Körper, aber meine Knochen fühlten sich an wie Eis. Meine Füße hatten sich in dem Bettlaken verheddert. Qualvoll entwirrte ich es mit den Händen, zog es über mich und schlief ein. Normalerweise ist Schlafen ein großer Trost, aber nicht an jenem Tag. Ich tauchte in einen rastlosen Traum ab. Meine Mutter beugte sich mit ihren langen schwarzen Haaren über mich. Sie faltete einen angefeuchteten kleinen Lappen zusammen und legte ihn mir auf die Stirn, um meine Temperatur zu senken.

»Armer Andrézinho«, sagte sie und zog mir das Laken bis zum Hals hoch.

»Mamãe, wo bist du gewesen? Ich dachte, du wärst gestorben.«

»Wovon redest du, *querido*?«

»Du … du bist gegen eine Ampel gefahren. Ich habe dich im Krankenhaus gesehen, du warst tot.«

»Aber siehst du denn nicht, dass ich hier bin?«

Sie streichelte mir die Wange. Ihre Hände waren warm und lebendig, die Nägel blassrosa, Silber und Gold klimperte an ihren Handgelenken. Als sie sich vorbeugte und meine Stirn küsste, atmete ich den süßlichen Duft ihres Parfüms ein – der mir jetzt himmlisch erschien. Sie trug ein cremefarbenes Seidenkleid, eine farbenfrohe Kette und die goldene Armbanduhr, die sie jeden Tag umhatte. Alles war perfekt, bis hin zu dem Muttermal auf ihrer linken Wange.

»Ja, du bist hier«, sagte ich. »Aber es hat sich so echt angefühlt. Ein Jahr ist vergangen … Papai war allein. Wir sind ohne dich nach Pará gefahren.«

»Örg«, sagte sie und verzog ihre rot geschminkten Lippen. »Wer will schon irgendwo in die Pampa fahren? Dein Vater und seine fixen Ideen. Es war bloß ein schlechter Traum. Mamãe ist hier. Ich werde immer hier sein.«

Ich blickte mich im Zimmer um. Wir waren nicht mehr in Rio, sondern in meinem Zimmer in Marajó, nur dass draußen direkt vor meinem Fenster der Fluss entlangströmte, wie ein Kanal durch Venedig. Luana kam in ihrem orangefarbenen Bikini vorbeigeschwommen, im Bruststil, den Blick geradeaus gerichtet.

»Aber wir sind in Pará, Mamãe«, sagte ich.

»*Oi*, Luana!«, rief Mamãe und winkte ihr zu.

Luana hielt inne, winkte zurück und lächelte, sagte aber nichts. Ihr Anblick hellte meine Stimmung vorübergehend auf, doch dann fiel mir wieder ein, was Papai gesagt hatte: Lass die Finger von Luana. Ich wandte mich meiner Mutter zu, die mich auf eigenartige, ernsthafte Weise ansah, als hätte sie meine Gedanken gelesen. Luana schwamm weiter.

»Das Mädchen ist viel zu hübsch, um als *empregada* zu arbeiten«, sagte Mamãe. »Von wem sie ihr Aussehen wohl geerbt hat? Sicherlich nicht von Rita.«

»Sag nichts Gemeines über Rita«, sagte ich. »Du warst immer so fies zu ihr.«

»Leg dich wieder hin, *querido*. Streng dich nicht so an.«

Ich streckte die linke Hand aus, und sie umschloss sie mit beiden Händen.

»Bald geht es dir wieder besser«, sagte sie. »Du musst nur schlafen.«

»Aber … der Unfall. Wie hast du ihn überlebt? Ich habe dich *gesehen*.«

»Wie konnte das überhaupt passieren? Ich bin doch so eine vorsichtige Fahrerin.«

Ich sank zurück in die Kissen, spürte, wie sie meinen kalten Schweiß aufsaugten.

»*Graças a Deus*«, sagte ich, als ich die Augen schloss. »*Graças a Deus.*«

Als ich in meinem Traum einschlief, wachte ich in Rio auf. Draußen schwirrten Hubschrauber durch die Luft, auf der Suche nach einem *bandido*. Es war fürchterlich heiß. Mamãe war nicht mehr da. Niemand war da, der meinen Kopf mit einem kühlen feuchten Tuch abtupfte. Niemand, der mich tröstete. Ich weinte wie ein Kind, mit Hingabe, aber in mein Kissen, damit Rita und Luana nichts davon mitbekamen. Vor lauter Ungerechtigkeit wollte ich schreien. Warum sie, warum meine Mutter?

»André?«, fragte eine Stimme durch die Tür hindurch. Luana.

»Was?«, krächzte ich.

»Alles in Ordnung mit dir?«

»Mir geht's gut.«

»Brauchst du irgendetwas?«

»Nein, danke.«

Konnte sie mich nicht einfach in Ruhe lassen?

»Sag Bescheid, wenn du es dir anders überlegst.«

Ich drehte mich auf die Seite, zog die Knie an die Brust, quetschte mir zwei weitere Tränen aus den Augen und spürte, wie meine Lider wieder schwer wurden. Ich schloss die Augen und schlief ein, hoffte, Mamãe wiederzusehen, doch diesmal schlief ich traumlos, oder die Träume waren es nicht wert, dass ich mich an sie erinnerte.

Als ich aufwachte, war es dunkel. Ich hörte die typischen entfernten Bar-Geräusche, aber die Leute schrien oder lachten nicht besonders viel, daher musste es noch früh am Abend sein, bevor sie sich richtig betrunken hatten. Die Luft in meinem Zimmer war heiß und abgestanden. Wenige Sekunden später vernahm ich ein leises Klopfen. Lua. Luana.

»André? Bist du wach?«

»Ja.«

»Kann ich reinkommen?«

»Ja.«

Quietschend ging die Tür auf, und das Licht vom Flur fiel herein. Sie machte die Tür hinter sich zu.

»Ich lasse das Licht besser aus, sonst tut dir der Kopf weh.«

Sie kam zu mir herüber. Sie war barfuß – ich hörte ihre Füße über den Holzboden tappen.

»Könntest du das Fenster aufmachen?«, fragte ich.

»Natürlich.«

Sie beugte sich über mein Bett zum Fenster und öffnete es. Die Geräusche von draußen – die Bargäste, die Autos – wurden lauter. Ich sah, dass sie etwas in der Hand hielt. Ein kleines weißes Tuch.

»Kannst du das gebrauchen?«, fragte sie und hielt es hoch. »Meine Mutter legt mir immer ein Tuch auf die Stirn, wenn ich Fieber habe.«

»Ja.«

Sie schüttelte das Tuch aus, faltete es doppelt zusammen und legte es mir auf die Stirn. Es war kalt und feucht, genau wie in meinem Traum.

»Das fühlt sich gut an.«

»Schön. Möchtest du etwas Suppe?«

»Ja, bitte.«

»Ich bring dir welche.«

Wenige Minuten später trug sie ein Tablett mit würziger Hühnerbrühe und einem Glas Wasser herein. Ich trank die Brühe ganz aus und stürzte das Wasser hinunter. Während ich aß, saß sie auf einem Stuhl neben meinem Schreibtisch, in der Dunkelheit. Ich erkannte nur ihre Umrisse, still und geduldig.

»Jemand von deinen Freunden hat angerufen«, sagte sie.

»Wer?«

»Daniela. Sie wollte wissen, ob es dir gut geht.«

»Was hast du gesagt?«

»Ich habe gesagt, dass du schläfst. Sie sagte, sie käme morgen Abend vielleicht vorbei, um dich zu besuchen, falls es dir noch nicht besser geht.«

Sie verließ das Zimmer und schloss die Tür, und ich lag in der Dunkelheit, lauschte der Welt draußen vor meinem Fenster.

Heutzutage werde ich überhaupt nicht mehr krank. So ist das, wenn man Kinder hat. Als Eltern kann man es sich nicht leisten, Kind zu spielen – nicht, bis man älter ist und es einen erneut übermannt, unerwartet und mit voller Wucht.

Am nächsten Tag fühlte ich mich etwas besser, aber nicht gut genug, um zur Schule zu gehen. Ich verbrachte den Tag im Bett, hörte Musik und versuchte, Tschechows Kurzgeschichten in portugiesischer Übersetzung zu lesen. Meine Kopfschmerzen erschwerten es mir, den vielen russischen Namen und Charakteren zu folgen. Ich schaffte eine ganze Erzählung, »Die Stachelbeeren«, eine Geschichte innerhalb einer Geschichte über Habgier und Enttäuschungen, so wie alle richtig guten Geschichten. Ich fragte mich, wie Tschechow das bewerkstelligt hatte – abends zu schreiben und den ganzen Tag als Arzt zu arbeiten. Er musste *empregadas* und eine sehr verständnisvolle Frau gehabt haben. Doch trotz unserer *empregadas* konnte ich mir nicht vorstellen, dass Papai für etwas anderes Zeit hatte als für seine Arbeit. Ich legte das Buch beiseite und beschloss, Musik zu hören. In unserer Wohnung gab es zwei Plattenspieler – einen im Wohnzimmer und einen im Elternschlafzimmer. Papai benutzte Letzteren nie, also brachten Rita und Luana ihn in mein Zimmer, stellten ihn auf den Schreibtisch und schlossen ihn an. Ich hatte ein schlechtes Gewissen, sie so herumzukommandieren, aber sie waren diejenigen, die mich alle fünf Minuten fragten, ob ich etwas brauchte.

»Kannst du eine Platte von Chico Buarque auflegen – *Chico Canta*?«, bat ich Luana.

Sie hatte einen Stapel Schallplatten in mein Zimmer gebracht. Rita war woandershin verschwunden – um weiterzuputzen. Ständiges Putzen: jeden Tag, den ganzen Tag.

»Die hier?«, fragte sie und hielt eine Schallplatte hoch. Auf dem Plattencover war Chico mit einer Schiebermütze und Schnurrbart zu sehen, wie er schmachtend in ein Mikro sang.

»Das dritte Lied.«

Sie schüttelte die Platte aus ihrer Hülle, legte sie auf den Plattenspieler und drückte auf Play. Ich dachte, sie würde daraufhin das Zimmer verlassen, doch sie nahm auf dem Stuhl vor dem Plattenspieler Platz. Mamães Lied, »Tatuagem«. Ich hatte es seit Marajó nicht mehr gehört.

»Ganz schön alte Musik«, sagte Luana grinsend.

»So alt nun auch wieder nicht.«

Ich schloss die Augen und lauschte. Der ungeheuerlichen Schönheit der Streichinstrumente, der Unumwundenheit seiner Worte. Als ich die Augen öffnete, saß Luana, den Kopf auf die Handfläche und den Ellbogen auf den Tisch gestützt, da und blickte mich aus ihren sanften grünen Augen an.

»An das Stück erinnere ich mich«, sagte sie.

»Ach ja?«

»Natürlich. Dona Beatriz hat es immer gehört. Besonders an den Tagen, an denen sie ihr Zimmer nicht verlassen hat.«

»Wann war das?«

»Sehr oft. Manchmal blieb sie den ganzen Morgen über im Bett und zog sich erst an und schminkte sich, bevor du aus der Schule zurückkamst. Dann hielt jemand anders in ihrem Laden die Stellung.«

»Daran erinnere ich mich nicht.«

»Du warst ja nicht da. Wir hörten das Lied den ganzen Tag aus ihrem Zimmer herausschallen. Meine Mutter und ich hatten es irgendwann vollkommen satt.«

Sie stand auf, um das Zimmer zu verlassen.

»Geh nicht«, sagte ich.

»Ich muss arbeiten.«

»Luana, bitte. Erzähl mir mehr über meine Mutter.«

»Du solltest deinen Vater fragen.«

»Du erinnerst dich falsch. Meiner Mutter ging es gut.«

»Du hast recht, ich weiß gar nichts.«

»Das habe ich nicht gemeint.«

Sie verließ das Zimmer, und die Platte lief weiter, bis sie das Ende der ersten Seite erreicht hatte und in ein rhythmisches, knisterndes Nichts abdriftete.

*

Daniela hielt ihr Versprechen und besuchte mich. Sie betrat mein Zimmer, trug immer noch ihren Rucksack auf dem Rücken.

»Hi«, sagte sie. »Wie fühlst du dich?«

Wir hatten uns erst vor ein paar Tagen gesehen, aber es kam

mir deutlich länger vor. All die Träume, all die ausgedehnte Zeit.

»Besser als gestern.«

»Ich weiß. Ich war gestern auch schon hier. Du hast geschlafen. Ich habe auf dem Weg nach Hause kurz vorbeigeschaut. Nur um zu sehen, wie es dir geht.«

»Danke, das war nett von dir.«

»Aber du hast geschlafen«, sagte sie noch mal. Sie wirkte nervös.

»Und wie geht es dir?«

»Ach, du weißt schon. Schule. Langweilig.«

Sie saß auf dem Rand meines Betts. Mir wurde klar, dass wir uns nichts zu sagen hatten. Vielleicht war es bloß die Krankheit, die meinen Geist vernebelte. Sie sah hinreißend aus mit ihren rastlosen blauen Augen und den hochgesteckten blonden Haaren, aber ich wünschte, sie würde wieder gehen.

»Eure *empregada*«, sagte sie. »Sie ist hübsch.«

»Findest du?«

»Ja – und du auch. Ist das nicht seltsam? Unsere *empregada* sieht aus wie eine alte *bruxa*.«

15

»Kann ich dich etwas fragen?«, sagte Bia. »Wie ist deine Mutter gestorben?«

»Das weißt du doch«, sagte ich.

»Ich weiß, dass es ein Autounfall war, aber du hast mir nie die ganze Geschichte erzählt.«

Wir waren in einem italienischen Restaurant, nur wir zwei. Es war meine Idee gewesen – ich wollte ihr sagen, dass ich es für eine gute Idee hielt, nach Brasilien zu reisen, und dass sie Thiagos Einladung annehmen sollte. Später brachte sie das Gespräch auf Mamãe. Der Wein verlieh ihr Mut. Esther hätte es nicht gutgeheißen, dass wir beide zusammen tranken.

»Es ist keine schöne Geschichte«, sagte ich.

»Müssen alle Geschichten schön sein?«

»Warum willst du es wissen?«

»Sie war meine Großmutter«, sagte sie. »Ich möchte es eben einfach wissen. Aber wenn du nicht darüber reden möchtest …«

»Nein, es ist schon in Ordnung.«

Zu diesem Zeitpunkt hatte ich einen vierten Brief erhalten. Ich trug ihn seit drei Tagen mit mir herum und kannte ihn in- und auswendig.

Lieber André,

ich bin zurück in Marajó und sitze auf meiner Veranda. Das Frühstück ist vorbei, somit habe ich ein paar Minuten für mich, bevor ich mich wieder an die Arbeit machen muss.
Ich dachte, ich könnte Dir ein wenig mehr darüber erzählen, warum wir Rio verlassen haben.
Chico hat sich hier oben schnell eingelebt – schneller als ich. Als wir Rio verließen, fragte er mich immer wieder: »Wo fahren wir hin? Warum fahren wir da hin?«, und klammerte sich an den Beinen meiner Mutter fest. Sie weinte ebenfalls, was nicht gerade hilfreich war. Ich unterdrückte meine Tränen, aber ich wusste, dass ich Rio vermissen würde. Und das tue ich immer noch. Die Aussicht auf den Strand von der Favela, meine Freunde und Familie, den beständigen Lärm, selbst mitten in der Nacht, wenn alle schlafen sollten. Ich bin nicht gerne dort, aber ich vermisse es trotzdem. Ich bin sicher, du weißt, was ich meine.
Am meisten vermisste ich meine …

»Dad?«, fragte Bia, lachte und wedelte mir mit der Hand vorm Gesicht herum. »Du bist mit den Gedanken irgendwo anders.«

»Entschuldige. In Ordnung, ich erzähl's dir.«

Bia klappte ein Stück Pizza zusammen und biss hinein. Ich hatte mein Essen vollkommen vergessen, Kalbsschnitzel Milanese mit Spaghetti. Ich aß ein paar Bissen. Es war kalt geworden. Ich nippte an meinem Wein, dann füllte ich unsere Gläser auf. Wie viele Jahre war es her, dass ich diese Geschichte zum letzten Mal erzählt hatte? Als ich jung war, hatte ich sie neuen Freunden und Freundinnen regelmäßig erzählt, aber davon hatte es in den letzten Jahren keine mehr gegeben.

»Es war Sonntag, und ich war am Strand. Am Strand von Ipanema – erinnerst du dich daran?«

»Jeder kennt Ipanema«, sagte sie und sprach es aus wie eine Gringa – Ipaniehma. »Es ist weltbekannt.«

»Ich meinte nicht, ob du Fotos gesehen hast, sondern ob du Erinnerungen aus dem echten Leben hast. Das ist etwas anderes. Besonders an einem Sonntag. Tausende von Menschen. Reiche Leute, arme Leute, schöne Menschen, hässliche Menschen, Touristen. Ab mittags ist es fast unmöglich, dort noch einen Platz zu ergattern.«

»Mit wem warst du da?«

»Mit meinen Freunden: Daniela, Rodrigo, Isabel und Carlito und ein paar anderen. Ich weiß nicht mehr, wie sie hießen. Wir saßen am Strand, umringt von Menschen. Es war sehr heiß. Vielleicht achtunddreißig Grad, vielleicht vierzig, ab da wird es unerträglich. Es war Januar. Das bedeutet, dass in Brasilien Sommer ist.«

»Natürlich.«

Der Kellner kam vorbei und räumte unsere Teller ab, dann brachte er uns die Dessertkarte.

»Wir waren am Posto Nove, dem neunten Rettungsschwimmer-Posten, damals ein angesagter Ort, um am Strand zu sitzen – alle Schüler, Studenten und Sozialisten gingen immer dorthin. Es waren die letzten Monate der Militärdiktatur, deshalb gab es in der Gegend viele Radikale, viele Proteste. Ich schwamm mit Carlito und Rodrigo im Meer, die Wellen klatschten über uns zusammen. Wir spielten *jacaré* – Alligator –, fingen die aufsteigenden Wellen mit dem Körper ein.«

»Bodysurfing?«

»Ja, aber oft war es eher umgekehrt, und die Wellen fingen *uns* ein. Mit dem Meer ist in Ipanema nicht zu spaßen, aber wir hatten keine Angst zu ertrinken, wir waren jung.«

*

Wir schwammen weit raus und ließen uns eine Weile auf dem Rücken treiben, beobachteten die Mädchen am Strand, wie die Sonne auf dem Meer glitzerte, und die neuen Gebäude, die seit unserer frühen Kindheit wie Pilze aus dem Boden geschossen waren. Ich hatte meine Brille bei den Mädchen am Strand zurückgelassen und sah alles verschwommen. Carlito blickte zu mir herüber und grinste mich aus seinem nassen Gesicht breit an.

»André«, sagte er. »Daniela ist verrückt nach dir. Verrückt.«

Ich lachte, und er sprang mit einem Satz auf mich, drückte meinen Kopf unter das kühle Wasser, das mir in Ohren und Nase strömte, während ich mich freikämpfte.

»Hör auf, *cara*! Glaubst du wirklich?«

»*Cara*, sie ist so was von verrückt nach dir«, sagte Rodrigo. »Du kannst dich echt glücklich schätzen.«

Wir blickten zu den Mädchen am Strand hinüber, die in Bikinis und mit Sonnenbrillen auf den gemieteten Strandliegen lagen, die gebräunten, kurvigen Beine in den Knien gebeugt. Daniela war eindeutig die Hübscheste von ihnen. Sie stolzierte in Minirock und Sandalen durch die Schulflure, sich ihrer Wirkung wohl bewusst.

Wir winkten den Mädchen, und sie winkten zurück.

»Sie will bestimmt nicht mit mir gehen«, sagte ich.

*

»Da sagte Carlito: ›Sag mal, ist das nicht euer Dienstmädchen?‹ Ich blickte auf und sah Rita, eines unserer Dienstmädchen, am Strand stehen.«

»Wie viele Dienstmädchen hattet ihr noch mal?«, fragte Bia.

»Zwei: Rita und ihre Tochter Luana.«

Ich hatte ihren Namen seit Jahren nicht mehr laut ausgesprochen, vielleicht schon seit Jahrzehnten nicht mehr. Selbst als ich zu Besuch in Brasilien gewesen war und Papai und Thiago gesehen hatte, hatten wir nie über sie geredet. Welch eigenartig vertrautes Gefühl, diese Silben mit meinem Mund zu formen. Lu-ah-nah. Mir kam es vor, als hallte ihr Name im Restaurant wider – vielleicht hatte ich ihn aus Versehen herausgebrüllt? Doch Bia schien nichts aufgefallen zu sein.

»Rita stand am Strand, blickte aufs Meer hinaus und hielt nach mir Ausschau. So.«

Ich hob die rechte Hand an die Stirn und dachte an Rita in ihrer weißen Uniform zurück, wie sie sich die Augen vor der Sonne abgeschirmt hatte.

»Möchten Sie eine Nachspeise bestellen?«, erkundigte sich der Kellner.

»Einen kleinen Moment noch«, sagte Bia und stützte die Ellbogen auf dem Tisch ab. »Erzähl weiter.«

*

Ich erkannte Ritas Gestalt in der Hitze nur verschwommen, weil ich meine Brille nicht aufhatte, doch gleichzeitig wirkte sie eigenartig reglos.

»Ich schau mal nach, was los ist«, sagte ich und blickte hinter mich, um zu sehen, ob noch eine Welle herangerollt kann, mit der ich eine letzte Runde *jacaré* spielen konnte.

Da kam eine. Die Welle bäumte sich hinter mir auf, glasklar, und als ich losschwamm, spürte ich, wie sie mich mitriss. Sie setzte mich im flachen Wasser ab. Ein perfekter Fang. Zufrieden mit mir stapfte ich aus dem Meer hinaus, rubbelte mir durchs Haar, drückte das Wasser hinaus, doch als ich Rita von Nahem sah, wusste ich, dass etwas nicht in Ordnung war. Von der Straße hörte ich Hupen und Gebrüll, ein Stück weiter in Richtung Copacabana, doch das war nichts Ungewöhnliches.

»Geht es dir gut?«, fragte ich Rita.

Sie stand mit herunterhängenden Armen da, wie versteinert, starrte mich an, ein Ausdruck blanken Entsetzens auf dem Gesicht. Ich lachte, in der Hoffnung, dem, was sie sagen würde, Einhalt gebieten zu können. Ich nahm meine Brille von Isabels Sarong, um wieder etwas zu sehen.

*

»Und sie sagte: ›Deine Mutter hatte einen Autounfall.‹«

»O Gott!«, rief Bia und schlug sich die Hände vors Gesicht.

»Als Rita aus dem Haus gekommen war, hatte sie den Aufruhr auf der Straße gehört und war hingegangen, um nachzusehen. Sie weinte, und ich wusste Bescheid. Ich weiß nicht, warum, aber ich wusste, was passiert war.«

Vielleicht wusste ich es auch nicht wirklich. Die Zeit hat meine Erinnerungen verfälscht, sie auseinandergerissen und fein säuberlich neu zusammengesetzt. Ich habe mit dieser Erinnerung länger gelebt als mit Mamãe an meiner Seite. Doch es war eigenartig, dass ich einfach losgerannt war, ohne Rita nach weiteren Informationen gefragt zu haben.

*

Das schwarz-weiß gemusterte Straßenpflaster war so heiß, dass ich in großen Sätzen darübersprang und versuchte, mich an die kühleren weißen Stellen zu halten. Der Verkehr war gestoppt worden, die Autos hupten. Ein Stück weiter unten auf der Straße hatte sich eine Menschenmenge gebildet – ich rannte darauf zu. Polizisten riefen den Menschen zu, sie sollten zurückbleiben. Frauen schlugen sich die Hände vors Gesicht. Mit einem Mal fühlten sich meine Füße nicht mehr so heiß an. Die Welt verstummte. Ich ging auf den roten Sportwagen meiner Mutter zu, den ein großer blauer Lkw an einer Ampel zerquetscht hatte. Doch sie saß nicht im Wagen. Ein Polizist hielt mich zurück.

»Das Auto gehört meiner Mutter.«

Er zog die Augenbrauen hoch und legte mir eine Hand auf die Schulter.

»Wo ist sie?«, fragte ich.

»Sie ist im Krankenhaus«, sagte er und führte mich von der Unfallstelle fort. »Komm mit mir. Du solltest deine Kleider holen.«

Ich trug immer noch bloß meine Badehose. Ich reckte den Hals, um das Auto besser zu erkennen. Der zerkratzte rote Lack funkelte in der Sonne. Blut überzog das schwarz-weiße Pflaster dort, wo sie aufgeschlagen war, zehn Meter vom Auto entfernt. Danach kann ich mich an nichts mehr erinnern.

*

»Meine Mutter war gegen eine Ampel gefahren, und der Lkw hatte sie von hinten gerammt. Beim Aufprall war sie sofort tot, Gott sei Dank.«

Das war gelogen. Von der Wucht des Zusammenpralls war sie bis auf den Gehsteig geschleudert worden und auf der Fahrt ins Krankenhaus gestorben. Sie hatte gelitten. Aber ich bevorzugte meine Variante der Geschichte.

»Das ist grauenhaft«, sagte Bia.

»Ja, das war es.«

»Warum ist sie gegen die Ampel gefahren?«

»Wie meinst du das?«

»Du hast gesagt, sie wäre gegen die Ampel gefahren, bevor der Lkw sie gerammt hat. War etwas mit ihrem Auto nicht in Ordnung?«

War damit etwas nicht in Ordnung gewesen? Ich konnte mich nicht erinnern.

»Ja, ja, es war defekt.«

Wie war es möglich, dass ich mich nicht daran erinnerte? Es war so ein wichtiges Detail. Ihr Fuß war vom Pedal gerutscht – ja, das war es. Ich blickte zur Weinflasche hinüber, doch sie war leer.

Am meisten vermisste ich meine Mutter. Ich kannte niemanden hier. Nachts ist alles mucksmäuschenstill, abgesehen von den Tieren und den Gewittern. Zunächst jagte mir das Angst ein. Chico jedoch nicht – er schlief gut. Er lief mit seinen neuen Freunden durch den Urwald, kletterte auf Bäume, verirrte sich, schwamm im Fluss. Die Kinder sind hier sanfter, freundlicher. Sie gingen jeden Tag nach der Schule schwimmen, und ich behielt sie vom Strand aus im Auge. Chico war der Hellste von ihnen, daher nannten ihn die anderen Kinder *Branquinho*. Und als sie älter waren, nannten sie ihn *Branco*. Er wuchs zu einem großen jungen Mann heran, trug die Haare lang und lockig, und die Mädchen fingen an, sich für ihn zu interessieren. Er war wunderschön.

Beijos,

Luana

16

Ich saß am runden Esstisch und machte meine Hausaufgaben. Nachdem mich die Grippe mehrere Tage in mein Zimmer verbannt hatte, brauchte ich einen Ortswechsel. Doch es fiel mir schwer, mich zu konzentrieren. Mein Blick wanderte zur Glastür, die zum Balkon hinausging, zum Meer. Ich ging in die Küche – Luana hängte im hinteren Teil neben einem geöffneten Fenster Wäsche auf. Rita war irgendwo anders. Luana zog den Wäscheständer mit ihren muskulösen Armen an einem Seilzug von der Decke herunter. Als der Wäscheständer direkt über ihrem Kopf schwebte, knotete sie das Seil fest und begann, die sauberen Laken aufzuhängen.

»Hallo«, sagte ich.

Sie hielt inne.

»*Bom dia.*«

Die Anspannung zwischen uns hatte seit meiner Krankheit etwas nachgelassen. Wir hatten keine Angst mehr davor, miteinander zu sprechen.

»Brauchst du Hilfe?«, fragte ich.

»Ich glaube nicht, dass du mir helfen solltest.«

»Es ist niemand da.«

Sie antwortete mir nicht, was ich als Zustimmung wertete. Ich ging zu ihr, holte einen Kissenbezug aus dem Korb, schüttelte ihn aus und hängte ihn über den Wäscheständer. Sie reichte mir eine Wäscheklammer. Ich steckte sie am Kissenbezug fest und holte einen weiteren aus dem Korb. Einige Minuten standen wir so da, Seite an Seite, hängten die restlichen Laken auf und steckten sie fest. Luana arbeitete schnell, automatisch, während ich mich mit jedem einzelnen Wäschestück abmühte, versuchte, es perfekt auf dem Wäscheständer auszurichten. Als alle Laken feucht und duftend über uns hingen, lief mir der Schweiß den Rücken hinunter.

»Danke.«

»Kein Problem.«

»Willst du etwas Mate-Eistee?«, fragte sie. »Ich habe vor ein paar Stunden welchen gemacht. Er müsste jetzt kalt sein.«

»Gern.«

Sie öffnete den Kühlschrank und holte eine weiße, mit Kondenswasser beschlagene Kunststoffkanne heraus, die bis zum Rand mit kaltem süßem Matetee gefüllt war. Ich nahm zwei Gläser aus dem Schrank, und sie goss uns Tee ein, bis beide Gläser voll waren.

»Lass uns den Tee im Wohnzimmer trinken«, sagte ich. »Dann können wir etwas Musik hören.«

»Oh, okay.«

Wir nahmen unsere Gläser mit ins Wohnzimmer. Unbehaglich blickte sie sich um.

»Setz dich aufs Sofa«, sagte ich.

Sie nahm auf dem dunkelgrünen Samtsofa Platz. Ich fragte mich, ob sie schon einmal dort gesessen hatte. Vielleicht während wir nicht zu Hause gewesen waren.

»Leg die Füße hoch«, sagte ich und schob Mamães marokkanischen Puff unter ihre kleinen Füße, die in Flip-Flops steckten. »Bequem so?«

»Ja«, sagte sie, sah aber nicht so aus, als fühlte sie sich wohl. Ihr Körper war angespannt, und sie blickte betreten zu Boden.

»Was möchtest du hören?«, fragte ich.

»Such du etwas aus.«

Unsere Schallplatten waren eine bunte Mischung: die klassische Musik meines Vaters (das Einzige, was er sich anhörte), Mamães *Música Popular Brasileira* und Thiagos *Turma do Balão Mágico*-Sammlung. Die einzige Schallplatte, die mir gehörte, war Michael Jacksons Album *Thriller.* Im Gegensatz zu meinen Freunden, die bestens über die aktuellsten Rockbands aus São Paulo, New York und London informiert waren, hielt ich mich musikalisch nicht auf dem Laufenden, doch seit Mamães Tod hatte ich ihre Musik für mich beansprucht; ihre Lieblingsmusik war jetzt meine Lieblingsmusik.

Ich fand, wonach ich suchte – *Tropicália: ou Panis et Circencis,* einen Klassiker aus den Sechzigern. 1986 war er zweifellos nicht mehr modern. Ich wählte das Titelstück aus und drückte auf Play – ein psychedelisches Stimmengewirr. Mir gefiel, wie verrückt das Stück war, es löste ein Gefühl von Freiheit in mir aus. Vor dem Unfall hatte ich es sonntagmorgens ab und zu aus dem Schlafzimmer meiner Eltern herausklingen hören. Mamãe war oft lange im Bett liegen geblieben, das stimmte. Ich hatte es ganz vergessen, bis Luana es mir wieder in Erinnerung gerufen hatte.

»Das ist ein merkwürdiges Lied«, sagte sie, ihr Gesichtsausdruck schwankte zwischen einem Grinsen und einer Grimasse.

Das Album war im Juli 1968 veröffentlicht worden, in dem Monat, in dem ich geboren wurde, als Mamãe knapp zweiundzwanzig Jahre alt war und gerade ihr Jura-Studium an der Universidade Federal do Rio de Janeiro abgebrochen hatte. Vielleicht hatte sie mich bei Rita gelassen, die sogar noch jünger war als sie und noch nicht mit Luana schwanger. Ich stelle mir Mamãe vor, wie sie durch die sonnigen Straßen von Ipanema zum Schallplattenladen schlendert. Von der Schwangerschaft noch etwas aufgedunsen, aber glücklich, wie ich hoffe. Oder vielleicht hat sie sie auch erst Monate später gekauft. Ich weiß es nicht.

Luana blickte geradeaus zum Plattenspieler, beobachtete, wie sich die schwarze Schallplatte drehte. Sie blinzelte leicht, als das Stück zu Ende ging. Ich stand auf, um die Platte anzuhalten.

Doch sie sagte: »Nicht. Lass sie laufen.«

Das nächste Stück setzte ein: »Lindonéia«, gesungen von Nara Leão.

»Kann ich dich etwas fragen?«, fragte ich.

»Ja.«

»Hast du vorher schon mal auf diesem Sofa gesessen?«

»Ja, habe ich. Auch wenn ich dir das wahrscheinlich nicht erzählen sollte.«

»Wie kommen diese Regeln zustande? Hat irgendjemand eines Tages beschlossen, dass *empregadas* nicht auf Sofas sitzen dürfen?«

»Meine Mutter hat es mir gesagt, als ich noch ganz klein war, aber ich kann mich kaum erinnern, dass man es mir gesagt hat. So etwas weiß man einfach. Du kannst dich nicht vor deinen Arbeitgebern ausruhen. So war es schon immer, meinst du nicht?«

»Und warum sitzt du jetzt darauf?«

»Weil du mich darum gebeten hast.«

Ihre weiße Uniform bildete einen hellen und harten Kontrast zu dem weichen grünen Samt des Sofas. Nackte braune Beine, immer noch auf dem Puff ausgestreckt. Über ihr an der Wand hing das volkstümliche Gemälde einer dunkelhäutigen nackten Frau, die von hellen Blumen umringt auf einem Bett lag.

Es wurde zu einem festen Ritual, Luana mit der Wäsche zu helfen und danach mit ihr Musik zu hören. Sie brauchte meine Hilfe nicht – in Wahrheit hielt ich sie bloß auf –, aber sie wies sie auch nicht zurück. Manchmal war es ein Mittwochabend, wenn Rita Thiago zu einem seiner vielen Hobbys brachte und mein Vater bis spätabends arbeitete. Manchmal war es ein Samstagmorgen, wenn ich in der Klinik nicht gebraucht wurde, oder ein Sonntag, an dem sie nicht freihatte. Rita ging gewöhnlich zum Markt und nahm Thiago gelegentlich mit. Manchmal ermunterte ich ihn, sie zu begleiten, erzählte ihm, ich hätte auf der Straße einen Mann gesehen, der Welpen verkaufte, oder gab ihm Geld für ein Eis.

Eines Sonntags fügte sich alles zusammen. Mein Vater arbeitete, Rita war einkaufen und Thiago beim Fußballtraining. Ich begab mich auf die Suche nach Luana und fand sie im Waschbereich im hinteren Teil der Küche, mit einem Korb frischer Wäsche.

»Thiagos Sachen«, sagte sie.

»Gut. Ich kann nicht behaupten, dass es mir letzte Woche besonderen Spaß gemacht hat, die Unterwäsche meines Vaters aufzuhängen.«

Sie lachte ihr süßes Eselslachen und ließ den Wäscheständer herunter. Ich holte ein Kleidungsstück aus dem Korb – Thiagos Supermann-Schlafanzugoberteil –, schüttelte es aus und steckte es fest. Sie nahm die passende Hose und hängte sie ebenfalls auf. So fuhren wir fort, arbeiteten uns schnell und schweigend durch den Wäschekorb hindurch. Selbst heute kann ich die Seife noch riechen, ihren leichten Kokosduft. Die feuchte Kühle der Wäsche, die über uns schwebte. Ihre braunen Arme, die elegant und anmutig die Wäsche aufhoben und feststeckten. Die Aussicht aus dem Fenster auf die Betonbauten, in denen das Leben pulsierte, und die dunklen Berge dahinter. Schon bald lag nur noch eine Socke im Korb. Wir blickten uns an und griffen gleichzeitig danach. Unsere Hände berührten sich leicht, ein Daumen einen Finger, aber wir zuckten nicht zurück. Blieben bloß dort, spürten das kleine Stück Haut. Dann hielt ich ihre Hand. Unsere Hände bewegten sich wie von allein, und wir hatten keine andere Wahl, als ihnen zu folgen.

Luana wandte sich mir zu, und ich sah sie an. Ein feiner Schweißfilm auf ihrer Haut. Diese grünen Augen. Feuchte Wäsche. Mein Puls raste durch jeden Teil meines Körpers, von meinen Augen zu meinem Penis zu meinen Zehen. Nervosität und Erregung. Meine Lippen berühren ihre. Luana roch nach Kokos, Schweiß und einem Hauch Parfüm. Ein Sonnenstrahl fiel durchs offene Fenster herein und brannte mir im Nacken, bis Luana eine Hand darüberlegte, mich näher zu sich heranzog, sodass sie meine Erektion an ihrem Bauch spüren musste.

Sie wich zurück und sagte: »Was tun wir da? Wir sollten das nicht tun.«

»Ich weiß.«

Wir küssten uns wieder, mehrere Minuten lang, bis sich meine Lippen wund anfühlten. Sie legte mir eine Hand auf die Brust und stieß mich von sich.

»Das reicht«, sagte sie. »Es ist merkwürdig.«

»Ich weiß.«

Was sollte ich sonst sagen außer: Ich weiß, ich weiß, ich weiß.

»Es tut mir leid, André.«

»Mir tut es nicht leid«, sagte ich und zupfte an ihrem Ärmel.

»Wir können nicht zusammen sein.«

Ich hatte nicht vor, mit ihr zusammen zu sein. Zumindest damals noch nicht. Ich stand an der Schwelle zu meinem achtzehnten Geburtstag und küsste das schönste Mädchen, das ich je gesehen hatte.

»Dann tut es mir auch leid«, log ich und ging auf die Küchentür zu.

Sie stand dort, in ihrer weißen Uniform, und blickte mich bloß an. In meinem Zimmer holte ich mir einen runter und lauschte, wie sie die Wohnung putzte, das Essen zubereitete, ihre Arbeit verrichtete.

Als sie und Rita uns an jenem Abend das Essen servierten, waren wir beide bedrückt, doch nur meine schlechte Stimmung wurde kommentiert.

»Was ist los mit dir?«, fragte Papai, als er sich Salat auf den Teller tat.

»Nichts.«

»Nichts!«, sagte Thiago.

»Ich bin bloß müde.«

»Müde, weil du den ganzen Tag im Haus rumgesessen hast? Gehst du heute Abend weg?«, fragte mein Vater.

»Nein«, sagte ich.

Er zog eine Augenbraue hoch und sah mich verwirrt an.

»Du wolltest doch, dass ich mich aufs Lernen konzentriere, und das tue ich.«

»Du musst aber von Zeit zu Zeit mal rauskommen. Hast du heute überhaupt schon das Haus verlassen?«

»Nein.«

»Dann geh raus. Was machen denn deine Freunde heute Abend – das Mädchen, von dem du gesprochen hast?«

Luana aß in der Küche mit ihrer Mutter, bei geschlossener Tür, aber ich fragte mich, ob sie uns hören konnte.

»Weiß nicht.«

In Wahrheit wusste ich sehr genau, wo meine Freunde waren, weil sie mich gefragt hatten, ob ich mitkommen wollte: Sie kippten sich in Baixo Gávea westlich von Ipanema gerade Bier hinter die Binde. Sie hatten mich am Freitag in der Schule eingeladen, und ich hatte ihnen vorgelogen, ich sei zu beschäftigt, weil ich keine Lust hatte. Doch während wir schweigend zu Ende aßen, wurde mir klar, dass ich wirklich mal rausmusste. Es war zu viel für mich, hier zu sein, so nah bei Luana. Ich würde aufhören, mich wie ein *bicho do mato* – ein Eigenbrötler – zu verhalten, wie Mamãe immer gesagt hatte. Nach dem Abendessen wechselte ich meine Shorts gegen eine Jeans und verließ die Wohnung, ohne mich bei jemandem zu verabschieden.

Nossa Senhora war eine angesagt schäbige Bar in Baixo Gávea. Die Wände hingen voller Poster und Spiegel, das Licht war schummrig, die Stühle zusammengewürfelt und chaotisch angeordnet. Als ich mich der Bar näherte, fühlte ich mich mit meinem Schlabber-T-Shirt und der Brille wie ein entsetzlicher Spießer. Meine Freunde saßen draußen an einem Tisch, teilten sich große Flaschen Bier, tranken aus kleinen Gläsern und lachten hysterisch. Isabel saß auf Rodrigos Schoß und küsste ihn auf die Wange. Carlito lehnte sich gefährlich weit auf seinem Stuhl zurück, entdeckte mich, blinzelte in die Dunkelheit hinein und winkte mir zu.

»*Ei*, André! Hol dir einen Stuhl und setz dich zu uns.«

»Hallo zusammen.«

Daniela saß neben ihm, hielt die Arme vor dem Körper verschränkt und wich meinem Blick aus. Sie lächelte auf argwöhnische, undurchschaubare Weise. Ich fragte die hippen Lockenköpfe am Nachbartisch, ob ich mir einen der freien Stühle an ihrem Tisch nehmen könne, und sie sagten: »Na klar, *cara*.« Ich wollte ihn neben Dani stellen, aber sie rückte nicht zur Seite, um mir Platz zu machen, also setzte ich mich zwischen Carlito und Gabriel.

»Und? Wie läuft's?«, fragte Carlito. »Ich dachte, du wolltest nicht kommen.«

»Zu viel zu tun«, sagte Gabriel.

»Ich dachte, ich könnte mal eine Pause brauchen.«

»Was für ein Streber.«

»Zumindest wird *er* es mal zu etwas bringen, *cara*«, sagte Rodrigo.

»Ich werde es auch zu etwas bringen!«, rief Gabriel.

»Ich auch!«, sagte Carlito und hob sein Glas.

Wenn die Jungen in der Überzahl waren, sagten die Mädchen so gut wie kein Wort. Manchmal sah ich sie im Schulflur vor Lachen kreischen, aber wenn die Jungs dabei waren, waren sie nur Nebendarstellerinnen.

»Und? Wie geht's?«, fragte ich Dani.

»Gut«, sagte sie, verbarg ihre Gefühle hinter einem Lächeln.

»Und dir?«

»Mir geht es sehr gut«, sagte ich und dachte an den Kuss mit Luana.

Ich blickte zur anderen Straßenseite hinüber und dachte für einen Moment, ich sähe sie dort in ihrer weißen Uniform stehen, aber nein, es war bloß ein anderes Mädchen mit lockigem Haar und braunen Beinen; sie trug ein weißes Kleid, keine Uniform, und lachte mit ihren Freunden. Man merkte, dass sie keine *empregada* war.

»Wohin guckst du?«, fragte Dani und sah zur Straße hinüber. »Begaffst du die Mädchen?«

»Nein«, sagte ich und nahm ihre Hand.

»Mehr Bier?«, fragte Carlito, und wir riefen alle: »Ja!«

Wir betranken uns maßlos. Ich war schon vorher mehrmals betrunken gewesen – vor allem während der langen, heißen Nachmittage am Strand, an denen das kalte Wasser, die Sonne und die salzige Luft einen vor der Besinnungslosigkeit bewahrten –, doch an jenem Abend kippte ich mich so zu wie nie zuvor. Als unsere Bäuche von mehreren großen Flaschen Bier aufgebläht waren, gingen wir zu Caipirinha über, und Carlito verteilte Zigaretten. Wir zogen an unseren Zigaretten und genossen die Mischung aus alkoholischer Süße und bitterem Tabak, obwohl noch keiner von uns richtig rauchte. Eine Forró-Band begann in der Bar zu spielen – die hippen Typen am Nebentisch gehörten zur Band, wie sich herausstellte –, und wir wiegten uns auf unseren Stühlen zur Musik. Isabel und Rodrigo standen auf und tanzten zusammen auf dem Bürgersteig, perfekt im Takt, doch sobald sie zu tanzen aufhörten, war es um ihre Haltung geschehen, und sie ließen sich auf ihre Sitze plumpsen, rieben sich das Gesicht und lachten. Ich saß mit einem Mal neben Dani, legte einen Arm und sie, und dann tanzte ich ungelenk mit ihr.

»Du tanzt wie ein Gringo«, sagte sie.

»Was soll das heißen?«, sagte ich und schwang sie herum. »Ich bin der neue Fred Astaire.«

»Wer ist das?«

Wir tanzten weiter, und meine Schwerfälligkeit wich einer sorglosen Leichtigkeit. Wir klebten aneinander, so nah wie nur irgend möglich. Und dann küssten wir uns, unsere Freunde applaudierten, und wir lächelten ihnen verlegen zu. Ich warf einen Blick auf meine Uhr: Es war Mitternacht. Nur noch ein paar Minuten, dachte ich, doch als ich zum nächsten Mal auf die Uhr sah, war es bereits zwei Uhr morgens. Die Bar machte keinerlei Anstalten zu schließen. Unsere Gespräche wurden unverständlicher, unsinniger. Carlito ereiferte sich über etwas Politisches, es hatte irgendetwas mit der Militärdiktatur zu tun, und Gabriel sagte: »*Cara,* ich sehe da keinen Unterschied – das sind doch alles *escrotos.*« Daniela saß auf meinem Schoß und streichelte mir den Nacken.

Irgendwann am Morgen, als die Straßenkehrer um uns herum zu fegen begannen, stand ich auf und sagte: »Ich gehe nach Hause«, und umarmte alle zum Abschied.

Dani sagte: »Ich gehe auch«, und alle machten: »Oooh.«

»Komm, wir nehmen ein Taxi.«

»Nein, lass uns ein bisschen laufen. Ich habe Lust zu laufen.«

Rio ist nicht wie London; die Menschen gehen nicht viel zu Fuß, schon gar nicht nachts. Aber wir waren betrunken und wollten nicht, dass die Nacht zu Ende ging, daher hakten wir uns unter, liefen Richtung Osten auf Ipanema zu und bemühten uns, dabei nicht vom Gehweg auf die Straße zu stolpern. Selbst zu dieser Zeit waren Autos, Taxis und Menschen auf den Straßen unterwegs. Die Bars waren immer noch geöffnet, immer noch gut besucht. Wir gingen durch den Stadtteil Lagoa und sahen, wie auf der dunklen Wasseroberfläche der Lagune die Lichter funkelten. Ab und zu blieben wir stehen, um uns an eine Wand gelehnt zu küssen, dann torkelten wir weiter, stießen gegen Bäume und Mülltonnen. Als eine weiße Katze unseren Weg kreuzte, stolperten wir um ein Haar über sie.

»Wir hatten eine Katze«, sagte ich. »Sie ist abgehauen, um auf dem Arpoador zu leben.«

»Was redest du da?«

»Nichts.«

»Du bist so ein Spinner.«

Eine halbe Stunde später erreichten wir die Avenida Vieira Souto, den Strand und das Meer, das unter einem großen weißen Mond schwarz dahinschwappte.

»Lass uns am Strand langgehen«, sagte sie.

»Warum?«

»Warum nicht?«

Sie nahm meine Hand und zog mich die Treppen hinunter, die zum verwaisten Strand führten. Der Himmel war nicht mehr ganz schwarz. Bald würde die Sonne aufgehen. Ich spürte ihre weichen feuchten Lippen auf meinen und lachte. Wir standen am Rande des Strands – zwei Meter unterhalb der Strandpromenade –, eine Mauer schirmte uns von der Straße ab.

»Warum lachst du?«, fragte sie verärgert.

»Ich habe Spaß. Du nicht?«

Ich schlang die Arme um sie und sie ihre um mich. Ich war mir nicht sicher, ob ich gleich in meine Hose kommen oder ihr in den Mund kotzen würde. Ich hielt die erste Option für die bessere und versuchte, meinen schlingernden Magen und mein schwindeliges Hirn zu beruhigen. Dani drückte mich gegen die Wand und kniete sich hin, schnallte meinen Gürtel auf, zog mir die Jeans und Unterhose bis zu den Knien runter und nahm meinen Penis in den Mund. Ich fing wieder an zu lachen.

»Hör auf zu lachen«, sagte sie mit meinem Schwanz in ihrem Mund, was mich erst recht zum Lachen brachte. Wogen des Vergnügens und der Übelkeit durchströmten meinen Körper, während sich ihr Mund auf und ab bewegte. Ich stöhnte rückhaltlos und kam in dem Moment in ihren Mund, als eine Stimme von der Straße rief: »Fickt gefälligst in eurem Schlafzimmer, ihr perversen Schweine!«

Dani spuckte das Sperma in den Sand und brüllte zurück: »*Vai tomar no cu!*«

Ich hatte einen säuerlichen Geschmack im Mund. Wahrscheinlich war er weniger ausgeprägt als bei ihr. Schweigend stiegen wir die Stufen zur Straße hoch. Von dem Spanner keine Spur. Danielas Gesicht wurde von den Straßenlaternen in gelbes Licht getaucht, und sie wirkte ernst.

»Geht es dir gut?«, fragte ich.

»Ja.«

Ich legte den Arm um sie und spürte, wie sie sich entspannte. Dann brachte ich sie bis zum Eingangstor ihres Wohnhauses auf der Rua Barão da Torre, ein paar Häuserblocks vom Strand entfernt. Durch die Glastür hinter dem Tor sah ich einen gelangweilten *porteiro*, der auf einen winzigen Bildschirm guckte. Er blickte auf, erkannte sie und öffnete die Tür. Bevor sie hineinging, küsste ich sie. Ihr Kuss schmeckte salzig, und mir wurde schlecht, aber ich schluckte die Galle hinunter, bis sie das Tor hinter sich geschlossen hatte. Dann lief ich zum Straßenrand und kotzte in einen Gulli. Blut pochte in meinen Ohren, während ich würgend auf dem Bürgerstand stand, und auf der anderen Straßenseite brüllte der Ozean wie ein Löwe.

Als ich am nächsten Morgen erwachte, stand mein Vater kopfschüttelnd über mir. Keine Ahnung, wann ich im Bett gewesen war. Ich wusste nur noch, dass ich in einen traumlosen Schlaf gesunken war, beim Aufwachen Durst hatte, einen stechenden Schmerz im Kopf verspürte und wie mein Vater auf mich herabstarrte und rief: »Wach auf, wach auf!«

»Lass mich in Ruhe«, sagte ich und drehte ihm den Rücken zu.

»Du kommst mit mir zur Arbeit.«

Beim bloßen Gedanken daran – Blut, aufgeschnittene Haut, Nähte – stieg mir wieder Kotze die Kehle hoch. Ich atmete sehr langsam, wodurch es nur noch schlimmer wurde.

»Du hast doch gesagt, ich soll ausgehen.«

»Ausgehen heißt nicht, dass du dich um den Verstand saufen sollst!«

Von seinem Gebrüll bekam ich noch stärkere Kopfschmerzen.

»Bitte, Pai. Du brauchst mich dort nicht. Heute ist Sonntag.«

»Meinetwegen«, sagte er und verließ das Zimmer. »Du stinkst wie ein Penner.«

Er ging, ohne die Tür zu schließen, also musste ich aufstehen, knallte sie zu und sackte zurück ins Bett. Ich zog das Laken über mich und war sofort weg.

17

Als ich wieder aufwachte, war es still in der Wohnung. Ich ging in die Küche, wo Luana *feijoada* kochte. Die Uhr an der Wand zeigte elf Uhr zweiundzwanzig an.

»Wo sind denn alle?«

»Oh, hallo«, sagte sie und blickte vom Herd auf. »Meine Mutter ist mit Thiago zum Markt gegangen.«

Ich blickte an mir herunter und bemerkte, dass ich nur Boxershorts trug. Vor einem Jahr wäre das kein Problem gewesen, doch jetzt war es das zweifellos. Sie wandte sich wieder dem Herd zu. Ihr Nacken besaß die Farbe von *doce de leite* und war ganz ebenmäßig. Eine Strähne hatte sich aus ihrem Pferdeschwanz gelöst, fiel auf ihren weißen Kragen. Die *feijoada* roch aromatisch, bittersüß und gehaltvoll. Das beste Mittel gegen einen Kater.

»Wie fühlst du dich?«, fragte sie. »Ich habe dich gehört, als du letzte Nacht nach Hause gekommen bist.«

Was hatte sie gehört? Wie ich Stühle umgekippt, die Kühlschranktür geöffnet und Unmengen von Matetee direkt aus der Kanne hinuntergestürzt hatte?

»Nicht besonders«, sagte ich und rieb mir die Augen. »Ich hab zu viel getrunken.«

Ich lachte, doch Luana fiel nicht in mein Lachen ein. Sie sah mich nicht einmal an – fuhr mit dem Kochen fort.

»Hast du dich gut amüsiert?«, fragte sie mechanisch.

»Ich denke schon.«

Ob Luana jemals einen solchen Abend verbracht hatte? Vielleicht in Vidigal, an ihren freien Tagen, die so selten waren, dass ich nur vage Erinnerungen daran habe – wie ich mir das Essen aufwärmte, das sie und Rita für uns vorbereitet hatten, oder wie ich manchmal aus Neugier einen Blick in ihr leeres Zimmer warf. Was tat sie an ihren freien Tagen? Ich fragte mich, wie sie sich verhielt, wenn sie betrunken war, ob der Alkohol sie hemmungslos machte, schwermütig oder beides.

»Du warst mit diesem Mädchen unterwegs«, sagte sie, ihre Stimme klang sanfter.

»Woher weißt du das?«

»Ich wusste es nicht.«

»Stört dich das?«

»Warum sollte es mich stören?«, fragte sie, rührte in einem Topf herum, den Blick immer noch abgewandt.

Dampf stieg um sie herum auf. Es war, als hätte ich im Geist ein Foto von diesem Augenblick gemacht. Die roten Fliesen. Der Dampf. Luanas Haare. Ihr weißes Kleid. Ihr brauner Nacken.

»Ich weiß nicht«, sagte ich, obwohl wir es natürlich eigentlich beide wussten.

Warum konnten Mädchen nicht einfach sagen, was sie dachten, anstatt zu erwarten, dass man ihre Gedanken las? Ich verließ die Küche und ging ins Fernsehzimmer, machte den Fernseher an und schaltete eine Weile zwischen den Sendern hin und her. Im Fernsehen schienen alle zu brüllen: In den Werbespots schrien uns die Leute an, wir sollten etwas kaufen, die Moderatorin Xuxa trug ein kreischend pinkes Outfit und wurde von Kindern umringt, die eine Tanzchoreographie aufführten, Nachrichtensprecher blafften uns die Nachrichten entgegen. Menschen erschossen, Bandenführer verhaftet, alle hassen den Präsidenten, der übliche Mist. Ich schaltete den Fernseher aus, lag auf dem Sofa herum und spürte, wie es meinen Schweiß aufsaugte, wie er sich dort verewigte.

Es wurde Zeit fürs Mittagessen, und noch immer war niemand zu Hause. Luana hatte den Esstisch für eine Person gedeckt. Das Essen befand sich bereits auf meinem Teller – *feijoada* mit Reis, Gemüse, Orangenscheiben und einem Salat als Beilage –, daneben hatte sie ein Glas Wasser gestellt. Ich öffnete die Tür zur Küche und sah sie dort allein am Kunststofftisch sitzen. Sie aß bereits.

»Willst du mit mir zusammen essen?«, fragte ich.

»Was?«

»Warum essen wir nicht zusammen?«

»Danke, André, aber ich bin hier zufrieden.«

»Dann esse ich auch in der Küche.«

Bevor sie etwas sagen konnte, flitzte ich zurück ins Wohnzimmer, holte meinen Teller und brachte ihn in die Küche. Ich setzte mich auf Ritas Platz – gegenüber vom Herd. Luana sagte nichts, hielt den Blick gesenkt und aß weiter.

»Es ist köstlich«, sagte ich.

»Danke.«

»Es tut mir leid, wenn ich vorhin unhöflich war.«

»Warst du das?«

Ich wusste nicht, was ich sagen konnte. Unser Kuss hemmte die Unterhaltung, ließ keinen Raum für irgendetwas anderes. Schweigend aßen wir zu Mittag, dann half ich ihr, die Teller ins Spülbecken zu stellen.

»Brauchst du heute Hilfe bei der Wäsche?«, fragte ich.

»Das schaffe ich schon allein.«

»Bist du sicher?«

Eine halbe Stunde später lagen wir uns unter der klammen weißen Wäschewolke in den Armen.

Als wir uns voneinander lösten, sagte sie: »Du hast höllischen Mundgeruch«, aber wir küssten uns trotzdem weiter. Ich wollte ihr die Uniform ausziehen und sie auf den Fußboden werfen. Doch als ich ihr Kleid aufzuknöpfen begann, hielt sie meine Hand zurück und sagte: »Nein.«

»Warum nicht? Hast du's noch nie gemacht?«

»Doch«, sagte sie.

»Wirklich? Mit wem?«

»Ich hatte einen Freund, César.«

»Das wusste ich nicht.«

»Du weißt gar nichts über mich.«

»Du weißt auch nichts über mich«, sagte ich, obwohl mir sehr wohl bewusst war, dass das Gegenteil der Fall war.

Sie brachte mich zum Schweigen, indem sie ihre Lippen auf meine drückte. Ich fuhr mit den Händen ihren Körper hinauf, und sie erlaubte mir, eine Hand auf ihre kleine, feste Brust zu legen. Mein Trostpreis.

*

Unser gemeinsames Wäscheaufhängen und unsere Küsse wurden zu einem festen Ritual, dem wir immer häufiger und von Tag zu Tag leidenschaftlicher nachgingen. Sobald mein Vater oder Rita den Raum verließen, küssten wir uns. Wenn wir im Fernsehzimmer Telenovelas guckten und Thiago sich ein paar Sekunden abwandte, küssten wir uns schnell und verstohlen. Einmal küssten wir uns hinter den Bettlaken in der Küche, während sich mein Vater ein Glas Wasser eingoss.

Offiziell war ich aber mit Daniela zusammen. Jede Woche verbrachte ich mehrere Nachmittage bei ihr zu Hause, angeblich um zu lernen, in Wahrheit befummelten wir uns bloß gegenseitig. Sie brachte mir bei, wie ich sie oral befriedigte. Erst fand ich es etwas eklig und unsinnig, doch dann entdeckte ich ihre Klitoris und lernte, wie ich sie feucht und verrückt machte, indem ich den Kopf zwischen ihre Beine klemmte und in sie hineinkicherte. Sie drückte sich ein Kissen aufs Gesicht, damit ihre Eltern nichts hörten, und selbst nachdem ich mir die Hände und das Gesicht gewaschen hatte, haftete noch ihr süßlich-fauliger Geruch daran. Als ihre Familie eines Abends nicht zu Hause war, führte sie meinen Penis in sich hinein, und ich schaukelte fünf Minuten auf ihr herum, bis mich ein elektrisches Gefühl zu durchströmen begann.

Sie rief: »Zieh ihn raus, zieh ihn raus!«, und ich spritzte auf ihren Bauch.

Ich ging nach Hause und aß mit meiner nichtsahnenden Familie zu Abend. An diesem Abend hatte ich zu starke Schuldgefühle, um Luana zu küssen, und verschwand nach dem Essen direkt in meinem Zimmer.

In der Schule gehörte ich wieder fest zur Clique. Saß wieder unter unserem Baum, teilte mir eine Kokosnuss mit Daniela, während sie mit dem Kopf auf meinem Schoß lag. Die wenigen Wochen, die ich mich von meinen Freunden entfernt hatte, waren schnell vergessen. Wir planten immer noch unser Traumleben in Europa, aber auch Unternehmungen, die eher in unserer Reichweite lagen: Wochenenden, Partys und die langen Winterferien.

Carlito fiel ein, dass mein Geburtstag am vierzehnten Juli nahte – mein achtzehnter.

»Du kommst uns nicht einfach so davon«, sagte er. »Keine Chance.«

»Es ist dein verfluchter Geburtstag, *cara*!«, sagte Gabriel.

»Ich will keine große Party, Leute.«

»Ich glaube, du hast dabei nichts zu melden«, sagte Daniela und blickte von meinem Schoß auf.

Ihre blauen Augen und dunkelblonden Haare leuchteten in der Nachmittagssonne.

»Du solltest eine Party machen!«, sagte Carlito.

»Eine dicke, fette Party.«

»Auf keinen Fall.«

»Komm schon, es ist dein Achtzehnter«, sagte Rodrigo.

»Wie wär's mit einer kleinen Party?«, schlug ich vor. »Bloß unsere Gang.«

Sie wirkten nicht überzeugt. Warfen sich vielsagende Blicke zu, seufzten enttäuscht über eine verpasste Gelegenheit und warteten darauf, dass ihr König, Carlito, seinen Urteilsspruch verkündete.

»Na gut, *cara*«, sagte er, »aber nächstes Jahr kommst du nicht so leicht davon.«

Ihre scherzhaften Drohungen und freundlichen Versprechen fühlten sich wie Fußfesseln und Ketten an. Wer sagte, dass wir in einem Jahr überhaupt noch Freunde sein würden? Wer sagte, dass ich überhaupt noch in Rio wäre? Bald würde die Schule vorbei sein. Was war mit Europa? Ich küsste Dani und dachte bei mir: Schon eigenartig, dass niemand hören kann, was ich denke.

»Du bist toll«, sagte sie leise.

Sie blickte mich so aufrichtig an, dass ich mir albern vorkam, wie ein Schauspieler in einer Telenovela.

»Du auch.«

Sie wirkte euphorisch, zugedröhnt. Ich beugte mich zu ihr und küsste sie, wünschte, ich wäre wieder zu Hause, säße auf meinem Balkon und sähe zu, wie der blaue Atlantik heran- und hinfortrollte, heran und hinfort über den blassen Sand.

»Willst du heute Abend zu mir kommen?«, fragte sie. »Ich habe sturmfrei.«

»Ich muss in die Klinik.«

»Und danach?«

»Ich bleibe bis spätabends dort.«

»Lass dir einfach eine Ausrede einfallen. Sag ihm, du musst lernen«, schlug sie vor und zwinkerte mir zu.

Es wäre gelogen zu behaupten, dass es mich nicht reizte. Natürlich tat es das. Sie bot sich mir auf einem Silbertablett dar, flehte mich an, davon zu kosten, kosten, kosten. Doch ich wollte nicht. Nicht an diesem Tag.

»Ich kann nicht«, sagte ich.

»Was machst du denn da überhaupt, so spät abends?«

»Bloß Verwaltungskram.«

Sie guckte misstrauisch, dann lächelte sie.

»Wie öde«, sagte sie.

Als wir aus dem Bus stiegen, bestand Dani darauf, mich bis zum Eingang der Klinik zu begleiten. Das konnte ich ihr schlecht abschlagen. Der Himmel war bedeckt und die Luftfeuchtigkeit unerträglich, wie in einer Dampfsauna. Man konnte kaum atmen. Ich wollte nur nach Hause, duschen und den Rest des Tages vertrödeln, im Bett oder auf dem Sofa herumliegen, mit Thiago

Telenovelas gucken. (Was gäbe ich heute dafür, ein klein wenig Zeit zu verbummeln.) Es sah aus, als würde es gleich anfangen zu regnen. Ich hoffte, dass es das tat. Dani redete zu viel, das war ihr Problem. Sie wollte alles über mich wissen. Sie fragte mich über Mamãe aus: wie sie gewesen war, wie ich mich wegen ihres Tods fühlte, wie oft ich an sie dachte.

Ich fühle mich ziemlich schlecht deswegen, wollte ich sagen.

Ziemlich schlecht, du *patricinha.*

Hast du in deinem ganzen Leben auch nur einen Tag lang gelitten? Eine Stunde? Eine Sekunde?

Ihre perfekten kleinen Sommersprossen antworteten: *Nein, das haben wir noch nie.*

Als wir vor dem Eingang der Klinik angekommen waren, platschte mir ein dicker Regentropfen auf die Wange. Sie beugte sich vor und küsste mich. Ihr Mund fühlte sich trocken und wenig einladend an.

»Fang schon mal an, dir Gedanken über deine Geburtstagsparty zu machen«, sagte sie.

»Nenn es gar nicht erst Party.«

Der Regen wurde stärker; das Geräusch von trockenem Reis, der in einer Dose geschüttelt wird. Ich stand auf der überdachten Veranda der Schönheitsklinik und winkte Daniela zu, als sie davonging. Eine Frau kam aus der Klinik heraus, das Gesicht wie eine Mumie bandagiert, darüber trug sie eine Sonnenbrille. Der Wachmann folgte ihr, hielt einen gewaltigen Regenschirm über sie, während sie auf ein wartendes Auto zugingen. Ich wartete noch ein paar Minuten, um ganz sicherzugehen, dass Dani wirklich verschwunden war, dann ging ich nach Hause.

Sobald ich durch die Tür getreten war, riss ich mir in der Küche die nassen Kleider vom Leib. Ich warf meinen klatschnassen

Rucksack auf den Boden, nahm die regenbesprenkelte Brille ab und schälte mich aus Jeans, Socken und T-Shirt, warf sie auf einen nassen Haufen auf dem Fußboden. Rita und Luana hörten mich und kamen aus dem Wohnzimmer herbei, wo sie gerade sauber machten, um zu sehen, was los war. Glücklicherweise trug ich schwarze Unterwäsche, sonst wäre sie durchsichtig gewesen.

»*Meu Deus*«, sagte Rita. »Du bist ja vollkommen durchnässt.«

Sie kam herbeigesprungen und murmelte aufgeregt vor sich hin. Sie stand neben mir und reichte mir bis zur Schulter. Ich erinnere mich noch, wie ich früher zu ihr aufblicken musste. Wie ich mich an ihren Beinen festklammerte und sie zum Lachen brachte. Luana war damals für gewöhnlich woanders – jemand aus ihrer Familie in Vidigal passte auf sie auf. Rita gehörte ganz mir, nur mir allein. Sie beugte sich vor und hob meine Kleider auf. Luana stand in der Tür und beobachtete uns.

»Ich kümmere mich um die nassen Kleider«, sagte Rita. »Zieh du dir schnell etwas an, bevor du wieder krank wirst.«

»Okay.«

Ich genoss es, von Rita herumkommandiert zu werden – so wie früher.

»Bevor ich es vergesse«, sagte ich. »Ich hatte überlegt, zu meinem Geburtstag ein paar Freunde einzuladen, übernächstes Wochenende. Nur auf ein paar *salgadinhos* und Getränke.«

»Klingt gut«, sagte Rita. »Wir bereiten alles vor. Nicht wahr, Lua…?«

Doch als wir zu Tür blickten, war Luana verschwunden.

18

Ich wurde am vierzehnten Juli 1986 achtzehn, an einem Montag. An diesem Tag passierte nichts Besonderes. Papai arbeitete nicht bis spätabends. Rita bereitete ihre spezielle *moqueca* zu, Fischeintopf mit Garnelen, und wir drei – Papai, Thiago und ich – sprachen beim Essen mehr miteinander als sonst. Mein Vater gestand mir ein Glas chilenischen Sauvignon Blanc zu und ermutigte mich, daran zu riechen und ihn im Mund herumzuschwenken, als wäre ich imstande, die leicht holzige Zitrusnote herauszuschmecken. Es fühlte sich gut an, wie der Alkohol in meine Blutbahn geschwemmt und mein Kopf beschwingt und unbeschwert wurde. Wir stießen auf meine Zukunft an.

»Fast ein Mann«, sagte Papai. »Fast.«

Was redete Papai da? Ich *war* ein Mann. Ich war verliebt – was könnte erwachsener sein als das? Noch ein Jahr zuvor, an meinem siebzehnten Geburtstag, wäre das für mich unvorstellbar gewesen – Luana und ich. *Luanazinha*, Ritas Tochter.

»André, du bist so alt!«, sagte Thiago.

Mein siebzehnter Geburtstag war mein erster ohne Mamãe gewesen. Wie in den Jahren zuvor hätte sie den Tag damit zugebracht, Rita Anweisungen für das Abendessen zu erteilen, hätte sich sogar höchstpersönlich in die Küche gestellt, um einen Nusskuchen mit einer Füllung aus süßer *baba de moça* zu backen. Und sie hätte für den Sonntag ein Treffen im großen Familienkreis organisiert – eigentlich war es nur ihr Teil der Familie, denn die Cabrals wohnten irgendwo weit oben im Norden. Cousins und Cousinen zweiten und dritten Grades rennen durch die Wohnung, spielen miteinander, versuchen, Freunde zu sein, doch der Funke springt nicht über. Der Funke der Blutsverwandtschaft – häufig nur schwach, aber schwer zu ignorieren. Die Onkel sitzen dicht gedrängt auf den grünen Sofas um den Wohnzimmertisch herum, rauchen Zigaretten und reden übers Geschäft. In einer Ecke tratschen die Tanten über andere Leute.

Nichts davon hatte an meinem siebzehnten Geburtstag stattgefunden. Papai war nicht Mamãe. In einem lokalen *rodízio* hatten wir recht bedrückt zu Abend gegessen, uns mit Fleisch vom Grill und Salat vollgestopft und abgesehen von Bemerkungen darüber, wie gut das Essen war, kaum ein Wort miteinander gewechselt. Mamãe war überall gegenwärtig gewesen: im Geschmack des Restaurantessens, das ich seit ihrem Tod nicht mehr gegessen hatte, im dritten Caipirinha, den Papai trank, worüber sie missbilligend mit der Zunge geschnalzt hätte, in dem leeren Stuhl an unserem Vier-Personen-Tisch. Als wir wieder zu Hause waren, machte mir mein Vater ein großartiges Geschenk – ein neues Fahrrad, grün und mit glänzendem Chrom. Ich hatte es Mamãe vor Ewigkeiten einmal gezeigt – woher wusste er das? Ich sprach ihn nicht darauf an. Meine Freude währte ohnehin nicht lange. Drei Wochen später wurde mir das Rad bei vorgehaltener Waffe gestohlen, an der Ecke der Rua Farme de Amoedo und Visconde de Pirajá, von zwei schwarzen Jungs mit nervösem Blick. Das habe ich bereits erwähnt, oder? Der Kleinere von beiden hielt die Waffe, die aussah, als sei sie zu schwer für seine dürren Ärmchen.

»Gib uns das Fahrrad, Playboy«, sagte er.

Sie waren ungefähr in meinem Alter, vielleicht jünger. Ihre ausgemergelten Körper zeugten von jahrelanger Unterernährung.

»Worauf wartest du?«, fragte der Größere, der allerdings nicht einmal so groß war wie ich. Seine Stimme war immer noch so hoch wie die eines Jungen. »Gib ihm das verschissene Fahrrad, oder wir ballern dir das Hirn weg.«

Ich fühlte mich eigenartig leer, kurz davor, zu antworten: »Dann knallt mich halt ab.« Doch ich händigte ihnen das Fahrrad aus, und sie fuhren damit weg – beide zusammen –, schimpften mich einen *filho da puta.* Meine Mutter ist keine *puta,* wollte ich sagen, sie ist tot. Doch ich sagte nichts. Stand bloß da wie ein Idiot.

In jenem Jahr feierte ich keine Party mit meinen Freunden. Wozu auch? Ich war in meine eigene kleine Welt der Trauer abgedriftet. Doch auch Trauer flaut ab. Das ist ein Naturgesetz, es geht gar nicht anders.

*

Am Samstag bereiteten Rita und Luana Essen vor und brachten die Wohnung auf Vordermann – nicht dass ich meine Freunde hätte beeindrucken müssen. Sie waren bereits angemessen beeindruckt, dass Papai übers Wochenende mit Thiago nach Teresópolis gefahren war; er sagte nicht ausdrücklich, dass er wegen der Party wegfuhr, aber ich nahm es stark an. Ich liebte ihn dafür. Später wünschte ich mir, er wäre dageblieben.

Ich lud meine Clique ein, und sie brachten ein paar andere Leute mit – ich kannte sie vom Sehen aus der Schule und hatte mich ein paarmal mit ihnen unterhalten, vielleicht wusste ich damals sogar, wie sie hießen (mittlerweile habe ich es vergessen). Ich schätze, ich gab mir nicht gerade Mühe, Freunde zu finden.

Ich ließ Freundschaften einfach auf mich zukommen, anstatt auf andere zuzugehen. Auch diese Party fand ohne mein Zutun statt. Ich sagte allen, sie sollten um acht kommen, und die meisten trafen gegen neun oder zehn bei mir ein. Sie kamen zu zweit, zu dritt oder zu viert, die Augen leuchtend vor Vorfreude auf den bevorstehenden Abend. Mir war es unangenehm, all diese Fast-Fremden in meinem Zuhause willkommen zu heißen. Rita servierte verschiedene Snacks, darunter ihre *pastéis de carne*, die ich immer noch schmecken kann, wenn ich die Augen schließe; außen knusprig, innen heiß. Luana brachte uns Bier, und ich mixte ein paar zu süße Caipirinhas, aber mit Wodka anstelle von Cachaça. Das war der letzte Schrei – der Wodka war importiert, teuer und, das Allerwichtigste, europäisch.

Doch eins nach dem anderen. Daniela traf als Erste ein. Sie kam alleine, um Viertel vor neun. Ich ließ sie durch den Gasteingang herein, ins Wohnzimmer, obwohl sie an der Küchentür geklingelt hatte.

»Hallo, André.«

Sie trug ein kurzes rotes Kleid, High Heels und Lippenstift; ein Mädchen, das versucht, wie eine Frau auszusehen, was ihr beinahe gelang. Aber sie sah gut aus. Selbst ihr dauergewelltes Haar sah okay aus, oder vielleicht gewöhnte ich mich auch einfach daran. Wir hatten schon seit einigen Wochen keinen Sex mehr gehabt, aber das war vor allem den Umständen geschuldet. Sie überreichte mir ein Geschenk, und ich forderte sie auf, Platz zu nehmen.

»Nein, ich bleibe erst mal stehen«, sagte sie. »Ich hatte vorher nie Gelegenheit, mich umzusehen.«

Sie schlenderte durchs Wohnzimmer, betrachtete die Folklorekunst an den Wänden, die Steingutgefäße aus Bahia und die weiblichen Keramikbüsten. Eine davon stellte eine schwarze Frau mit rotem Schmollmund dar.

»Ihr habt eine Menge Zeug«, sagte sie.

»Meine Mutter hatte ein Geschäft. Sie hat diese Art Sachen verkauft, vor allem an Gringos.«

»Gibt es den Laden noch?«

»Ja, jemand hat ihn uns abgekauft.«

Die Wohnung von Danis Eltern war kahl und minimalistisch – bloß ein paar Familienfotos hier und dort –, doch über ihrem Bett hing ein Holzkreuz, das ich oft anstarrte, wenn wir Sex hatten. Ihre Familie war nicht religiös; es war ein Erbstück aus Italien.

»Willst du dein Geschenk nicht aufmachen?«, fragte sie.

Ich blickte auf das Paket hinunter, eingewickelt in blaues Geschenkpapier mit weißen Herzen. Ein flaches Rechteck. Behutsam begann ich, es auszupacken, löste das Klebeband vom Papier.

»Zerreiß es einfach!«

Ich riss das Papier melodramatisch in Fetzen und schleuderte es zu Boden, was den gewünschten Effekt erzielte – es brachte sie zum Lachen. Ich fiel in ihr Lachen ein, doch es blieb mir im Hals stecken, als ich sah, was sie mir geschenkt hatte. Ein Foto von unserer Clique an einem unserer vielen gemeinsamen Nachmittage am Strand von Copacabana. Die Arme umeinandergelegt, lächelten wir wie die Kinder, die wir waren. Dani und ich waren im Vordergrund, und ich drückte ihr einen Kuss auf die Stirn. (Das Bild habe ich heute nicht mehr, aber ich erinnere mich noch gut daran.)

»Danke«, sagte ich. »Das kommt in mein Zimmer.«

»Damit du ein Andenken an uns hast.«

»Was meinst du damit? Noch sind wir alle hier.«

»Ja, aber … bald ist die Schule vorbei.«

»Ach, komm her.«

Wir küssten uns. In dem Moment betrat Luana das Zimmer, ihr Gesicht zeigte keinerlei Gefühlsregung. Mein Puls beschleunigte sich.

»Möchtet ihr etwas zu trinken?«, fragte sie.

»Kann ich ein Bier haben?«, sagte Dani.

Schneller, schneller und noch schneller.

»Und du, André?«

BUMM BUMM BUMM BUMM.

»Ein Bier wäre toll. Danke, Luana.«

Sie verließ das Zimmer, und Dani zog die Augenbrauen hoch, sagte aber nichts. Sie ist sehr hübsch, dachte sie. Hübscher als ich. Luana kehrte mit unserem Bier auf einem Tablett zurück. Seit den Partys meiner Mutter hatte ich sie kein Tablett mehr benutzen sehen. Ich nahm die Getränke entgegen und lächelte ihr zu. Luana verdrehte die Augen und verließ das Zimmer. Ich fragte mich, ob Dani es gesehen hatte, doch als ich mich umdrehte, war sie anderweitig beschäftigt – betrachtete die Sammlung von Familienfotos, die auf einem Sideboard standen.

»Deine Mutter?«, fragte sie und nahm ein Foto in die Hand.

Es war ein Bild von Mamãe, als sie so alt war wie ich jetzt. Sie stand auf einem Balkon in Paris, während ihres Jahrs in Europa, bevor sie Papai kennenlernte. Sie trug die Haare in einem voluminösen Bob und ein helles Kleid. Welche Farbe es hatte, war nicht zu sagen, weil es ein Schwarz-Weiß-Foto war, aber ich stellte mir immer vor, es wäre gelb. Hinter ihr die Stadt, der Eiffelturm, die üblichen Klischees. Sie lächelte nicht, schaute in die Ferne, aber ihre Augen blickten friedlich und fröhlich.

»Sie sieht wie eine Indianerin aus«, sagte Dani.

»Ihre Urgroßmutter war eine, glaube ich.«

»Was für eine umwerfende Frau. Wie traurig.«

Erleichtert hörte ich, wie es an der Tür klingelte. Mittlerweile war es neun Uhr, und die Party fing richtig an. Es wurde Bier getrunken, Neuankömmlingen auf den Rücken geklopft, Wangen wurden geküsst und Häppchen verschlungen. Luana und Rita schwebten ins Zimmer herein und wieder hinaus wie zwei gütige Geister, brachten Getränke und Snacks herbei, sprachen kaum ein Wort und nickten bloß bedächtig, wenn sie um etwas gebeten wurden. Die Gäste gingen meine Schallplatten durch und zogen darüber her.

»*Cara*, du hast ja nur klassische Musik.«

»Ich höre einfach, was da ist.«

»Und dieser ganze Kram aus den Sechzigern.«

»Die Platten gehörten meiner Mutter. Wollen wir uns welche anhören?«

»Hast du Prince?«, fragte Rodrigo.

»Wer ist Prince?«, fragte ich halb im Scherz.

»Dann hören wir halt was von den Beatles.«

Er legte *The White Album* auf, und das Geplapper verstummte, während wir darauf warteten, dass die Nadel hinabsank. »Back in the USSR« begann, ein Stück, das wir kaum kannten, aber der Alkohol war uns zu Kopf gestiegen, und als die Gitarren einsetzten, fingen Carlito und Gabriel an, im Zimmer herumzuhüpfen, und zogen die Mädchen von ihren Sitzen.

»Willst du tanzen?«, fragte mich Dani.

»Ich bin ein miserabler Tänzer.«

»Jetzt hab dich nicht so, wir haben doch schon zusammen getanzt. So schlecht warst du gar nicht.«

Sie zwinkerte mir zu. Ich nahm ihre Hand und führte sie zu der freien Stelle zwischen unserem runden Esstisch und den grünen

Sofas, die zur Tanzfläche umfunktioniert worden war. Glücklicherweise war für jeden ein Mädchen da, sodass niemand leer ausging. Ich stand vor Daniela und legte die Arme um sie, aber es war nicht möglich, als Paar zu »Back in the USSR« zu tanzen, deshalb lösten wir uns voneinander und begannen, unsere Körper rhythmisch zur Musik zu bewegen, lachten, bis uns das Gesicht schmerzte. Wir tanzten eng umschlungen zu »Dear Prudence«, danach setzten wir uns wieder aufs Sofa. Die Leute verließen die Tanzfläche und strömten auf den Wohnzimmertisch zu, wo mehr Essen aufgefahren worden war, ohne dass wir es überhaupt bemerkt hatten. Dani ging ins Badezimmer, und die Jungs fingen an zu reden.

»Die hier sind echt lecker«, sagte Rodrigo und schob sich einen *pastel de carne* in den Mund.

»Und es gibt noch einen ganz besonderen Leckerbissen«, sagte Carlito mit einem Kopfnicken Richtung Küche.

Sie klatschten ab, und Rodrigo sagte: »Das kannst du laut sagen, *cara.*«

»Wovon redet ihr?«

»Bist du ein Eunuch?«, fragte Carlito. Hast du keinen Schwanz?«

»Von eurer *empregada,* Mann«, sagte Rodrigo, ein bisschen zu laut, wurde aber von der Musik übertönt. »Sie ist eine *gatinha.*«

»Findet ihr?«

»Was für eine Verschwendung«, sagte Carlito. »Sie ist viel zu hübsch für eine *empregada.*«

»Ich steh sonst nicht auf Schwarze«, mischte sich Gabriel, der auf der Armlehne des Sofas saß, in die Unterhaltung ein, »aber bei der mach ich 'ne Ausnahme.«

»Was glaubst du, wem du deine Haare zu verdanken hast, *cara?*«, fragte Carlito.

»Halt die Fresse!«

»Hast du schon mal versucht … du weißt schon?«

»Sie zu vögeln?«, sagte Gabriel.

Ich war froh, dass das Licht im Wohnzimmer gedimmt war, denn ich spürte, dass mein Gesicht glühte, wahrscheinlich feuerrot.

»Natürlich nicht.«

»Okay«, sagte Carlito, »Wenn das so ist, versuche ich mal mein Glück.«

Er stand auf und strich sich das T-Shirt glatt.

»Wie sehe ich aus?«

»Wie 'ne Schwuchtel!«, rief Gabriel.

»Wunderbar, auf den Look hatte ich's angelegt.«

»Carlito«, sagte ich, aber er beachtete mich gar nicht und ging Richtung Küche.

Wenige Sekunden später hörte ich Carlito in der Küche aufgekratzt reden, doch ich verstand nicht, was er sagte. Manchmal machte er eine Pause – wahrscheinlich während Luana gerade sprach –, aber ihre Stimme war zu leise, drang nicht bis zu mir durch.

Dani und Isabel tauschten die Schallplatte gegen *Thriller* aus, dann kamen sie zu uns herüber und setzten sich dazu.

»Worüber redet ihr Spinner gerade?«, fragte Isabel.

Sie trug ein kurzes schwarzes Kleid und die dunklen Haare zu einem hohen Pferdeschwanz zusammengebunden. Irgendetwas an ihr war anders – ich war nicht sicher, was es war. Ich hatte sie seit Anfang der Ferien vor zwei Wochen nicht mehr gesehen.

»Ihr seht alle so begeistert aus«, sagte Dani.

»Es ist nichts«, sagte ich.

»Wir haben über die *empregada* gesprochen«, sagte Rodrigo und blickte seiner Freundin herausfordernd in die Augen.

»Was ist mit ihr?«, fragte Isabel. »Welche von beiden?«

»Du weißt schon, welche«, sagte Dani, brodelnd vor Wut.

»Ihr seid scharf auf eine *empregada*? Ihr Loser.«

»Du siehst anders aus, Isabel«, sagte ich. »Was hast du verändert?«

»Du hast es bemerkt!«, rief sie strahlend.

»Was bemerkt?«

Sie drehte sich zur Seite, sodass ich ihr Profil sehen konnte, und fuhr sich mit dem Finger einmal über die Nase, von oben nach unten. Es war mir zuvor nie wirklich aufgefallen, aber ich schätze, sie hatte ganz oben einen kleinen Höcker gehabt. Das Ergebnis der Nasenoperation war perfekt, ließ sie aber irgendwie gewöhnlich aussehen.

»Schau mal!«, rief sie. »Mein Geschenk zum achtzehnten Geburtstag.«

»Sehr hübsch.«

»Das Werk deines Vaters.«

»Im Ernst?«

»Ja, und meiner Schwester hat er auch die Nase gerichtet.«

»Warum hast du mir nicht gesagt, dass du zu ihm gehst?«, fragte ich.

»Warum sollte ich?«, sagte sie. »Brauche ich dafür etwa deine Genehmigung?«

»Nein, aber ich arbeite schließlich dort.«

»Ich habe ihnen extra gesagt, dass sie es machen sollen, wenn du nicht da bist«, sagte sie. »Ich wollte nicht, dass du im OP bist und zuschaust.«

»Glaubst du, ich sollte mir auch die Nase machen lassen?«,

fragte Dani und wandte mir das Profil zu. Ihre Nase war klein und sommersprossig, wie die eines Kindes.

»Ach, hör auf damit, Dani«, sagte Isabel. »Du weißt, dass du perfekt bist.«

Luana kam aus der Küche und begann, die Bierflaschen wegzuräumen. Carlito folgte ihr, grinste uns zu und vollführte einen kleinen Siegestanz, als hätte er sie bereits erobert. Was hatte er zu ihr gesagt? Ob er versucht hatte, sie zu küssen? Sie gehört mir, dachte ich, was fällt ihm ein! Mein Gesicht brannte, und mir lief der Schweiß den Rücken hinunter. Am liebsten hätte ich ihn ins Gesicht geschlagen, doch stattdessen ballte ich bloß die Fäuste und lächelte ihm zu, als wäre alles in bester Ordnung. Luanas Gesicht war gerötet, und ihre Augen leuchteten.

»*Ei, moça!*«, brüllte Isabel ihr durch den Raum zu.

Luana blickte auf.

»Ja?«

»Kann ich noch ein Bier haben? Das hier ist zu warm.«

Luanas grüne Augen wanderten über die gekühlten Bierflaschen auf dem Wohnzimmertisch, die sie vor fünf Minuten hereingebracht hatte.

»Die sind auch alle warm«, sagte Isabel.

»Okay«, sagte Luana und nahm die Bierflaschen vom Tisch wieder mit. »Ich stelle die hier in den Kühlschrank und bringe dir ein neues.«

Isabel blickte ihr hinterher, als sie das Zimmer verließ, und verzog das Gesicht zu einem hämischen Grinsen. Mir wurde klar, dass ich sie eigentlich gar nicht kannte. Sie war bloß ein nettes Gesicht, das mir auf den Schulfluren und am Strand begegnet war und Blödsinn redete, wenn wir abends zusammen ausgegangen waren. Ich wusste nicht, aus welchem Holz sie geschnitzt war.

Dani saß mit ausdruckslosem Gesicht neben ihr. Luana kam mit einem kalten Bier zurück, und Isabel nahm es vom Tablett, fuhr unbeirrt mit ihrer Unterhaltung fort und drehte sich nicht einmal zu ihr um, als nähme sie sie gar nicht wahr. Ich blickte Luana hinterher, als sie in die Küche zurückging, und spürte, wie mich ein Gefühl der Liebe für sie durchströmte, von Mitleid durchsetzt. Sie muss uns hassen, dachte ich. Ich an ihrer Stelle täte es. So war die Welt gestrickt. Alles war dem Zufall der Geburt zuzuschreiben. Ich wünschte, alle Gäste würden nach Hause gehen, damit ich sie in den Arm nehmen konnte.

Mit einem Mal verging die Zeit schneller. Die Stunde zwischen neun und zehn hatte sich durch nüchterne Unbeholfenheit in die Länge gezogen; die Stunde zwischen zehn und elf fühlte sich an wie zwanzig Minuten und die nächste wie fünf. Als ich auf die Uhr blickte, war es ein Uhr morgens, das Ende der Feier schien in Reichweite. Ich hatte Rita seit Stunden nicht mehr gesehen. Vermutlich hatte sie sich schlafen gelegt, in ihrem Zimmer hinter der Küche, und es Luana überlassen, uns zu bedienen.

»Wir sollten in eine Bar gehen«, sagte Carlito.

Alle wirkten recht zufrieden, dort, wo sie gerade saßen, auf den Sofas oder auf dem Boden, und sich arrhythmisch zur Musik wiegten.

»Meinst du wirklich?«, fragte Rodrigo mit schläfrigem Blick. »Ich bin müde.«

»Es ist gerade mal halb zwei, *cara*«, sagte Gabriel.

»Kommt schon, das ist doch noch früh!«, sagte Carlito. »Findest du nicht, André?«

»Mich brauchst du nicht zu fragen, *cara*.«

»Was für ein Langweiler. Jetzt kommt schon, Leute«, sagte Carlito.

»Ich würde gern noch weggehen«, sagte Dani; sie stand vor dem Wohnzimmertisch und kippte ihr Bier hinunter.

»Wer noch?«

»Okay, überredet«, sagte Rodrigo.

Kurz darauf hatte die Idee, noch um die Häuser zu ziehen, alle Partygäste wiederbelebt. Sie hatten sich aufgerappelt und suchten ihre Sachen zusammen. Die Michael-Jackson-Schallplatte lief wieder, noch einmal von Anfang an. Ich öffnete die Glastüren und trat auf den Balkon hinaus, sah und hörte, wie die Wellen auf uns zurollten.

»André?«, sagte Carlito.

»Nein, ich bleib hier.«

Er stellte sich neben mich und blickte zum Strand hinüber.

»Du willst bloß hier stehen bleiben und Gedichte über das Meer schreiben?«

»Jetzt lass gut sein, *cara*, ich bin müde.«

»War nur ein Witz. Alles Gute zum Geburtstag.«

Wir umarmten uns und klopften uns auf den Rücken.

»Danke.«

Ich blickte Dani nicht an – sie stand direkt hinter der Balkontür –, doch ich spürte ihre Enttäuschung wie Dolchstöße in meinem Rücken. Sie kam nach draußen und legte den Arm um mich.

»Willst du nicht doch mitkommen?«, fragte sie.

»Nein, ich bleib lieber hier.«

Carlito ging zurück in die Wohnung, um uns allein zu lassen.

»Du bist wie ein alter Mann.«

»Ja, vielleicht bin ich das.«

Sie blickte mich unangenehm durchdringend an.

»Das liebe ich an dir«, sagte sie.

Ich küsste sie, weil ich nicht wusste, was ich sonst tun sollte. Ich hoffte, dass Luana wieder in der Küche war, wo sie uns nicht sehen konnte. Als ich mich von Dani löste, waren ihre Augen immer noch geschlossen. Ich wusste nicht, was um alles in der Welt sie an mir fand, aber ich hatte es nicht verdient.

»Lass uns nächste Woche etwas zusammen machen«, sagte sie. »Oder morgen.«

»Klar. Warten wir ab, wie verkatert wir sind.«

Sie küsste mich auf die Lippen.

»Tschüs, André.«

Die anderen Gäste begannen, aus der Wohnung hinauszuströmen, stützten sich aufeinander, sangen vereinzelte Passagen von Michael Jackson. Es war mittlerweile zwei Uhr morgens, aber die Bars würden bis Sonnenaufgang geöffnet bleiben. Ich küsste alle Mädchen auf beide Wangen, sogar Isabel, die mich obendrein noch umarmte. Als ich die Tür hinter ihnen schloss, war ich erleichtert, doch als ich auf dem Balkon stand und sah, wie sie das Gebäude verließen – plaudernd, lachend, rufend –, spürte ich einen Stich Eifersucht, dass ich nicht mehr so sein konnte wie sie. Das Wohnzimmer sah nicht allzu verwüstet aus. Bloß ein paar Bierflaschen hier und dort. Der Aschenbecher, der vor wenigen Minuten noch übergequollen war, war sauber gewischt worden. Luana hatte bereits mit dem Aufräumen begonnen. Sie lud sich die Arme mit Bierflaschen voll, den Kopf gesenkt, wich meinem Blick aus.

»Hast du den ganzen Abend hinter uns hergeräumt?«, fragte ich.

»Das ist meine Arbeit.«

»Soll ich dir helfen?«

»Es gibt nicht mehr viel zu tun.«

Ich nahm vier Flaschen vom Wohnzimmertisch, brachte sie in die Küche und stellte sie auf die Arbeitsplatte.

»Es ist spät«, sagte sie als Wink mit dem Zaunpfahl.

»Warum arbeitest du dann noch?«

Sie zuckte die Achseln.

»Bist du sauer wegen Isabel?«, fragte ich.

»Wer ist Isabel?«

»Sie ist bloß eifersüchtig.«

»Eifersüchtig, weil ich eine *empregada* bin? Wohl kaum, André.«

»Sie ist eifersüchtig, weil alle gesagt haben, wie hübsch du bist. Deshalb ist Carlito zu dir in die Küche gegangen und wollte sich mit dir unterhalten.«

Sie sagte nichts.

»Worüber habt ihr gesprochen?«, fragte ich.

»Warum willst du das wissen?«

»Hat er dich geküsst?«

Sie lachte ungläubig.

»Warum, wärst du dann eifersüchtig?«, fragte sie.

Ich wollte sie umarmen und versuchte, sie auf den Hals zu küssen, doch sie stieß mich unsanft von sich.

»Lass das«, sagte sie.

»Du bist wunderschön.«

»Ich würde sofort mit deiner hässlichen Freundin tauschen, auch wenn sie schlechte Manieren hat.«

»Das würdest du nicht.«

»Natürlich würde ich das!«, schrie sie.

Sie schlug sich die Hand vor den Mund.

»Pscht, weck Rita nicht auf«, sagte ich. »Komm, wir reden im Wohnzimmer weiter.«

»Aber nur eine Minute.«

Ich nahm sie bei der Hand und führte sie ins Zimmer nebenan. Die Musik lief nicht mehr. Luana setzte sich hin, schleuderte ihre Flip-Flops von den Füßen und zog die Beine auf das Sofa. Sie stützte den Kopf auf einer Hand ab. Ich setzte mich neben sie, und sie schloss die Augen, als wollte sie von dort verschwinden. Ich bin nicht wirklich sicher, was sie wollte. Ich beugte mich zu ihr und küsste sie, zog sie an mich. Ihr Herz schlug schnell und sachte. Sie legte die Arme um mich, und ich schob mich auf sie drauf. Sie hielt die Augen immer noch geschlossen. Ich knöpfte ihre weiße Uniform auf, öffnete einen silbernen Knopf nach dem anderen, bis ein angegrauter BH und ihr Slip zum Vorschein kamen – und ihr brauner flacher Bauch, den ich seit dem Strand auf Marajó nicht mehr gesehen hatte. Schließlich öffnete sie die Augen. Wir standen auf und zogen uns aus, bis wir nackt voreinanderstanden. Ihre Brüste waren klein und überraschend weiß, hatten nie die Sonne gesehen. Ihr Haar schwarz und adrett. Luana ließ sich aufs Sofa zurücksinken. Untenrum war sie zehn Farbtöne dunkler als Daniela. Ich legte mich auf sie, und sie führte mich mit ihren Händen in sich hinein, beugte den Nacken zurück, über den Rand des Sofas. Wir waren dem Untergang geweiht.

19

Oi André,

nachdem Chico die Schule abgeschlossen hatte, zog er nach Belém. Ich wollte, dass er studiert, aber er wollte arbeiten. Er ging den unterschiedlichsten Jobs nach: verrichtete handwerkliche Tätigkeiten, leerte Mülltonnen aus, arbeitete als Putzkraft und *porteiro*. Er war zu qualifiziert für diese Arbeiten, doch ich sagte nichts dazu. Dann machte er eine Ausbildung als Koch, arbeitete in einigen Restaurants und bekam eine Arbeit als Oberkellner in einem der besten Restaurants der Stadt, direkt am Fluss, in einem alten Gebäude, einem ehemaligen Palast. Noch nie war ich so stolz wie an jenem Tag, als ich dort mit meinem Mann und meiner Tochter zu Abend aß. Ich musste fast weinen, als ich Chico in seiner schwarz-weißen Uniform sah, aber ich wollte ihn vor seinen Kollegen nicht in Verlegenheit bringen. Sie nannten ihn *carioca*, obwohl er zuletzt als kleiner Junge in Rio gewesen war und seinen Akzent verloren hatte. Er war ein Nordbrasilianer, wie Dein Vater.

Wir blieben noch, nachdem das Restaurant schon geschlossen hatte, und plauderten mit Chico. Er war stolz auf sich, das sah ich ihm an – erteilte den anderen Servicekräften lächelnd und in aufrechter Haltung Anweisungen. Er besaß Autorität, er war ein Mann. Er erzählte uns leise, dass er sich um den Posten des Restaurantmanagers bewerben wolle. »Wer weiß«, sagte er, »vielleicht eröffne ich eines Tages mein eigenes Restaurant.«

Chico stellte mich einer der Köchinnen vor, Iara, einem Mädchen, das indianisch aussah. Ich lobte sie für das *pato no tucupi*, Ente mit *jambu*-Gemüse, das wir gegessen hatten, und sie errötete, erzählte mir, ihre Großmutter habe ihr das Kochen beigebracht. In dem Moment wusste ich, dass zwischen ihr und Chico mehr war. Um ehrlich zu sein, mochte ich *jambu* noch nie besonders. Es betäubt einem die Zunge und fühlt sich an, als äße man ein Schmerzmittel. An manche Dinge gewöhnt man sich einfach nie. Ich bin und bleibe eben eine *carioca*.

Mein nächster Brief wird der letzte sein. Ihn zu schreiben wird mir am schwersten fallen. Wenn noch ein Rest Menschlichkeit in Dir steckt, wird es auch schwer sein, ihn zu lesen. Ich hoffe, er wird Dich leiden lassen, so wie ich gelitten habe.

Luana

Der Brief traf an Bias neunzehntem Geburtstag ein, im November. Ich las ihn schnell auf der Arbeit, zwischen zwei Terminen mit einem alten Mann, der einen tiefen, kehligen Husten hatte, und einem erkälteten Kleinkind. Nachdem Mutter und Kind verschwunden waren, las ich den Brief erneut, aber es war, als läse ich ihn durch eine dreckige Glasscheibe hindurch – ich konnte seine Bedeutung nicht erfassen. Ich beschloss, nicht weiter darüber nachzudenken.

Zu diesem Zeitpunkt war Bia bereits in Brasilien. An jenem Abend sprach ich abends nach der Arbeit mit ihr. Ich saß in der

Küche an meinem Laptop, und sie lag in einer Hängematte in der Sonne, irgendwo in Bahia, sprach in ihr Handy. (Weihnachten stand vor der Tür. Mit wem würde ich es dieses Jahr feiern?) Ihr Gesicht war gebräunt, ihre Augen leuchteten vor Aufregung. Sie berichtete mir von den zwei Wochen, die sie mit Thiago und Jesse verbracht hatte, in Ipanema und auf der Ilha Grande, einer der Küste von Rio vorgelagerten Insel – und wie viel Spaß sie miteinander gehabt hatten.

»Warum kommst du nicht her und besuchst mich?«, fragte sie gegen Ende unseres Gesprächs schnell, als sei sie nicht sicher, ob sie wirklich fragen sollte.

»Dich besuchen? Wo?«

Ihr Gesicht erstarrte für ein paar Sekunden – schlechter WLAN-Empfang am Strand. Ich hörte bloß »...ém«, dann brach die Verbindung ab.

Ich verbrachte den Rest des Abends damit, Papierkram zu erledigen, mich auf den nächsten Tag in der Praxis vorzubereiten, auf die nicht enden wollenden fünfminütigen Termine mit Hypochondern, Faulenzern, Depressiven und gluckenhaften Müttern aus der Gegend. Wo kommen Sie her?, fragten mich einige von ihnen. Wie kommt es, dass Sie Brasilien verlassen haben? Ist es nicht das reinste Paradies dort? Die ganzen hübschen Frauen. Sprechen Sie dann Spanisch? Oder Brasilianisch?

Bevor ich ins Bett ging, spülte ich eine Zopiclon-Tablette mit einem Schluck Whisky hinunter. Als ich im Bett lag, lauschte ich dem Verkehr auf der Albion Road. Zählte die Autos, bis die Tablette ihre Wirkung entfaltete. Vierzig, einundvierzig, zweiundvierzig, dann tauchte ich ab. Luana schwamm voraus. Meine Beine versagten ihren Dienst. Der Fluss zog mich in die Tiefe.

20

Wenn wir nicht allein in der Wohnung waren, sprachen Luana und ich kaum miteinander und vermieden jeglichen Blickkontakt. Doch sobald die anderen die Wohnung verließen, stürmten wir in mein Zimmer und rissen uns die Kleider vom Leib, als hinge unser Leben davon ab. Ein paarmal schliefen wir in dem kleinen Zimmer miteinander, das sie sich mit ihrer Mutter teilte, unter Ritas Marienstatue aus Porzellan – doch es war uns unangenehm, und Luanas Bett war noch schmaler als meins. Manchmal schwänzte ich die Schule und blieb bei ihr zu Hause, nur die eine Stunde, die Rita mit Sicherheit nicht da sein würde, weil sie die Einkäufe erledigte. Papai arbeitete fast ununterbrochen und rief mich nachmittags oft an, damit ich ihm im OP half, also hustete ich ins Telefon und tat, als sei ich erkältet. Als ich den Trick zum dritten Mal anwandte, klang seine Stimme leicht ungläubig.

»Natürlich, du bist ja immer krank, wie konnte ich das vergessen?«

Wir hatten schnellen, unruhigen Sex, doch danach lagen wir zusammen im Bett und redeten, die Bettlaken um uns gewickelt.

»Wie unsere Kinder wohl aussehen würden?«, fragte sie einmal.

Bei ihrer Frage krampften sich meine Eingeweide zusammen, aber ich gab mir Mühe, es nicht zu zeigen.

»Kleine Mischlinge.«

Sie lächelte, um ihre Augen kräuselten sich kleine Lachfalten. Ich fuhr mit dem Finger über ihre rosig-braunen Lippen, folgte dem tief geschwungenen V in der Mitte.

»Nein«, sagte sie. »Sie wären hübscher als alle anderen. Da bin ich ganz sicher.«

Am anderen Ende der Wohnung öffnete sich quietschend eine der Eingangstüren. Zeitgleich sprangen wir aus dem Bett und warfen uns die Kleider über.

»Meine Mutter ist früher zurück. Sie darf dich hier nicht finden.«

»Ich verstecke mich und schleiche mich raus.«

»Okay«, sagte sie, band sich die Haare zusammen und strich ihre Uniform glatt. »Wie sehe ich aus?«

»Wie das hübscheste Mädchen der Welt.«

»Lua?«, rief Rita. »Wo bist du?«

Sie lief aus dem Zimmer, auf die Küche zu. Damals kam ich nicht auf den Gedanken, aber heute frage ich mich, ob Rita es an ihr riechen konnte.

Zu Luanas siebzehntem Geburtstag fand in unserer Wohnung keine Feier statt. Sie verbrachte das Wochenende mit Rita in Vidigal. Mit wem? Mit ihrer Familie, nehme ich an. Mit Freunden aus der Favela, von denen sie nie sprachen. Ritas Schwester Jacinta, die für Vovô und Vovó arbeitete, war mit Sicherheit dabei. Sie hatte noch acht weitere Geschwister, also würde es vermutlich eine große Party werden. Oben in den Hügeln, mit Panoramablick auf den Strand, bis hin zum Arpoador. Die beste Aussicht der Stadt, wie ich gehört hatte. Die Frühlingssonne brannte auf sie nieder. Ich stellte mir vor, wie sie auf einer Terrasse tanzte, mit einem anderen Jungen – jemandem, der war wie sie. Bestimmt war er ein guter Tänzer, im Gegensatz zu mir.

Als sie zurückkehrten, wirkte ihr Lächeln gezwungen, als wollten sie nicht hier sein. Papai überreichte Luana einen Blumenstrauß als nachträgliches Geburtstagsgeschenk. Sie stellte die Blumen in eine Vase und bewahrte sie in ihrem Zimmer auf, vor uns versteckt, bis ich sie eines Tages im Mülleimer fand, tot und vertrocknet.

Während jener Monate hatte ich meine Beziehung zu Daniela mehr oder weniger aufrechterhalten. Sie hielt die Verbindung zwischen mir und unserem Freundeskreis auf eine Art am Leben, wie ich es nicht gekonnt hätte. Wir hatten beide vor, an der Universidade Federal do Rio de Janeiro Medizin zu studieren, aber ich ging davon aus, dass ich bald eine neue Clique haben würde, die Freunde, nach denen ich immer gesucht hatte. Dass ich endlich der sein würde, der ich wirklich war! Was für eine lachhafte Vorstellung.

»Ist zwischen uns alles in Ordnung?«, fragte sie mich am Telefon, eine Woche bevor die Schule zu Ende ging.

»Was meinst du?«

»Manchmal habe ich das Gefühl, wir sind gar nicht richtig zusammen.« Sie hielt inne. »Sind wir das?«

»Wovon redest du?«

»Wir hatten schon seit drei Wochen keinen Sex mehr«, flüsterte sie.

»Wir haben jede Menge zu lernen, Dani.«

»Jedes Mal, wenn ich vorschlage, dass wir in ein Motel gehen …«

»Das ist billig.«

»Alle machen das.«

»Ich will aber nicht das tun, was alle anderen machen.«

Das Abendessen war beendet. Die Teller waren abgeräumt worden, abgesehen von meinem, der noch halb voll vor mir auf dem Tisch stand. Mir war der Appetit vergangen, und ich brachte ihn in die Küche. Rita war dort und spülte das Geschirr. Wo Luana war, weiß ich nicht. Vielleicht saß sie mit Thiago vor dem Fernseher. Rita und ich sprachen nicht mehr viel miteinander, nicht so wie früher, als ich noch ein kleiner Junge war. Damals hatte sie mich jeden Tag in den Arm genommen und mir mindestens einmal pro Woche gesagt, dass sie mich lieb hatte, mich *Andrézinho* und *querido* genannt. Jetzt bedeutete ich ihr gar nichts mehr.

»Willst du mir deinen Teller geben?«, fragte sie und blickte vom Spülbecken auf.

»Danke. Wo ist Luana?«

»Wieso?«, fragte sie, ein bisschen zu schroff.

Ahnte sie etwas? Wusste sie Bescheid?

»Ach, nur so«, sagte ich. Mir fiel keine einzige Aufgabe ein, für die ich Luana hätte brauchen können. »Ich gehe fernsehen. Ich habe zu viel gelernt.«

Ich lächelte, sie nicht.

»Das tut sie auch gerade«, sagte Rita. »Fernsehen.«

Rita sah nie fern.

*

Luana und Thiago saßen nebeneinander auf dem Sofa. Sie hatte einen Arm um ihn gelegt, und sein Kopf lag auf ihrer rechten

Schulter. Mich durchfuhr ein Gefühl der Eifersucht, doch ich schüttelte es ab und setzte mich auf den harten Holzstuhl neben der Tür.

»Ich dachte, du guckst keine Telenovelas mehr«, sagte Thiago.

»Manchmal eben doch«, sagte ich.

Luana wandte mir den Kopf zu und lächelte verhalten. Ich hatte nicht die leiseste Ahnung, was sie dachte.

»Hattest du einen schönen Geburtstag?«, fragte ich sie.

»Ja, ein Freund aus Vidigal hat eine Grillparty für mich veranstaltet. Es war richtig nett.«

Ein Freund. Ihr Freund? Thiago blickte uns fragend an, von mir zu ihr und dann wieder auf den Bildschirm. Er war jetzt acht und empfänglicher für Zwischentöne. Ich folgte der Handlung der Seifenoper nicht. Leute schrien, spielten übermäßig theatralisch, beteuerten ihre unsterbliche Liebe – das Übliche.

Die Folge war vorbei, aber ich bekam es nicht mit. Ich bemerkte es erst, als Thiago aufstand.

»Ich gehe ins Bett«, sagte er und marschierte aus dem Zimmer, sein lockiges Haar wippte rhythmisch auf und ab.

»Gute Nacht«, sagten Luana und ich wie aus einem Mund.

»Ich gehe auch schlafen«, sagte sie.

»Schon? Es ist erst neun.«

»Es gibt nichts mehr zu tun.«

»Bleib doch noch kurz bei mir sitzen«, flüsterte ich, denn ich wusste, wenn ich nicht leise sprach, würden meine Worte bis ins Arbeitszimmer meines Vaters vordringen.

»Es ist nicht normal, dass ein Junge mit seiner *empregada* zusammensitzt, um mit ihr zu plaudern. Ich möchte nicht, dass meine Mutter ihre Arbeit verliert.«

»Und was ist mit deiner Arbeit?«

»Ich bin hier bloß ein Anhängsel. Eines Tages suche ich mir eine andere Familie, für die ich arbeiten kann.«

»Wirklich?«

»Ja, und dann kannst du dein Leben weiterleben.«

Ich sah zur Tür, die nur einen kleinen Spalt offen stand. Der Flur dahinter war dunkel. Ich wandte den Blick wieder Luana zu und nahm ihre Hand.

»Wir sollten zusammen wegfahren«, sagte ich.

»Was soll das heißen?«

»Nach meinen Abschlussprüfungen. Nach Marajó – in das blaue Haus.«

»Und mit welcher Begründung sollten wir beide wegfahren? Besonders ich – wann fahre ich schon mal weg? Ich habe so gut wie nie frei.«

»Wir könnten es mit einem Motel versuchen.«

»Und was, wenn uns jemand sieht?«

»Dann machen wir eben so weiter wie bisher«, sagte ich.

Ich stand auf, um zu gehen. Sie blieb auf dem Sofa sitzen.

Irgendwann in der Nacht hörte ich, wie die Tür zu meinem Zimmer geöffnet wurde. Oder besser gesagt: Ich spürte es – eine Veränderung in der Luft. Ich hatte von Mamãe geträumt: Wir waren im Barra Shoppingcenter, um Kleider zu kaufen, aber ich konnte keine passende Badehose finden. Alle waren qualvoll eng. Mamãe sah extravagant schön aus, wie ein Filmstar. Während wir durch das leere Einkaufszentrum schlenderten, war mein einziger Gedanke: Sie ist nicht tot. Warum habe ich gedacht, sie wäre tot, wo sie doch so offensichtlich lebendig ist? Es schmerzte, sie anzusehen.

Als ich eine Gestalt erkannte, die in der Dunkelheit stand,

wollte ich schreien, aber wie in den schlimmsten Albträumen kam kein Ton aus meinem Mund. Dann erkannte ich, dass es bloß Luana war, die das violette Blumenkleid trug, das sie in Marajó angehabt hatte – mittlerweile war es zum Nachthemd umfunktioniert worden –, das Licht vom Flur erhellte ihr lockiges Haar. Sie schloss die Tür, und ich konnte sie nicht mehr sehen, aber ich hörte, wie sie auf mein Bett zukam. Vom Geruch nach Kokosseife und ihrer Haut bekam ich einen Ständer.

»Wie spät ist es?«

»Pscht«, sagte sie.

Das sanfte Geräusch, mit dem ihr Kleid zu Boden fiel. Nackte Füße, die über den Holzboden tapsten. Ich spürte, wie sie neben mich in mein Bett glitt, ihr Körper kühl und trocken an meinem Schweiß. Sie schlang die Beine um mich. Nackte Haut, die sich weich und prall anfühlte, je ein Schenkel zu beiden Seiten meines Körpers. Wir küssten uns leise, aber fieberhaft. Von ihrem Mund weiter nach unten, zu ihren Brüsten, weiter nach unten, noch weiter. In der Dunkelheit hätte sie jedes Mädchen sein können, nicht bloß eine *empregada*. Sie war feucht und warm, üppig süß wie eine überreife Frucht. Sie drehte sich um, ging auf alle viere, und ich drang von hinten in sie ein. Als das Bett zu quietschen begann, machten wir auf dem Fußboden weiter – ich im Sitzen, während sie auf mir hockte.

Und danach.

»Was soll aus uns werden?«, fragte sie.

»Ich weiß es nicht.«

»Du wirst auf der Uni ein neues Mädchen kennenlernen, und ich werde immer noch hier sein und hinter dir herräumen.«

Ich hörte sie in der Dunkelheit schniefen, und mir wurde klar, dass sie weinte.

»Hey, hey, nicht weinen.«

»Für dich ist das Leben so einfach«, sagte sie, zwischen gedämpften Schluchzern. »Ich liebe dich nicht einmal, ich beneide dich bloß.«

»Was meinst du damit?«

Wortlos verließ sie das Zimmer. Ich konnte nicht mehr schlafen. Nach und nach lichtete sich die Dunkelheit, und die Gegenstände im Raum wurden sichtbar – mein Schreibtisch, die Cartoon-Gestalten auf meiner Bettwäsche, das gerahmte Foto von Mamãe mit dem Kolibri auf meinem Nachttisch – und ich dachte: Das war's, der Tag ist im Eimer. Ich werde zu müde sein, um zu lernen. *Meu Deus*, ich bin geliefert. Ich starrte an die Zimmerdecke, bis der Raum von Grau auf Gelb wechselte, dann stand ich auf, um zu frühstücken. Es war erst halb sechs, doch mein Vater saß schon auf dem Sofa im Wohnzimmer, las die Zeitung und trank eine Tasse Kaffee.

»Du bist aber früh wach«, sagte er.

»Ich konnte nicht schlafen.«

Aus der Küche hörte ich Rita und Luana. Als Luana das Wohnzimmer betrat, verriet ihr Gesicht nichts von dem, was wir getan hatten. Sie trug keine Uniform, sondern ein Jeanskleid, das nagelneu aussah. Sie wirkte frisch und wach.

Sie stellte eine Kanne Kaffee auf den Tisch, sagte: »Guten Morgen, André«, und verschwand wieder in der Küche.

»Warum konntest du nicht schlafen?«, fragte Papai, stand vom Sofa auf und ging auf den Tisch zu. »Nervös wegen der Prüfungen?«

»Schon möglich.«

»Denkst du an Mamãe?«

Das bereitete mir Schuldgefühle. Vielleicht hätte ich an sie denken sollen, aber ich tat es nicht. Nur in meinen Träumen.

»Ja.«

»Es ist jetzt fast zwei Jahre her«, sagte Papai. »Kaum zu glauben, oder?«

»Ja«, sagte ich.

Ich blickte auf meinen Teller. Ich war hundemüde. Rita kam aus der Küche herein und stellte wortlos das Obst, das Brot, den Käse und den Schinken auf den Tisch. Ihre dunkelbraune Haut schimmerte im Morgenlicht. Papai und ich frühstückten schweigend, dann fuhr ich mit dem Bus zur Schule. Bald wäre sie vorbei. Meine Gliedmaßen fühlten sich bleiern an. Ich konnte keinem Gedankengang folgen, ohne dass sich ein anderer dazwischendrängte. Gedanken an Mamãe, verdrängt von Gedanken an Luana, verdrängt von Gedanken an Daniela, verdrängt von meiner bleiernen Müdigkeit, von meinem überwältigenden Bedürfnis, mich an die dreckige Glasscheibe zu lehnen und die Augen zu schließen.

An jenem Abend saß mein Vater auf dem Sofa, trug noch den Anzug, den er auf der Arbeit angehabt hatte, las ein Buch und hörte dabei Puccinis *Madame Butterfly*. Die Musik war so laut, dass ich mich fragte, wie er sich dabei auf das Buch konzentrieren konnte. Rita und Luana waren in der Küche, unterhielten sich und kochten.

»Lernst du fleißig?«, fragte er und blickte mich über seine Brille hinweg an.

Er las *Anna Karenina* in französischer Übersetzung.

»Ja.«

Das war gelogen. Nach der Schule war ich mit zu Daniela gegangen. Ihre Eltern waren ausgeflogen, und wir hatten in ihrem klimatisierten Zimmer miteinander geschlafen, umringt von weichen Stofftieren. Meine Müdigkeit war schlagartig verflogen, als ich sie auf dem Bett liegen sah, die langen blonden Haare zu einer Seite. Als wir kurz vor dem Höhepunkt waren, rief ihre *empregada* Dada, sie solle in die Küche kommen, und Daniela rief zurück: »Ich komme gleich, Dada! Eine Minute!«, während sie sich auf mir sitzend auf und ab bewegte, das Gesicht verschwitzt und gerötet.

»Wenn alles gut läuft, bist du bald auf der Universität«, sagte Papai. »Freust du dich schon?«

»Ich schätze schon. Aber erst muss ich die Prüfungen bestehen.«

Er zog die Augenbrauen hoch und verzog angesichts meiner Selbstzweifel das Gesicht. Dann wurde sein Gesichtsausdruck weicher, als er auf das Buch deutete, das er immer noch in der Hand hielt.

»Das hier war eins der Lieblingsbücher deiner Mutter«, sagte er. »Hast du es gelesen?«

»Nein.«

»Es ist ziemlich überspannt.«

»Ich weiß nicht, wovon es handelt. Verstehst du überhaupt Französisch?«

»Halbwegs.«

»Vielleicht gefällt es dir deshalb nicht.«

Er legte das Buch mit der Vorderseite auf den Wohnzimmertisch. Er hatte höchstens zwanzig Seiten gelesen.

»Schon möglich«, sagte er. »Sie sprach ja fließend Französisch. Sie hat als junge Frau in Paris studiert – wusstest du das?«

Er blickte zu mir auf, mit herzerweichend offenem, aufrichtigem Gesichtsausdruck. Seine Oberlippe zuckte.

»Ja, natürlich.«

Sie hatte oft davon erzählt, allen Leuten das Foto mit dem Eiffelturm gezeigt. Aber ich konnte mir nicht richtig vorstellen, wie meine Mutter damals in Paris gewesen war, mit achtzehn. Wie war es möglich, dass sie ohne mich existiert, ohne mich ihr Leben genossen hatte?

»Du warst in letzter Zeit nicht mehr oft in der Klinik«, sagte Papai.

»Ich weiß, ich musste einfach zu viel …«

»Kein Problem. Bald studierst du Medizin und lernst von richtigen Lehrkräften. Ich dachte nur, es würde dir Spaß machen, mit mir zusammenzuarbeiten.«

»Es hat mir auch Spaß gemacht.«

Er winkte ab. Seine olivfarbene Haut hing schlaff an seinem Gesicht herunter, wie bei einem alten Mann, und war von schwarzen Muttermalen gesprenkelt – zu viel Sonne in seiner Jugend. Seine Haare waren immer noch überwiegend schwarz, aber von ein paar grauen Strähnen durchsetzt.

»Das freut mich«, sagte er.

Er verließ das Wohnzimmer, ging zu seinem Arbeitszimmer ganz hinten in der Wohnung. Ich griff nach dem Buch. Die Seiten waren vergilbt und hatten Eselohren, der Buchrücken war gebrochen. Auf der Innenseite des Buchdeckels stand in ihrer geschwungenen, eleganten Handschrift Mamães Mädchenname: Beatriz Maria da Silva Melo. Ich schloss die Augen und roch daran – süßes altes Papier und Klebstoff –, legte es zurück auf den Tisch und ging in die Küche, um mir ein Glas Wasser zu holen. Luana und Rita saßen am Tisch und schnitten Gemüse. Hinten im Wäschebereich hingen Mickey-Maus-Bettbezüge vom Wäscheständer an der Decke.

»Hallo, André«, sagte Rita.

»Hallo, Rita, wie war dein Tag?«

»Nicht besonders. Ich habe meine Freundin im Krankenhaus besucht. Es geht ihr gar nicht gut.«

»Was hat sie denn?«

»Zu viel Arbeit, zu wenig Geld. Sie hatte ein hartes Leben.«

»Sie hat Krebs«, sagte Luana und blickte von ihrem Schneidebrett auf. »Er hat sich bis in die Knochen ausgebreitet.«

»Aber sie hat sehr nette Arbeitgeber. Sie werden alle Rechnungen für sie zahlen, bis es ihr wieder besser geht.«

»Es wird ihr nicht besser gehen, Mãe. Der Krebs sitzt in ihren Knochen.«

»Ich bete jeden Tag im Geist für sie. Vielleicht hat man ihr nur eine Prüfung gesandt.«

»Ich hoffe, deine Gebete helfen«, sagte ich.

»Se Deus quiser.«

Luana schnitt eine Tomate in zwei Hälften, und das Messer krachte so laut auf das Brett, als wollte sie es mit durchschneiden.

21

Nach unserem letzten Schultag kehrte ich am nächsten Morgen so betrunken nach Hause zurück, dass ich mich schon wieder nüchtern fühlte. Für die Dauer eines Abends hatten wir vergessen, dass uns die Prüfungen immer noch bevorstanden. Unsere Clique war schließlich im Haus von Rodrigos Cousine aufgeschlagen, oben in Santa Teresa, in einem alten Herrenhaus mit Pool. Auf der Terrasse hörten wir Schüsse aus der nahegelegenen Favela, dann sahen wir die Sonne über der Stadt aufgehen. Rodrigo, Gabriel und Carlito sprangen schreiend in Unterwäsche in den Pool, die Mädchen lachten, und überall in der Stadt gingen nach und nach die Lichter an.

Wieder zu Hause, lange nachdem es Zeit zum Aufstehen war, öffnete ich in meinem Zimmer das Fenster, um zu lüften, und legte mich zurück ins Bett. Ich hatte Luana und Rita in der Küche nicht einmal hallo gesagt – war zu betrunken und zu müde gewesen. Doch dann klopfte es an meiner Tür.

»Herein«, sagte ich.

Sie trug ihre weiße Uniform, ihre Füße steckten in weißen Gummi-Flip-Flops. Ihr Gesicht ein verschwommener karamellfarbener Fleck, weil ich meine Brille nicht aufhatte.

»Guten Morgen«, sagte ich und zog das Bettlaken über mich, nur für den Fall, dass Rita plötzlich auftauchte, doch dann hörte ich, wie der Staubsauger am anderen Ende der Wohnung anging, und entspannte mich.

»Hast du dich gut amüsiert?«, fragte sie.

»Ja. Die Schule ist vorbei.«

»Freut mich für dich. Ich muss mit dir reden.«

»Komm her.«

Sie kam auf mich zu, nahm auf meinem Bett Platz, und ich legte die Arme um sie, tastete nach ihren Brüsten, meine Lippen suchten ihren Hals. Sie wich zurück. Vermutlich roch ich schlecht.

»Ich habe meine Regel nicht bekommen«, sagte sie.

Meine Lippen brachen die Suche ab und wurden taub.

»Was? Wie lange nicht?«

»Sie hätte vor vier Wochen kommen sollen.«

»Wie kann das sein?«

»Du bist der Arzt – sag du es mir.«

»Du hast aber noch keinen Test gemacht?«

»Ich kann es spüren«, sagte sie und legte sich die Hände auf den Bauch. »Ich spüre, dass es da drin ist. Ich weiß nicht, wie.«

Ich zog meine Arme weg und ließ mich rücklings aufs Bett fallen.

»Verfluchte Scheiße.«

Luana legte sich neben mich, vergrub das Gesicht in meiner Brust. Sie legte den Arm um mich. Ich spürte, wie sich dort, wo ihr Kopf lag, eine kleine Pfütze aus Tränen bildete, doch sie gab kein Geräusch von sich.

»Und was machen wir jetzt?«, fragte ich.

»Du weißt doch, wie man das macht, oder? Bei deinem Vater in der Klinik?«

Papai hatte mich zur Geheimhaltung verpflichtet, aber ich hatte Luana von seiner nächtlichen Arbeit erzählt.

»Du willst unser Baby umbringen?«, fragte ich, und meine Stimme schwoll an, doch dann fiel mir wieder ein, wo wir uns befanden. »Ich weiß nicht, wie man das macht. Außerdem kommt das gar nicht in Frage.«

»Ich bin eure *empregada.*«

»Wir könnten es bekommen«, sagte ich. »Wir könnten heiraten.«

War es das, was ich wollte? Nein, aber es war etwas, das ich sagen konnte. Ich legte meine Hand auf ihre und blickte auf ihr verweintes Gesicht hinunter. Für einen kurzen Augenblick erkannte ich ein Lächeln darauf, doch dann runzelte sie die Stirn.

»Sei nicht albern«, sagte sie. Sie kniff die Augen zusammen und schüttelte den Kopf.

Ritas Staubsauger ging aus. Luana stand auf und strich ihre Uniform glatt.

»Wasch dir erst das Gesicht«, sagte ich.

Fünf Minuten später brummten zwei Staubsauger an den entgegengesetzten Enden der Wohnung.

An jenem Morgen blieb ich im Bett liegen, schlief ein und schreckte wieder auf, betete, bat um Vergebung, bat darum, dass meine Sünden ungeschehen gemacht würden. Nichts von alldem wäre passiert, wenn Mamãe nicht gestorben wäre. Meine Trauer hatte mich aus der Bahn geworfen – ich wusste nicht, was ich tat. Wenn ich die Zeit nur zurückdrehen könnte, würde ich alles anders machen. Mit Luana Schluss machen. Sie gar nicht erst küssen. Den Tag mit Mamãe verbringen, anstatt mit meinen Freunden an den Strand zu gehen. Sie wäre noch am Leben, oder vielleicht wären wir beide tot. In meinem Kopf brachte ich alles wieder in Ordnung.

Ich könnte für eine Abtreibung bezahlen – wir würden sie natürlich von einem anderen Arzt durchführen lassen, nicht von Papai –, und wir könnten die ganze Sache einfach vergessen, oder zumindest so tun. Bald würde ich mit dem Studium beginnen, und dann würde ich von zu Hause ausziehen. Vielleicht nach Europa, so wie ich es immer gewollt hatte. Ich würde heiraten und mit einer Frau wie Dani Kinder bekommen, aber nicht mit Dani, und Luana würde bei einer anderen Familie Arbeit finden, so wie sie gesagt hatte.

Ich aß allein zu Mittag, am Esstisch, hörte zu, wie Luana und Rita in der Küche miteinander plauderten. Dem hellen, lebhaften Klang ihrer Stimme hätte man niemals entnommen, dass etwas nicht in Ordnung war. Wir waren beide ausgesprochen gut darin geworden, Dinge zu vertuschen. Ich ging am Strand spazieren – hielt den Kopf gesenkt, damit mich niemand erkannte – und erklomm den Arpoador Rock zwischen Ipanema und Copacabana. Die Surfer waren noch draußen, hüpften immer noch auf ihren Brettern herum, wurden unter die Wellen gezogen, tauchten spuckend wieder auf – selbst als das Sonnenlicht schon verblasste und das Meer sich grau färbte. Ich dachte an den Fluss in Pará zurück, wie breit er gewesen war, sodass man das andere Ufer nicht sehen konnte. Ich ging nach Hause, aß zu Abend und versuchte, nicht an Luana zu denken – was unmöglich war, weil sie mir das Essen servierte.

Papai schien aber irgendetwas bemerkt zu haben, denn er fragte: »Warum bist du so still?«

»Bin ich das? Ich bin bloß müde. Wir waren ziemlich lange unterwegs.«

»Das Ende der Kindheit. Eine bittersüße Erfahrung.«

»Ich glaube nicht, dass es daran liegt.«

»Dann ruh dich etwas aus.«

Doch ich war abends noch mit Dani verabredet, im Lovers Motel in Copacabana. Sie hatte die ganze Sache geplant.

»Ich gehe heute Abend noch aus«, sagte ich.

»Und was ist mit deiner Prüfungsvorbereitung?«, fragte Papai.

»Ich habe den ganzen Tag gelernt.«

Ich hoffte, dass Luana und Rita uns nicht hören konnten. Zum ersten Mal wurde mir klar, dass ich früher nie einen Gedanken daran verschwendet hatte, ob sie mich hören konnten – als existierten sie gar nicht.

»Verschleudere deine Energie nicht sinnlos«, sagte Papai. »Du stehst erst ganz am Anfang, *filho*.«

»Am Anfang wovon?«

»Deines Lebens. Aller Dinge.«

Doch es fühlte sich an wie das Ende. Ich erhob mich vom Tisch, während Papai und Thiago immer noch aßen. Als ich das Zimmer verließ, folgte mir der Blick meines Vaters wie ein Hund einem Knochen; ich spürte ihn in meinem Nacken.

Das Motel lag nur eine kurze Taxifahrt entfernt in Copacabana, doch Dani und ich hatten uns zunächst in Ipanema auf einen Drink am Strand verabredet. Den Drink hatte ich dringend nötig. Ich wusste allerdings nicht, dass sie Carlito, Rodrigo und Isabel ebenfalls eingeladen hatte. Ich sah sie, als ich auf die Bar zuging, und bemühte mich, freudig überrascht auszusehen.

»Hey, *cara*«, rief Carlito mir zu. Er blies einen Rauchkringel in die Luft und lächelte, während der Rauch davonwaberte.

»Wie läuft's?«, fragte ich, setzte mich neben Daniela und drückte ihr einen Kuss auf die Wange.

»Das kannst du aber besser«, sagte sie, wandte mir das Gesicht zu und küsste mich auf den Mund, mit Zunge. Alle am Tisch johlten.

»Immerhin kommt heute einer von uns auf seine Kosten«, sagte Rodrigo mit schläfrigen, geröteten Augen.

»Halt den Mund, du *babaca*«, sagte Isabel.

»Komm schon«, sagte Carlito. »Trink was. Das beste Mittel gegen deinen Kater.« Er schob mir ein leeres Glas hin und füllte es bis oben mit kaltem, schaumigem Bier. »Vergessen wir einfach unsere Sorgen.«

»Welche Sorgen?«, fragte Dani, die aussah, als wäre sie bereits betrunken.

»Das *vestibular*«, sagte Rodrigo.

»Ich mache mir keine Sorgen«, sagte sie.

Sie nahm meine Hand, lächelte strahlend und entblößte dabei ihre Zähne, wie in einem Hollywoodfilm. Letzten Endes würde alles gut werden. (Nein, würde es nicht, nein, würde es nicht.) Carlito prostete uns zu.

»*Saúde*«, sagte er.

»*Sexo!*«, rief Dani, was uns alle zum Lachen brachte.

Wir blieben eine Stunde dort, dann stupste mich Dani am Arm an und blickte mit ihren blauen Augen zu mir auf – eher apathisch als verträumt, der goldene Glanz war verschwunden – und sagte: »Wir müssen jetzt los.«

»Geht nicht zu spät ins Bett«, sagte Carlito, und seine dunklen Locken wippten vor Lachen auf und ab. »Ihr müsst morgen lernen!«

Dani und ich gingen Hand in Hand die Straße entlang, klebrig vor Schweiß. Wir kamen an einem Popcorn-Verkäufer vorbei, und ein köstlich buttriger Duft erfüllte die Luft.

»*Pipoca!*«, rief er.

»Möchtest du Popcorn?«, fragte ich.

Sie schüttelte den Kopf. Ich hätte gern welches gegessen, aber wir gingen weiter.

»Warum hast du ihnen erzählt, wo wir hingehen?«, fragte ich.

»Warum nicht?«, fragte Dani.

»Weil es privat ist.«

»Ach, komm schon, sie sind unsere Freunde. Ist dir das peinlich?«

»Nein, aber …«

»Hör auf, André, sonst überleg ich's mir noch mal anders.«

Wir nahmen ein Taxi nach Copacabana, wo an jeder Straßenecke Prostituierte standen, in Minirock und High Heels. Die Hälfte von ihnen waren Mädchen, die andere Hälfte zumindest tendenziell. Das Lovers Motel befand sich an einer jener berüchtigten Straßenecken, über dem Eingang surrte eine herzförmige Neonlampe. Wir stiegen aus dem Taxi. Draußen stand ein Mädchen mit goldenen Hotpants, Bikini-Oberteil und weißen Plateau-High-Heels.

»Lust auf ein wenig Gesellschaft?«, fragte sie stumpfsinnig.

Aus der Nähe sah sie aus wie siebzehn. Ein schwarzes Mädchen mit verschmiertem rotem Lippenstift und staksigen Beinen, noch keine erwachsene Frau.

»Nein danke«, sagte ich.

»Kein Problem. Viel Spaß.«

Daniela zerrte mich in die Lobby und zischte mir zu: »Sprich nicht mit den Prostituierten!«

Die Türglocke klingelte, als wir die Rezeption betraten, die von einer einzelnen nackten Glühbirne erleuchtet wurde und hinter der ein adrett gekleideter Mann mittleren Alters saß. Er sah aus wie ein Bankangestellter oder ein Grundschullehrer, nicht wie der Rezeptionist eines Sex-Motels. Er hatte Tausende Teenager-Pärchen wie uns gesehen, die Erwachsene spielten, keinen anderen Ort zum Vögeln hatten. Als er den Mund öffnete, um zu sprechen, sah ich, dass ihm der Großteil seiner Zähne fehlte.

»Herzlich willkommen«, sagte er.

Ich musste von hier verschwinden.

»Wir haben ein Zimmer reserviert«, sagte Daniela.

Ich musste von hier verschwinden, blieb aber wie angewurzelt stehen.

»Auf welchen Namen?«, fragte der Rezeptionist.

Ja, wir könnten heiraten, Luana und ich. Papai würde irgendwann darüber hinwegkommen. Es war kein Weltuntergang, bloß weil sie eine *empregada* war, bloß weil wir jung waren. Mit Mamães Erbe konnten wir uns eine Wohnung kaufen. Ich könnte Medizin studieren, und Luana würde mit dem Baby zu Hause bleiben.«

»*Senhor* und *senhora* Cabral«, sagte Dani.

Luana Cabral, so würde ihr Name lauten.

Dani wandte sich um und zwinkerte mir zu. Ich öffnete den Mund, um zu sagen, dass ich gehen musste, doch ich sagte nichts. Der Rezeptionist nahm einen Schlüssel von der Wand, hielt ihn über Danielas geöffnete Hand und ließ ihn fallen. Am Schlüsselanhänger baumelte ein Herz aus Holz. Wie viele dreckige, sexverschmierte Hände hatten diesen Schlüssel schon angefasst? Hoffentlich machten sie ihn sauber, wenn er zurückgegeben wurde.

Ich musste von hier verschwinden.

»Zimmer fünfzehn«, sagte der Mann. »Im ersten Stock.«

Ich verschwand nicht. Ich folgte Daniela die dunklen Treppenstufen hinauf, tastete mich an den Wänden entlang, weil ich kaum etwas sehen konnte. Sie kicherte, als trüge das alles – die Dunkelheit, der zahnlose Mann, die Teenager-Hure – zu ihrer Erregung bei. Im Zimmer schaltete sie die Deckenlampen an, die hell und weiß aufleuchteten, dann überlegte sie es sich anders und knipste die rote Nachttischlampe an. Draußen hatte es sintflutartig zu regnen begonnen – Dschungelregen. Selbst hier war früher einmal alles Urwald gewesen, vor langer Zeit. Vor so langer Zeit, dass es heute nicht mehr von Bedeutung war. Das Neonlicht des Motels hing direkt unter unserem Fenster, und alle paar Sekunden leuchtete das rote Licht in unser Zimmer hinein. Daniela zog die Jalousie herunter, aber ich konnte den Regen immer noch hören und sah einen Schimmer roten Neonlichts. Die Klimaanlage war kaputt, der Schweiß kribbelte mir am Hals und strömte unter meinen Achseln hervor.

»Wir hätten etwas zu trinken mitbringen sollen«, sagte sie und setzte sich aufs Bett.

Ich setzte mich angespannt neben sie. Sie legte mir die Hand aufs Bein, und ich lachte – über mich selbst, glaube ich.

»Was ist so lustig?«

»Glaubst du, Rodrigo und Isabel hatten in diesem Bett Sex?«, fragte ich.

»Ich bezweifle es.«

»Und was meinst du, wie viele Huren es schon in diesem Bett getrieben haben?«

»André, verdirb es nicht.«

»Entschuldige.«

»Warte hier«, sagte sie und flitzte ins Badezimmer.

Ich blieb auf dem Bett sitzen, betrachtete die klebrig wirkenden grünen Wände, die durchhängende Matratze, das »erotische« Gemälde an der Wand, das eine nackte Frau zeigte, die die Arme um sich selbst schlang. Aus dem Zimmer nebenan hörte ich den ekstatischen Aufschrei einer Frau und fragte mich, wie ihr Liebhaber das bewerkstelligt hatte. Ich hatte noch nie eine Frau dazu gebracht, vor Vergnügen aufzuschreien. Nicht einmal ansatzweise. Ich dachte wieder an Luana und sagte zu mir: Ja, ich gehe jetzt, doch dann kam Dani aus dem Badezimmer, nackt. Sie ging gemächlich, wie ein Model über einen Laufsteg, mit hochmütigem, selbstsicherem Gesichtsausdruck. Wenige Zentimeter vor mir blieb sie stehen, ihre kleinen weißen Brüste schwebten vor meinem Gesicht. Ich bekam einen Ständer. Wie einfach es war, zu vergessen. Dani trat einen Schritt näher, und ich nahm eine ihrer Brüste in den Mund. Sie war weniger schüchtern als Luana, theatralischer. Lauter, herrischer, erteilte mir ungeniert Anweisungen, was ich zu tun hatte. Ich versuchte, nicht darüber nachzudenken, wie viele Leute es schon in diesem Bett getrieben hatten, ob ihre DNA bei der Wäsche wirklich entfernt worden war. Zwischenzeitlich glaubte ich, Luana an meinen Fingern zu riechen, aber das war unmöglich – wir hatten seit einer Woche keinen Sex mehr gehabt. Danach lagen wir eine Stunde lang schweigend da. Ich tat, als schliefe ich, hoffte, Daniela würde aufstehen und gehen. Luana, dachte ich. Luana. Das Paar nebenan durchbrach die Stille mit Folterkammer-Geschrei.

Beim Verlassen des Zimmers sahen wir, dass es sich bei dem Paar um einen alten weißen Kerl und eine große Transsexuelle mit schaurig perfektem Körper handelte. Natürlich eine Nutte. Kein Mann kann seine Frau so vögeln.

22

Am Sonntag kam Papai direkt nach dem Mittagessen von der Arbeit nach Hause. Luana und Rita waren in der Küche und aßen von der gleichen *feijoada*, die Thiago und ich gerade gegessen hatten. Papai betrat mein Zimmer wie gewohnt ohne anzuklopfen. Ich saß an meinem Schreibtisch und versuchte zu lernen.

»Wie geht es dir?«, fragte er.

»Mir geht es gut.«

Er war wieder ein Fremder geworden – arbeitete sieben Tage pro Woche. Längst vergessen war der Papai, der durch die Straßen von Marajó geschlendert war und uns die Hände auf die Schultern gelegt hatte. Und er war umso mehr ein Fremder, als er nicht wusste, dass ich mein Leben ruiniert hatte, hier in diesem Zimmer.

»Wie war es auf der Arbeit?«, fragte ich; eine für mich äußerst ungewöhnliche Frage.

»Gut, gut.«

»Du arbeitest jetzt auch wieder sonntags.«

»Wir brauchen das Geld.«

»Tun wir das?«

»So, wie es momentan um die Wirtschaft bestellt ist?«, sagte er. »Natürlich tun wir das.«

Das war nur die halbe Wahrheit. Er war derjenige, der es brauchte – er brauchte die Arbeit, damit er um jeden Preis vermeiden konnte zu leben. Ich mache ihm keinen Vorwurf daraus. Arbeit ist einfacher als das Leben.

»Wir sollten noch mal nach Pará fahren«, sagte er. »Unser Haus in Marajó steht einfach nur dort herum.«

»Das fände ich schön«, sagte ich, obwohl ich wusste, dass wir nie wieder dorthin zurückkehren würden.

Er nickte wenig überzeugend und wandte sich zum Gehen.

»Pai«, sagte ich und zuckte fast dabei zusammen. »Ich muss dir etwas sagen.«

»Dann erzähl mal«, sagte er und schloss die Tür.

»Ich weiß nicht, wie ich es sagen soll.«

Luana war nur wenige Meter entfernt in der Küche und bereitete unser Essen zu, so wie immer. Nichts wirkte anders als sonst, aber alles war anders. Unser Kind wuchs in ihr.

»Raus mit der Sprache, das klingt spannend«, sagte Papai mit arglosem Lächeln.

Überstürze nichts, hätte Luana gesagt. Nicht jetzt, nicht auf diese Weise.

Mein Mund war voller Speichel. Ich würgte ihn hinunter und wand mich vor Ekel.

Doch, jetzt.

Vielleicht glaubte Papai, ich wollte ihm mein Vorhaben offenbaren, plastischer Chirurg zu werden und die Praxis zu übernehmen, so wie er es sich immer erträumt hatte. Nein, das würde nicht passieren. Ich war kein guter Sohn, ich machte einfach gar nichts richtig. Bis zu diesem Moment hatte ich nicht vorgehabt, es ihm zu erzählen, und jetzt wusste ich nicht, wie ich es sagen sollte. Ich fühlte mich, als müsste ich mich übergeben – oder schreien: Hilf mir, Papai! –, deshalb griff ich verzweifelt zu einer Notlüge.

»Ich erzähle dir das nur, weil sie Angst hat, es dir selbst zu sagen«, sagte ich, so schnell wie möglich, bevor ich meine Meinung ändern konnte. »Luana hat sich mit einem Mann eingelassen und braucht unsere … Hilfe.«

Er riss die Augen auf, sein Lächeln erstarb. Ich spürte, wie mir das Blut ins Gesicht schoss, meine Haut brannte wie Feuer.

»Wer ist dieser Mann?«

»Jemand aus Vidigal. Niemand, den wir kennen.«

»Was meinst du mit ›Sie braucht unsere Hilfe‹?«

Er wusste, was ich meinte, zögerte den Moment nur hinaus, versuchte, die Wahrheit aufzuschieben. Ich las es an seinem Gesicht ab; seine Falten waren augenblicklich tiefer geworden, die ausgeprägten Furchen eines alten Mannes.

»Sie ist schwanger«, sagte ich.

»Sie ist schwanger«, wiederholte er, nicht als Frage, sondern als Feststellung. Und dann verhärteten sich seine Gesichtszüge, seine Augen wurden schwarz. »Wer zum Teufel war das? Ich schneide ihm die verfluchte Kehle durch.«

Mein Gesicht brannte immer noch. Ich sah meinen Vater an, zu Tode erschrocken, aber außerstande, den Blick abzuwenden. Er ging auf mein Bett zu, das gegenüber von meinem Schreibtisch stand, an dem ich saß, setzte sich und stützte die Ellbogen auf die Knie. Er begann am ganzen Körper zu zittern, wie ein Baum im Sturm, das Gesicht in den Händen verborgen. Es war entsetzlich. So hatte ich ihn noch nie gesehen, nicht einmal, als Mamãe gestorben war.

»Papai?«, fragte ich. »Ist alles in Ordnung?«

Er verschränkte die Hände ineinander, versuchte, die Kontrolle zurückzuerlangen.

»Wie … wie konnte das passieren?«, fragte er schließlich.

»Ich weiß es nicht.«

»Gibt es sonst noch etwas, das du mir sagen willst?«

»Was zum Beispiel?«

»Zum Beispiel, wer dieser … dieser Mann ist?«

»Nein, ich weiß nicht, wer er ist. Sie wusste nicht, wen sie sonst um Hilfe bitten sollte.«

»Was ist mit Rita?«

»Ich weiß es nicht. Vielleicht hatte sie Angst.«

»Du lügst«, sagte er.

Ich erwiderte nichts. Er blickte auf die Wand über meinem Kopf, mit matten, besorgten Augen, und sann über etwas nach – eine Erinnerung, eine Frage –, dann schüttelte er den Kopf.

»Es gibt da etwas, das du wissen solltest«, sagte er. Sein Blick wanderte von der Wand zu meinem Gesicht. »Ich dachte, ich würde es dir nie erzählen. Ich dachte, es wäre nicht nötig. Aber da du mich anlügst …«

»Ich lüge nicht, Pai.«

Sein Gesicht glänzte vor Schweiß, aber er hatte die Fassung wiedergewonnen.

»Hast du dich je gefragt, warum ich dafür bezahlt habe, dass Luana auf eine anständige Schule gehen kann?«, fragte er.

»Weil du ein guter Arbeitgeber bist.«

»Kennst du irgendeine andere *empregada,* die ihr Kind mit zur Arbeit bringen und dort großziehen durfte?«

»Nein, aber …«

»Ich habe dir gesagt, du sollst die Finger von ihr lassen.«

»Ich habe sie nicht angefasst.«

»Lüg mich nicht an!«, brüllte er, spuckte dabei um sich. »Ich kann es an euren Gesichtern ablesen. Glaubt ihr, ihr könntet irgendetwas vor mir verbergen? Meine eigenen Kinder?«

»Sie ist nicht dein Kind. Was sie macht, geht dich nichts an.«

»Meine Kinder«, sagte er und blickte zu mir auf.

Wir saßen schweigend da, während mich die Wahrheit mit voller Wucht übermannte, mich schwindelig machte, in meinem Magen brannte und mir im Hals stecken blieb. Der säuerliche Geschmack von Galle in meinem Rachen. Ich umklammerte meinen Stuhl. In welches Paralleluniversum war ich da hineingeraten? Hätte ich davon gewusst, wäre mir nie in den Sinn gekommen … Oder vielleicht doch? Es war das Schockierendste, was mir jemals offenbart worden war, aber hätte uns jemand in diesem Zimmer gesehen – wäre dieser Jemand eine Kakerlake an der Wand gewesen –, hätte er bloß zwei unglückliche Menschen gesehen, einen Mann mittleren Alters und seinen Sohn, die sich mit Blicken duellierten. Stille erfüllte den Raum. Fast konnte ich sie berühren, sie drohte mich zu erdrosseln, wenn ich nichts sagte. Sag etwas, sag irgendetwas.

»Wovon zur Hölle redest du?«, fragte ich.

Er antwortete nicht. Es war zu beschämend, um es zu wiederholen, zu abscheulich, um es zu erklären. Er starrte zu Boden, ein Häuflein Elend. Ich hatte ihn noch nie so erlebt, so kläglich. Eine Schweißperle tropfte von seinem Gesicht auf den Holzboden. Ich dachte an Mamãe, die im Krankenwagen gestorben war. Stellte mir kurz meinen Vater mit Rita im Bett vor (wie war das überhaupt möglich? Ich konnte sie mir mit niemandem zusammen vorstellen, schon gar nicht mit ihm), verdrängte dieses Bild aber sofort wieder – es war zu viel für mich.

»Pai?«, sagte ich.

Wieder blieb er mir die Antwort schuldig. Adrenalin durchflutete meinen Körper. Der Schweiß strömte an mir herunter, von meinem Kopf, aus den Achselhöhlen, vom Rücken, wie Regen in einem Rinnstein. Ich musste irgendetwas tun, ich wusste nicht, was. Ich sprang auf und wankte auf ihn zu, aber ich brachte es nicht über mich – ich konnte Papai nicht schlagen. Stattdessen versetzte ich dem Nachttisch aus Holz einen Tritt und noch einen und noch einen, zertrümmerte die Lampe, trat darauf ein, bis meine Schulbücher auf dem Boden verteilt waren und der Nachttisch in Trümmern lag.

»Du *escroto*«, sagte ich leise, erregt und erschreckt zugleich, weil ich noch nie so mit ihm gesprochen hatte. »Du *filho da puta.*«

»Hör auf damit«, sagte er mit schwacher Stimme, wie ich sie noch nie an ihm gehört hatte.

»Wer bist du?«, brüllte ich nur wenige Zentimeter von seinem Gesicht entfernt. »Wer zur Hölle bist du?«

Er antwortete nicht. Er wusste es selbst nicht.

»Was ist mit Mamãe?«

»Sie wusste nichts davon. Es war ein Fehler, sie hier wohnen zu lassen, das ist mir mittlerweile klar geworden. Ich wollte nur …« Seufzend schüttelte er den Kopf. »Ich wollte sie aufwachsen sehen.«

Draußen hupten Autos. Jemand schrie etwas. Die Leute steckten im Verkehr fest, versuchten, irgendwohin zu kommen. Die Welt drehte sich weiter, aber für mich war sie gerade untergegangen. Mach, dass alles wieder gut wird, Papai. Bring alles wieder in Ordnung, wollte ich sagen. Er hielt den Blick weiterhin zu Boden gerichtet, sein Kragen war schweißdurchtränkt. Ich setzte mich wieder zurück an den Schreibtisch, ließ den Kopf hängen.

»Weiß Luana Bescheid?«, fragte ich.

»Nein, Rita hat mir geschworen, ihr nichts zu sagen.«

»Und was machen wir jetzt?«

»Ich kümmere mich darum. Sie müssen so schnell wie möglich hier weg. Dieses Baby …«

»Ich weiß«, sagte ich.

»Es darf nicht geboren werden.«

Er stand auf, um zu gehen. Ich konnte nicht glauben, was soeben zwischen uns vorgefallen war. Ich hoffte, es wäre bloß ein Albtraum, hoffte, ich würde in meinem Bett erwachen und Mamães Stimme nebenan hören.

»Ich weiß, dass Mamãe krank war«, sagte ich. »Es war deine Schuld. Deinetwegen ist sie so geworden.«

Papai reagierte nicht darauf. Er ging einfach zur Tür.

»Ich habe es in euren Augen gesehen«, sagte er. »Schon vor langer Zeit, in Marajó, aber ich hatte gehofft, dass ich mich irre. Ich – ich hatte gehofft, ihr würdet bloß Freunde werden.«

Er verließ das Zimmer. Ich legte den Kopf in die Hände und weinte. Rotz lief mir in den Mund, salzig und dick. Ich lauschte Papais schweren Schritten, die sich über den Flur entfernten. Ich fühlte mich nach Strich und Faden gedemütigt. Es war wie aus dem Drehbuch einer billigen Telenovela. Still saß ich da, versuchte, sein Gespräch mit Rita und Luana mitzubekommen, aber die Küche war zu weit entfernt. Ich konnte Luanas Abwesenheit bereits spüren. Kokos, Parfüm und Schweiß. Süße und Fäulnis. Was für eine Art Baby dabei herauskäme, wenn man es leben ließe? Ein entstelltes inzestuöses Etwas, zu fünfzig Prozent Matheus Cabral?

Die Wohnungstür knallte zu. Ich ging auf den Balkon und sah, wie Papai, Rita und Luana fünf Stockwerke unter mir das Gebäude verließen, das Tor öffneten, die Straße entlanggingen. Das Meer hinter ihnen war ungewöhnlich still, der Himmel klar. Beide von einem durchdringenden, unechten Blau. Tausende

Menschen am Strand, die nicht mitbekamen, dass ich sie beobachtete. Die drei boten einen eigenartigen Anblick: ein Mann im Anzug, gefolgt von zwei *empregadas*, von denen keine etwas trug, einen Kinderwagen vor sich herschob oder ein Kind an der Hand hielt. Was für ein Trost Rita gewesen war, als ich noch jünger war. Wie viele Jahre waren vergangen, seitdem ich zum letzten Mal ihre Hand gehalten hatte? Danach sehnte ich mich, während ich sah, wie sie davongingen, lange Schatten auf den Mosaik-Straßenbelag warfen: Ich sehnte mich danach, Ritas Hand zu halten und zu hören, dass alles wieder gut werden würde.

Im Wohnzimmer wurde es dunkel, aber ich machte das Licht nicht an. Ich blieb mehrere Stunden auf dem Balkon stehen, sah zu, wie die Straßenlaternen angingen, alle gleichzeitig. Thiago kam nach draußen und fragte: »Was machst du hier?«, aber ich brachte keine Antwort zustande. Ich versuchte, ihn zu umarmen, aber er stieß mich von sich – er wurde allmählich zu alt dafür – und ging zurück in sein Zimmer. Die Leute verließen den Strand. Ich hörte amerikanische Stimmen, die zu laut sprachen, ein ums andere Mal riefen, wie »amaaaazing!« etwas war. Wie gern wäre ich einer von ihnen gewesen, hätte ihr sorgloses Leben gehabt. In der Strandbar auf der gegenüberliegenden Straßenseite war immer noch etwas los, die Leute dehnten das Wochenende bis zur letzten Sekunde aus, bevor am nächsten Tag wieder die Arbeit begann.

Aus der Dunkelheit tauchte eine weiße Gestalt auf: Rita, die allein zurückkam. Ich trat von der Balkonbrüstung zurück, damit sie mich nicht sah. Ich ging zurück in mein Zimmer. Ein paar Minuten verstrichen, während deren sie vermutlich den schäbigen Personalaufzug nahm, den ohne Spiegel. Ich hörte, wie sie Thiago begrüßte. Wie er mit seiner hohen Stimme »Rita!« rief und noch etwas anderes, das ich nicht verstand. Sie verhielt sich professionell, das war alles. Armer Thiago. Er liebte Rita ebenso sehr, wie ich es in seinem Alter getan hatte, und er würde sie verlieren. Irgendwann nickte ich ein. Ich weiß nicht, wie lange ich schlief, aber ich wachte auf, als Rita den Kopf durch die Tür zu meinem Zimmer hereinsteckte. In der Dunkelheit war ihr Gesichtsausdruck nicht zu erkennen.

»Das Abendessen ist fertig«, sagte sie, so als sei nichts passiert.

»Ich komme gleich.«

Ich wusch mir kurz das Gesicht, dann ging ich ins Wohnzimmer. Das Essen stand bereits auf dem Tisch – Backfisch, Reis und Salat –, und die Küchentür war geschlossen. Es drangen keine Stimmen daraus hervor. Thiago und ich aßen zu zweit. Er las wieder eins von seinen Comic-Heften, schmatzte und wippte mit den Beinen unter dem Tisch. Ich beträufelte den Fisch mit reichlich Limettensaft, aber er schmeckte nach nichts. Meine Sinne waren abgestumpft.

»Fertig!«, rief Thiago und legte die Gabel auf den Tisch.

Er rannte ins Fernsehzimmer, und wenige Sekunden später ging der Fernseher an – eine Comedy-Sendung mit aufgezeichnetem Gelächter. Ich hörte, wie er kichernd in das Lachen einfiel. Rita betrat das Esszimmer, um die Teller abzuräumen. Ihr Blick war seltsam, abwesend. Ich sehnte mich danach, dass sie mich in den Arm nahm und mir sagte, was für ein wunderbares Kind ich war.

»Hat es dir nicht geschmeckt?«, fragte sie. »Du hast kaum etwas gegessen.«

»Doch, es war sehr lecker«, sagte ich und spürte, wie mein Körper vor Angst erkaltete.

»Keinen Hunger?«

»Ja, einfach keinen Hunger.«

Sie wich meinem Blick aus und konzentrierte sich auf die Teller. Verschwunden war ihr Lachen, und Hass entströmte ihrem abgewandten Blick, ihrem ausdruckslosen Gesicht, ihren schnellen Bewegungen. Ich spürte ihr brennendes Urteil auf mir. Doch sie war eine gute Schauspielerin – schon immer. Ich stand auf, um ihr zu helfen, den Tisch abzuräumen, und sie zuckte überrascht zusammen.

»Hey, lass das, das ist meine Arbeit!«

»Gehört es auch zu deiner Arbeit, mit meinem Vater zu schlafen?«

Ihr Kopf fuhr hoch, und sie kniff die Augen zusammen. Sie hatte mich noch nie so angesehen, derart verächtlich. Dann senkte sie den Blick wieder und stapelte die Teller und Schüsseln übereinander.

»Du glaubst, dein Vater und du, ihr wart die Ersten?«, fragte sie. »Das wart ihr nicht.«

»Was soll das heißen?«

»Zum Glück haben sich die Zeiten geändert. Wir sind nicht euer Eigentum, und das Baby auch nicht.«

»Es ist aber weg, das Baby, oder?«

Sie antwortete nicht.

»Es ist doch weg, oder?«, wiederholte ich.

Rita ging auf die Küche zu, trug die Teller auf dem Arm, ihre Flip-Flops klatschten über den Fußboden. Ein Schweißtropfen rann von meiner Achselhöhle bis zu meiner Taille hinunter. An der Tür zur Küche blieb sie stehen und drehte sich um.

»Ich bin eine wahre Christin«, sagte sie, »im Gegensatz zu deinem Vater.«

»Sie wird es bekommen? Bitte, Rita, ich muss es wissen.«

»Vergiss es einfach. Vergiss uns. Das dürfte nicht allzu schwer sein.«

Sie ging in die Küche und begann, ein Lied zu summen, als wäre sie bester Laune. Vielleicht half es ihr zu vergessen. Ich musste ebenfalls vergessen. Bloß eine Nacht lang. Also rief ich Daniela an und bat sie, mit mir auszugehen.

»Tut mir leid, ich lerne«, sagte sie.

»Mach doch einfach eine Pause – ich will dich sehen.«

»Ich kann nicht. Wir sind schon zwei Abende hintereinander weggegangen.«

»Komm schon, ich will mich bloß ein bisschen amüsieren.«

»Was ist denn mit dir los?«, fragte sie lachend. »Normalerweise bist du immer derjenige, der nicht weggehen will.«

»Okay, vergiss es«, sagte ich, »ist schon in Ordnung.«

»Tut mir leid, *amor*!«

Das Wort ließ mich zusammenfahren.

Nachdem ich aufgelegt hatte, verließ ich die Wohnung. Ich sagte weder Thiago noch Rita Bescheid, dass ich wegging. Ich lief die Straße hinunter, vom Strand weg, und ging in eine kleine Bar, an der ich schon etliche Male vorbeigekommen war, sie aber noch nie betreten hatte. Die Art Bar, die man in Ipanema an jeder Straßenecke fand – zumindest im Jahr 1986. Drinnen saß die übliche Ansammlung von Männern und Frauen, aber überwiegend Männer, auf Stühlen an Tischen, die sich bis auf den Gehsteig erstreckten, und tranken kaltes Bier, aßen, rauchten und lachten. Die meisten von ihnen wirkten ein wenig verwahrlost, waren mittleren Alters oder älter, abgesehen von einem kleinen Mädchen, das dort mit seinen Eltern zu Abend aß. Draußen war es heiß, aber drinnen war es noch heißer, und ein ineffizienter

Ventilator schwirrte an der Decke, wirbelte die heiße Luft auf. Ich saß draußen und bestellte mir ein *chopp* – ein Bier vom Fass. Die Leute blickten zu mir herüber, wie ich allein dort saß und trank, wandten sich aber kurz darauf wieder ihren Unterhaltungen zu, die von gedämpft über angeregt und hysterisch bis hin zu ohrenbetäubend reichten. Ich trank mein Bier rasch aus und bestellte mir das nächste. Das ging ebenfalls gut runter. Ich versuchte, den leichten Pissgeruch zu ignorieren, der vom Straßenpflaster aufstieg.

Als ich mein viertes Bier zur Hälfte getrunken hatte, sah ich sie die Straße entlanggehen: Papai und Luana. Sie trug immer noch ihre Uniform, doch sie war zerknittert, und ihr Gesicht sah müde aus. Sie ging ungelenk, hatte sich bei meinem Vater untergehakt – das Eigenartigste, was ich je gesehen hatte. Sie hatte es also doch getan. Rita hatte gelogen. Ich hielt mir die Speisekarte vors Gesicht, damit sie mich nicht sahen, aber sie blickten nicht einmal in meine Richtung. Sie gingen einfach weiter.

Irgendwann in dieser Nacht saß ich plötzlich an einem anderen Tisch und lachte brüllend mit drei Kerlen um die fünfzig und sechzig, alle lässig gekleidet, mit T-Shirts und Shorts, doch der Geruch nach Geld umwehte sie. Es hatte irgendetwas mit ihrem beleibten Selbstvertrauen, ihren nasalen jüdischen Akzenten und der schroffen Art, mit der sie ihre Getränke bestellten, zu tun. Der Älteste von ihnen trug eine Tätowierung aus einem Konzentrationslager auf dem linken Unterarm, und aus dem Kragen seines T-Shirts spross krauses weißes Haar. Ich konnte mich nicht erinnern, mich zu ihnen an den Tisch gesetzt zu haben oder dass sie mich herübergerufen hatten – ich war bloß auf einmal da.

»Was machen Sie denn beruflich, *senhores*?«, fragte ich.

»Wir machen so dies und das«, sagte einer von ihnen.

»Alles, was Geld bringt«, sagte der Mann mit der Tätowierung und lachte.

Sie bestellten Steak-Sandwiches und eine weitere Runde kühle *chopps*, schoben mir Pommes frites auf den Teller, die ich gierig hinunterschlang, und erheiterten mich mit Geschichten über Polizisten und Banditen.

»Einmal hat ein Typ versucht, mich auszurauben, indem er mir eine Kokosnuss an den Kopf warf. Ich habe sie zurückgekickt und ihn damit ausgeknockt. Als wär ich 'n verfluchter Fußballgott wie Zico.«

»Lügen, Lügen, nix als Lügen!«

»Ich schwör's euch! Eine Kokosnuss! Ich musste einen Krankenwagen für den armen Kerl rufen.«

»Was ist mit dir, *menino* – bist du schon mal überfallen worden?«

Ich war unglaublich betrunken, brachte es aber irgendwie zustande, ein wenig anzugeben, indem ich Geschichten aus dritter Hand zum Besten gab, von all den Leuten, die bei Raubüberfällen erschossen worden waren (die meisten davon waren bloß Bekannte oder Bekannte von Bekannten gewesen). Von einer wusste ich aber, dass sie der Wahrheit entsprach: Einer meiner Lehrer war vor seinem Haus in Humaitá von einem Jugendlichen erschossen worden, der sich dann mit seiner billigen Armbanduhr und seinem fast leeren Portemonnaie aus dem Staub machte. Das war etliche Jahre her, ich war damals in Thiagos Alter gewesen. »Rio de Janeiro«, sagte der tätowierte Mann und schüttelte den Kopf. »Was für ein Dreckloch.«

Ich warf einen weiteren Blick auf die Tätowierung auf seinem Arm, und er bemerkte es.

»Schon mal so ein *tatuagem* gesehen?«, fragte er.

»Verzeihung, ich wollte nicht daraufstarren. Nein, habe ich nicht.«

»Kein Problem. Die Leute starren ständig darauf. Ich habe schon überlegt, es entfernen zu lassen, aber wozu? Dadurch wird meine Erinnerung ja auch nicht ausgelöscht.«

Er blickte auf sein Getränk hinunter, seine fröhliche Stimmung war verflogen. Seine Freunde schwiegen, schüttelten mitfühlend den Kopf, hatten es alles schon mehrfach gehört. Der Mann zeigte mir ein Schwarz-Weiß-Foto von seiner Mutter, das er im Portemonnaie bei sich trug – eine braunhaarige Frau mit traurigen Augen, als hätte sie ihr Schicksal vorhergeahnt. Er stammte aus Polen, erzählte er mir, aber er habe nicht die leiseste Absicht, jemals dorthin zurückzukehren. Seine Augen waren feucht. Sie waren hell, so wie ihre. Meine Mutter ist auch tot, hätte ich beinahe gesagt, tat es aber nicht. Wir tranken mehr Bier und sprachen über etwas anderes.

Ich erwachte vom Meeresrauschen und davon, dass mich jemand in die Rippen pikte. Als ich die Augen aufschlug, stand ein alter schwarzer Mann in abgerissener Kleidung über mir, einen Stab, mit dem er Abfall sammelte, in der Hand.

»*Menino*, wach auf«, sagte er mit kratziger Stimme. »Wach auf.«

Ich lag mit dem Gesicht im Sand, mein Körper verschwitzt und steif. Ich leckte mir über die Lippen und schmeckte Salz. Mein rechter Fuß tat weh. Dunkel erinnerte ich mich an den Nachttisch. Warum hatte ich das getan?

»Lass mich in Ruhe«, sagte ich.

»Lebst du noch?«

»Leider ja.«

Ich setzte mich auf und blickte geradeaus. Es war früh am Morgen; das verrieten mir der weiße Himmel, der leere Strand und die beinahe kühle Meeresbrise.

»Warum schläfst du hier draußen?«

»Ich weiß es nicht. Ich kann mich nicht erinnern.«

»Du solltest nach Hause gehen, bevor sich deine Mutter Sorgen macht.«

Eine Sekunde lang erinnerte ich mich nicht, doch dann fiel es mir wieder ein.

»Meine Mutter ist tot«, sagte ich.

»Das tut mir leid. Meine auch.« Natürlich ist sie das, dachte ich. Du bist schließlich alt.

Eine graue schaumige Welle bauschte sich auf dem Meer auf, mehrere Meter hoch, und zerschellte am Strand. Alles sah so dreckig aus – das Wasser, der Sand, der Himmel.

»Machen Sie sich keine Gedanken«, sagte ich. »Kann ich einfach nur eine Weile hier sitzen bleiben?«

»Natürlich. Ich wollte nur sichergehen, dass du nicht tot bist. Manchmal finden wir hier Leichen.«

»Wirklich?«

»Manchmal Betrunkene. Sie ertrinken und werden dann an den Strand gespült. Manchmal Ermordete. Letzte Woche haben wir zwei Kinder gefunden – zehn Jahre alt, vielleicht jünger, beide erschossen. Es war entsetzlich.« Er hielt inne. »Na, immerhin lebst du noch. Ich lass dich jetzt allein.«

»Danke.«

Als ich aufstand, bemerkte ich, dass ich keine Schuhe mehr anhatte. Entweder verloren oder geklaut, während ich geschlafen hatte. Mein Portemonnaie war ebenfalls verschwunden, aber immerhin hatte ich noch meinen Schlüssel. Ich besaß keine Erinnerungen mehr an letzte Nacht, außer dass ich mit diesen jüdischen Männern getrunken hatte. Keine Erinnerungen daran, wer meine Sachen geklaut hatte. Barfuß hinkte ich heimwärts. Die Leute starrten mich an, weil ich zu reich und zu weiß für einen Landstreicher war. Als ich unser Haus betrat, musterte mich Marcelo, der *porteiro*, mit bestürztem Gesichtsausdruck von oben bis unten.

»Geht es dir gut, André?«, fragte er.

»Ja. Ich glaube schon.«

»Du verteilst hier überall Sand!«

»Das tut mir leid. Ich helfe Ihnen gern beim Saubermachen, sobald ich geduscht habe.«

»Nicht nötig, ich kümmere mich schon darum«, sagte er mit säuerlichem Gesichtsausdruck. »Aber benutz bitte den Personalaufzug.«

In der Wohnung war es still. Sie schlafen alle noch, dachte ich. Ich warf meine Kleider im Waschbereich auf den Boden, duschte kalt und lief in meinen Boxershorts durch die Wohnung, schwitzte schon wieder. Ich spürte, dass eine Hitzewelle im Anmarsch war. Es war Dezember – wieder Sommer. Die Luft war feucht und schwer, die Wohnung erfüllt von Sonnenschein, Verkehrslärm und Vogelgezwitscher, die durch die geöffneten Fenster hereinsickerten – so wie Rita es mochte.

»Frische Luft heilt alles«, hatte sie immer zu mir gesagt, als ich noch ein kleiner Junge gewesen war.

Nach einem Wutanfall war sie immer mit mir zum Arpoador spaziert, hatte mir ein Eis und sich eine Kokosnuss gekauft. Ich wich den schwarzen Stellen auf dem schwarz-weiß gemusterten

Straßenpflaster immer aus. Selbst durch die Sandalen spürte ich die Hitze der Steine. Beim Arpoador angelangt, tauchten wir die Zehen ins Wasser und beobachteten, wie die Surfer hin und her geschubst wurden.

»Und? Fühlst du dich jetzt besser?«, fragte sie dann, und natürlich tat ich das.

Vielleicht waren die *empregadas* einkaufen. Und mein Vater bei der Arbeit. Thiago schlief vielleicht noch. Ich warf einen Blick ins Fernsehzimmer, ins Wohnzimmer, in die Küche und in Luanas und Ritas kleines Schlafzimmer hinter der Küche, das schlicht und sauber war – zwei schmale Betten, bezogen mit ausrangierter Cartoon-Bettwäsche. Die Marienstatue aus Porzellan wachte immer noch über sie. Eine ihrer Hände war abgebrochen und hatte ein Loch hinterlassen.

»Rita?«, rief ich, während ich über den Flur ging. »Luana?«

Ich wusste es noch nicht, aber sie hatten uns verlassen. Das würde mir später klar werden, als ich vom Mittagessen mit Dani zurückkehrte – bei dem ich ihr nichts, absolut gar nichts erzählte – und bemerkte, dass mein Bett immer noch nicht gemacht war. Und dann kam mein Vater nach Hause. Er erzählte mir, sie seien zurück nach Vidigal gegangen, das Baby sei tot, ich sollte mein Leben weiterleben und wir bräuchten nie wieder darüber zu reden.

Das war mehrere Stunden später.

Am Morgen wusste ich noch nichts.

Ich war bloß ein verkaterter Teenager, der Hunger hatte.

Ich ging in die Küche und durchstöberte trübsinnig den Vorratsschrank und den Kühlschrank, nahm die verschiedenen Fleischsorten, das Obst, das Brot und die Konservengläser mit Bohnen in Augenschein. Ich holte mir ein Brötchen, Butter und

Schinken aus dem Kühlschrank, schnitt das Brötchen auf und bereitete mir zum ersten Mal in meinem Leben selbst das Frühstück zu.

23

Ein paar Wochen nachdem Rita und Luana ausgezogen waren, begann ein neues Jahr – 1987 – und mit ihm meine Träume von einer Flucht. Daniela machte mit mir Schluss, sagte, sie wolle ihr Studium unvorbelastet beginnen. Wir hatten ein letztes Mal Sex, und danach weinte sie. Aber sie war glücklich, sagte sie. Es war bloß überwältigend, dass sich alles veränderte. Papai und ich waren stillschweigend übereingekommen, nie wieder über Luana zu sprechen, doch ihre Gegenwart war auch so überall zu spüren. Er stellte eine neue *empregada* ein, Edilene, die freundlich, aber eine Fremde war. Ich hatte die Aufnahmeprüfungen für die UFRJ bestanden, doch insgeheim schmiedete ich Pläne für ein neues Leben. Ich kaufte ein One-Way-Flugticket nach Madrid – die Stadt war willkürlich gewählt. Was zählte, war der Kontinent. Und das Wichtigste: Seit meinem achtzehnten Geburtstag hatte ich Zugriff auf mein Erbe, amerikanische Dollar auf einem Schweizer Bankkonto. Papai hatte andere Pläne für das Geld – es sollte mir den Weg in die Zukunft ebnen –, aber das Konto lief auf meinen Namen. Ich dankte Mamãe jeden Abend dafür, bevor ich zu Bett ging, so wie die meisten Menschen Gott danken.

Ich wusste, dass Papai dagegen wäre, deshalb behielt ich es für mich. Ich wählte einen Tag aus, an dem Edilene freihatte, einen Montag. Im Gegensatz zu Rita und Luana hatte sie jeden

Sonntag und Montag frei. Papai war bei der Arbeit, Thiago in der Schule. Ich versandte Briefe an Dani und Carlito, in denen ich nichts erklärte, und hinterließ zwei weitere auf dem glänzenden runden Esstisch, für Papai und Thiago. Am meisten tat es mir für Thiago leid. Ich ließ ihn allein zurück, bei einem Mann, den er kaum kannte, und mit einer *empregada*, die eine vollkommen Fremde für ihn war. Ich schrieb, ich werde bald zurückkehren, und verschwand, ohne auch nur einmal zurückzublicken.

Seither habe ich nur noch sehr selten in unserer alten Wohnung übernachtet. Sobald ich es mir leisten konnte, buchte ich mir für meine Aufenthalte in Rio grundsätzlich ein Hotel. Papai war deswegen verstimmt. Das hörte ich an seiner brüchigen Stimme, wenn ich vor einem weiteren Besuch ein Ferngespräch mit ihm führte. Nachdem er seine Schönheitsklinik verkauft und sich zur Ruhe gesetzt hatte, wurde er alt – älter, als er eigentlich war. Er war ergraut, untersetzt und lebte allein mit seiner *empregada*. (Mir fällt der Name seiner letzten *empregada*, Edilenes Nachfolgerin, nicht mehr ein.) Ich besuchte ihn zu Hause, weigerte mich aber, dort zu übernachten. Von jeder Wand, von jedem Möbelstück schrie mir die Vergangenheit entgegen. Das Sofa, auf dem wir uns Telenovelas angesehen hatten, die Küche, in der ich Luana beim Kochen zugesehen hatte, der runde Esstisch, mein Bett, das nun dauerhaft abgezogen war. Die Wohnung hatte sich nicht verändert, aber wir schon. Als Teenager hatte Thiago uns in London besucht, und ich erzählte ihm die ganze Geschichte. Das meiste davon überraschte ihn nicht, doch als ich ihm sagte, dass Luana Papais Tochter war, fing er an zu weinen; er hatte keine Ahnung gehabt. Am Ende seines Urlaubs hatte er keine Lust, nach Rio zurückzukehren. Aber er tat es trotzdem, wurde erwachsen und zog aus. Papai lehnte ihn ab; ihm missfiel seine Art, zu sprechen, sich zu bewegen, und dass er so viel Zeit mit anderen jungen Männern auf der Rua Farme de Amoedo verbrachte, und, allem voran, seine Berufswahl: Er war Psychotherapeut geworden, inspiriert von Tante Lia.

Nach und nach verlor ich den Kontakt zu den meisten meiner Freunde. Wenn ich in Rio zu Besuch war, lief ich ihnen manchmal in Zona Sul auf der Straße über den Weg. Wir lachten, dachten an die alten Tage zurück und schmiedeten Pläne, die wir nie in die Tat umsetzten. Ein paarmal ging ich mit Daniela Kaffee trinken, aber es fühlte sich an, als stünde eine Wand zwischen uns. Sie wollte über die Vergangenheit reden, ich nicht.

»Als wir damals zusammen waren«, sagte sie einmal zu mir, »dachte ich, du wärst in eure *empregada* verknallt.«

»Was redest du da?«, sagte ich.

Sie lachte.

»Du warst in sie verliebt, das habe ich dir angemerkt.«

Einige Jahre später sah ich sie Hand in Hand mit Gabriel über die Rua Visconde de Pirajá spazieren. Sie sahen mich nicht. Ich ging einfach weiter.

Ein paarmal traf ich mich während meiner Rio-Aufenthalte mit Carlito, doch wir schienen jedes Mal weniger gemeinsam zu haben. Er arbeitete für seinen Vater und wohnte zu Hause, seine Mutter und ihre *empregada* kümmerten sich um ihn. Er überraschte mich ein paar Wochen nach meiner Hochzeit mit einem Anruf in London. Er musste die Nummer von Papai bekommen haben.

»Du hast geheiratet?«, rief er, bevor er überhaupt hallo gesagt hatte; in seiner Stimme schwang die altgewohnte Freundlichkeit mit. »Wo war meine Einladung, *cara*?«

Wir hatten schon seit einer Weile nicht mehr miteinander gesprochen.

»Es war eine ganz kleine Hochzeit«, sagte ich. »Wir hatten bloß zwei Gäste.«

»Du Spielverderber, wie langweilig!«, scherzte er. »Okay, ich verzeihe dir, aber das nächste Mal, wenn du in Rio bist, möchte ich diese Gringa kennenlernen.«

»Das wirst du, das wirst du.«

Ich löste mein Versprechen einige Monate später ein, als ich Esther zum ersten Mal mit nach Rio nahm. Sie war von Carlito entzückt, so wie alle es immer gewesen waren. Wir gingen in Copacabana Sushi essen und unterhielten uns stundenlang. Ich war froh, dass sie mit mir dort war, froh, ihm zu zeigen, dass ich es gut getroffen hatte.

Als er später bei einem bewaffneten Raubüberfall starb – durch einen Kopfschuss –, hatten wir bereits seit über einem Jahrzehnt nicht mehr miteinander gesprochen. Thiago berichtete mir in einer E-Mail davon. Ich wusste nicht, wem gegenüber ich mein Beileid ausdrücken sollte. Ich kannte Carlitos Frau und Kinder nicht – wusste nicht einmal, wie sie hießen –, deshalb schrieb ich eine Karte an seine Eltern und schickte sie an ihre alte Wohnung in der Rua Farme de Amoedo. Als ich Esther davon erzählte, brach sie in Tränen aus, obwohl sie ihn nur einmal getroffen hatte. Sie ermutigte mich, zu seiner Beerdigung zu gehen, doch ich brachte es nicht über mich. Ich wäre dort nicht willkommen gewesen. Ich hatte ihn im Stich gelassen.

24

I

Ich stand in einer Telefonzelle in Saint-Germain-des-Prés in Paris. Der feuchte europäische Winter wich allmählich dem Frühling: blühende Bäume, lachende junge Leute auf den Straßen. Doch ich trug immer noch meinen Wintermantel. Ich fand Paris aus den gleichen Gründen zauberhaft wie jeder andere auch. Ich wählte unsere alte Nummer und lauschte dem Ton in der Ferne, diesem langgezogenen Tuten. Es klingelte zwei Mal.

»*Alô?*«, sagte Papai.

Als ich seine Stimme hörte, machte ich mir vor Angst fast in die Hose, spürte eine freudige Panik.

»Pai, ich bin's«, sagte ich.

Stille. Einen Moment lang fragte ich mich, ob er vergessen hatte, wie meine Stimme klang.

»Ich bin es, André.«

»Ich weiß, wer es ist.«

Er klang außer Atem. In seiner Stimme war nicht einmal ein Anflug von Herzlichkeit zu hören.

»Ich bin in Paris«, sagte ich.

»Das ist sehr schön für dich.«

»Willst du mich denn gar nichts fragen?«

»Was denn zum Beispiel?«

»Ich weiß es nicht. Ist ein Weilchen her. Wie geht es dir?«

»Was willst du wissen, André? Ob wir uns Sorgen um dich gemacht haben? Ja, natürlich haben wir das. Thiago ist am Boden zerstört. Und deine Freunde ebenfalls. Daniela hat dich gesucht und kam in der Woche, in der du verschwunden bist, vorbei und ist hier im Wohnzimmer zusammengebrochen. War es das, was du wissen wolltest?«

»Hast du es ihr erzählt?«

»Nein, natürlich nicht.«

»Es war keine einfache Entscheidung.«

»Für mich klingt es ausgesprochen einfach, sein Leben hinzuschmeißen und sich in Paris zu amüsieren. Das Geld war für deine Zukunft gedacht.«

»Das ist die Zukunft«, sagte ich.

»Nein, es ist deine Jugend. Wann kommst du zurück?«

»Ich weiß es nicht.«

Ich wollte mich nach Luana erkundigen – wusste er, wo sie jetzt arbeitete? –, doch dafür war es noch zu früh. Ein anderes Mal.

»André, du hast eine Dummheit begangen, aber es ist vorbei. Hast du mich gehört? Es ist vorbei, *filho*. Wir sind deine Familie. Wir warten auf dich.«

»Ist Thi da?«

»Nein, er ist unterwegs. Ich richte ihm aus, dass du angerufen hast. Er wird traurig sein, dich verpasst zu haben. Wo warst du denn eigentlich bisher? Bloß in Paris?«

»In Madrid, Barcelona, Andalusien, der Sierra Nevada, überall in Spanien. Und danach in Portugal. Es ist kalt da, nicht die richtige Jahreszeit.«

»Da drüben gibt es einen Winter«, sagte Papai, und seine Stimme wurde sanfter. »Das hast du nicht bedacht, stimmt's?«

»Nicht so richtig.«

»Wie lautet deine Telefonnummer?«

»Ich rufe von einer Telefonzelle aus an.«

»Aber wo wohnst du?«, fragte er.

Er klang so alt und traurig. Dabei war er erst um die vierzig. Vielleicht bildete ich es mir auch nur ein. Ich gab ihm die Telefonnummer meines Hostels.

»Ich bleibe aber nicht mehr lange dort«, sagte ich. »Ich werde noch weiterreisen.«

»Eines Tages wirst du aufhören.«

»Eines Tages, ja.«

»*Pelo amor de Deus*, melde dich wieder.«

II

In London war es kalt, sogar im Juni. Ich hatte mich in einem Hostel am King's Cross einquartiert. Damals wimmelte es in der Gegend vor Prostituierten, Obdachlosen und dem Durchgangsverkehr. Jedes Mal, wenn ich die U-Bahn verließ, erhielt ich eindeutige Angebote, doch ich bevorzugte die Gesellschaft eines argentinischen Mädchens aus meinem Hostel, Violeta, das mit zwei Freundinnen reiste. Violeta hatte neugierige braune Augen, dunkle Haare und einen runden *bumbum*, der mich an die Mädchen in Ipanema erinnerte. Wir unterhielten uns auf Portuñol, vögelten in den Duschen und schauten uns zusammen die Sehenswürdigkeiten an: das British Museum, das Victoria and Albert Museum, das Natural History Museum, den Tower of London, die Themse – es zog mich immer wieder an den Fluss zurück. Er hatte rein gar nichts mit dem Amazonas gemein. Er war schmaler, kürzer und dreckiger, und hohe Gebäude ragten zu beiden Ufern auf. Londons Geschichte reicht weiter zurück. Es ist einfacher, sich darin zu verlieren, sie sich überzustülpen.

Wir verbrachten zwei Wochen auf diese Weise, verbummelten unsere Zeit. Violetas Freundinnen hatten irgendwann die Nase voll von uns und flogen als nächste Station ihrer Reise nach Granada. Allesamt Kinder reicher Eltern, so wie ich, die ihre Jugend noch ein bisschen in die Länge ziehen wollten. Keiner von uns dachte viel an zu Hause. Als unser gemeinsamer Monat zu Ende ging, stahl sich Violeta bei Morgengrauen davon, hinterließ mir eine Nachricht – und ich bekam eine Kostprobe meines eigenen Verhaltens. Ich flog zurück auf den Kontinent.

III

Die Berliner Mauer. Die französischen Alpen im Sommer. Weiße Jachten, die an der Côte d'Azur erstrahlten. Venedig, Sizilien, Florenz. In Rom war es genauso heiß wie in Rio, aber irgendwie weniger erträglich. Ich bewegte mich im Schatten und kühlte mir in den Springbrunnen die Arme. Trank allein ein Bier am Trevi-Brunnen – was für ein Klischee –, aber *Das süße Leben* war einer von Mamães Lieblingsfilmen, und nichts fühlt sich wie ein Klischee an, wenn man neunzehn ist. In Athen kaufte ich mir Kontaktlinsen und verstaute meine Brille ganz unten in meiner Tasche, bis sie kaputtging. Die Akropolis, die Ionischen Inseln, Korfu. Damals waren nicht viele Brasilianer in Europa unterwegs – mit ihrem erdrückenden Gestank der Heimat –, und den wenigen, denen ich begegnete, ging ich aus dem Weg. Die italienischen Mädchen erinnerten mich an Brasilien. Ich reiste zurück nach Italien. Mein Englisch wurde besser. Immer wenn ich an Luana denken musste, versuchte ich, mich auf andere Gedanken zu bringen. Ich betrank mich. Ich las Bücher und ging in Museen. Ich schwamm im Mittelmeer, in Flüssen und überfüllten Schwimmbecken. Ich rauchte zum ersten Mal Gras. Ich schlief mit anderen Mädchen. Die Lücke zwischen der Vergangenheit und der Gegenwart wurde immer größer, bis ich kaum noch an sie dachte.

Als es Herbst wurde, lernte ich in einer Bar in Venedig zwei Mädchen kennen. Eine dunkelhaarige Irin mit leicht vorstehenden Zähnen und eine blonde, gesund aussehende Deutsche. Beide waren über zwanzig – ältere Frauen! Sie reisten durch Europa, vertrödelten ihre Zeit, kein Ende in Sicht. Gegen zwei Uhr morgens kam ich aus dem Badezimmer zurück, das deutsche Mädchen war ausgegangen – wie enttäuschend –, und das irische Mädchen lud mich auf sein Zimmer ein.

Mein Kopf zwischen zwei dicke weiße Schenkel geklemmt. Ihre Stimme leicht und hoch. Vögel erwachten, Licht lugte durch die Jalousien herein. Als ich in ihr kam, verschwamm und flimmerte ihr Zimmer. Kurz danach schlief sie ein – eine blasse, kurvige Masse, die sich hob und senkte. An ihren Namen kann ich mich nicht erinnern. Ich bezweifle, dass sie meinen noch weiß. Ich ging zurück zu meinem Hostel, über Brücken, die dunkelgrüne Kanäle überspannten, berauscht von meinem erwachsenen Leben, verdrängte Gefühle der Schuld oder Scham. In Europa war es früh am Morgen, ich war jung und wusste alles.

IV

Eine Telefonzelle in Byron Bay, ein paar hundert Meter vom Meer entfernt. Ich trug Shorts, Flip-Flops und ein altes T-Shirt. Es war Februar, ein Jahr später. Die Ausläufer des australischen Sommers. Seitdem ich Europa verlassen hatte, war ich nicht einem einzigen Brasilianer begegnet. Weder in Thailand, wo sich die Mädchen nicht für mich interessiert hatten – sofern ich nicht zu zahlen bereit war –, noch in Goa, wo eine Hotelangestellte versucht hatte, sich in merkwürdig verstümmeltem Portugiesisch mit mir zu unterhalten. Die Kolonialgebäude sahen genauso aus wie die bei uns zu Hause; das Wetter war ebenfalls gleich. Als ich eines Tages durch Velha Goa spazierte, hatte ich das Gefühl, Rio in der Luft zu schmecken – grün und feucht, ein süßer Hauch von Fäulnis. Ich blieb nicht lange.

»Wo bist du jetzt?«, fragte Papai.

»In Australien.«

»Australien?! Als wir das letzte Mal telefoniert haben, warst du in Italien.«

»Das war vor Ewigkeiten.«

Mehrere Monate fühlten sich an wie mehrere Jahre. Heute verfliegen die Monate wie Stunden.

»Ist alles in Ordnung?«, fragte ich.

»Das Land ist ein einziges Chaos«, sagte er.

»Was meinst du damit?«

»Die Inflation ist außer Kontrolle geraten. Guckst du keine Nachrichten?«

»Sie berichten hier nicht über Brasilien.«

Ich guckte keine Nachrichten. Ich sah so gut wie gar nicht fern.

»Das Land geht vor die Hunde«, ereiferte sich Papai. »Unser Geld ist nichts mehr wert. Jede Woche wird alles noch teurer.«

»Das klingt furchtbar«, sagte ich, nahm es aber kaum zur Kenntnis.

»Wie geht es Thiago?«

»Wirklich schade, dass du seinen Geburtstag vergessen hast. Du hast nicht einmal angerufen.«

»Hat er mein Geschenk nicht bekommen? Ich habe es aus Indien geschickt.«

»Indien?!«

»Einen Holzelefanten.«

»Er ist nicht angekommen.«

Thiago war neun Jahre alt. In ein paar Monaten würde ich zwanzig werden.

»Pai«, sagte ich. »Ich muss dir etwas sagen.«

Bei der Erinnerung an mein letztes Geständnis zuckte ich zusammen. Das Schamgefühl von damals steckte mir immer noch in den Knochen. Es war ein Teil von mir; es würde mich nie wieder verlassen.

»Was?«, fragte er.

In der Leitung knisterte es. Ich blickte zur Straße hinüber, um mich innerlich zu wappnen. Eine blonde Hippie-Familie ging vorbei, Hand in Hand: Mutter, Vater und ihr kleiner Sohn, in Ethno-Print-Kleidern, Glasperlen baumelten in ihren Haaren. Der Vater hob das Kind in die Luft, und sie lachten alle.

»Ich komme nicht nach Rio zurück«, sagte ich. »Ich gehe nach London.«

»Was?«

»Ich werde dort Medizin studieren.«

»Das ist lächerlich.«

»Du brauchst mir kein Geld zu schicken – ich habe genug.«

»Glaubst du, mir geht es ums Geld? *Meu Deus do céu.*«

Ich erinnere mich noch an jede Einzelheit: das Stück Ozean am Ende der Straße, das zwischen niedrigen Gebäuden hindurchschimmert, an meine drei amerikanischen Freunde, Alex, Jess und Jason, die lächelnd auf mich zukommen. Ich hatte sie in einem Hostel kennengelernt. Sie kannten sich kaum, aber im Gegensatz zu mir fühlten sie sich von ihren Landsleuten magnetisch angezogen. Jess besaß mit ihren schwarzen Locken und ihrer hellbraunen Haut eine gewisse Ähnlichkeit mit Luana, aber ansonsten war sie vollkommen anders als sie – groß, athletisch und durchdrungen vom Selbstvertrauen der gehobenen Mittelschicht.

»Ich weiß nicht, was ich dazu sagen soll«, sagte Papai. »Du bist erwachsen – es ist dein Leben.«

Ich hörte ihm kaum zu. Ich blickte nach oben, blinzelte in die Sonne, winkte meinen Freunden zu.

»Hey, André!«, rief Jess. (Ich hatte mich daran gewöhnt, dass die Leute meinen Namen Onn-dräi aussprachen, statt An-dreh.) »Telefonierst du immer noch mit deinem Dad?«

Ich reckte die Hand in die Höhe und sagte lautlos: »Noch eine Minute!«

Die Amis hielten Plastiktüten mit kaltem Dosenbier hoch. Ich fühlte mich dümmlich glücklich, weil ich in wenigen Sekunden den Hörer auflegen und in meinen Traum zurückkehren würde.

»Vielleicht ist es besser so«, sagte Papai.

»Was ist besser?«, fragte ich.

»Dass du nach London gehst. Dieses Land ist am Ende.«

Na hoffentlich, dachte ich. Dann muss ich nie wieder dorthin zurück.

»Pai«, sagte ich. »Es tut mir leid, aber ich muss jetzt los.«

Später an jenem Abend, nachdem wir das Bier getrunken hatten, küsste ich Jess am Strand, unterlegt vom Soundtrack der Wellen und Bongos (wie gesagt, nichts fühlte sich wie ein Klischee an). Am nächsten Tag reiste sie nach Sydney, um von dort nach Hause zurückzufliegen, und wir versprachen, in Kontakt zu bleiben. Der Kuss blieb in meinem Gedächtnis noch mehrere Monate lebendig, während ich die Ostküste Australiens hinaufreiste, durchs Landesinnere zurück und dann durch Neuseeland. Als ich schließlich in New York ankam, platzte ich vor Vorfreude.

Wir verbrachten fünf Tage zusammen in ihrer Einzimmerwohnung auf der Upper West Side. Unser erster Sex dort war kläglich und kurz – die hohen Erwartungen hatten uns nervös gemacht. Doch das zweite, fünfte und zehnte Mal waren wunderbar, wenn auch bereits von Traurigkeit durchsetzt, weil wir wussten, dass wir uns nie wiedersehen würden. Was Jess wohl heutzutage macht? Vermutlich tippt sie in irgendeinem Büro auf einer Computertastatur herum, so wie die meisten Leute. Ich kann nicht nach ihr suchen, weil ich mich nicht an ihren Nachnamen erinnere. Damals gab es noch keine E-Mails. Ihre Briefe habe ich weggeworfen, nachdem ich mit Esther zusammengezogen war, daher sind meine Erinnerungen lückenhaft. Doch ich erinnere mich noch an ihren durchtrainierten Körper, verbunden durch starke Muskelstränge, perfekt geformt vom jahrelangen Ballettunterricht und Fußballtraining. Ihre leicht geöffneten rosa-braunen Lippen, die nach Luft schnappen.

Die große brasilianische Flagge über ihrem Bett, die sie anlässlich der Fußball-Weltmeisterschaft 1986 gekauft hatte. Ihre amüsierte Bestürzung, dass ich mich nicht erinnern konnte, welches Land in jenem Jahr den Sieg davongetragen hatte: Argentinien, Brasiliens Erzrivale. Spaziergänge durch Manhattan im Sommer.

Jess in einem kurzen bedruckten Kleid und Sandalen. Ihr beherztes, bezauberndes Selbstvertrauen. Der Gestank des Mülls, der gemächlich in der Sonne verfault.

An unserem letzten Abend legte Jess, nachdem wir Sex hatten, Miles Davis' Album *Kind of Blue* auf den Plattenspieler und ging in die Küche, um sich ein Glas Wasser zu holen. Das Zimmer war dunkel, die Küche hell. Draußen hupten Autos. Die Umrisse ihres nackten Körpers im Türrahmen – durchtrainierte Beine, geschwungene Hüften, kurzes gekräuseltes Haar –, ich hatte sie bereits verloren, obwohl ich noch da war. Bereits verloren, also vögelten wir erneut. Als die Sonne aufging, färbte sich das Zimmer blau.

Bereits verloren.

Wenn ich in der Dusche masturbiere, kehre ich zu diesen Erinnerungen zurück.

Wie lautete Luanas Nachname?

25

Oi André,

dies ist mein letzter Brief. Es tut mir leid, dass ich Dir das aufbürde. Nein, eigentlich tut es mir überhaupt nicht leid. Dein Vater sagte, Du wolltest nichts mit uns zu tun haben, aber er ist tot, und mich kümmert es nicht mehr, dafür bin ich zu alt. Du wirst es erfahren, weil ich Dir davon erzählen werde.

Es geschah vor einem Jahr, im Dezember. Aus diesem Grund bin ich im Moment in Belém – weil es ein Jahr her ist. Iracema und Jorge sind auch hier, wir alle zusammen.

Ich werde Dir erzählen, was Francisco zugestoßen ist. Iara hat mir alles erzählt. Eines Abends waren alle Restaurantmitarbeiter nach Hause gegangen, außer Chico und Iara. Wie ich bereits vermutet hatte, waren die beiden seit einigen Monaten ein Paar – das gestand sie mir später. Sie saßen auf einer Bank am Ende des Gartens, mit Blick auf den Fluss. Wer weiß, was sie dort taten, lange nachdem ihre Schicht beendet war? Man kann sich nur seinen Teil denken. Iara sagte, sie hätten sich unterhalten. Chico hatte wohl angedeutet, dass er sie heiraten wollte, aber vielleicht war das auch bloß ein frommer Wunsch ihrerseits. Sie kannten sich kaum. Sie sagte, er habe sie nach Marajó eingeladen, um mich kennen-

zulernen. Chico hat noch nie ein Mädchen mit nach Hause gebracht – das ist nicht seine Art.
Sie wollten gerade aufbrechen, um zu seiner Wohnung zurückzukehren. Er sagte, er müsste vorher noch mal. Er stand auf und ging auf den Fluss zu. *Só Deus sabe*, warum er nicht die Toilette im Restaurant benutzte. So habe ich ihn nicht erzogen, in der Öffentlichkeit zu pinkeln, an einen Baum, in einen Fluss, oder was zum Teufel er auch getan hat. Iara blickte ihm hinterher, bis er hinter ein paar Büschen verschwunden war. Es war dunkel, aber die Nacht lichtete sich bereits. Der Fluss war schwarz. Ich fragte nach allen Einzelheiten. Ich wollte genau wissen, wie es sich angefühlt hatte, damit ich mir einreden konnte, ich sei dabei gewesen. Mir einreden konnte, er sei nicht allein gewesen, als er hineinfiel.
Iara erzählte, die Vögel hätten gezwitschert. Die Sonne ging auf, und sie konnte den Fluss wieder sehen. Sie rief seinen Namen, doch er antwortete nicht. Es passierte so schnell, sagte sie, oder vielleicht war sie zu betrunken, um zu merken, wie die Zeit verging. Sie waren beide betrunken. Sein Leichnam wurde nie gefunden. Der Fluss strömte schnell dahin. Er wurde ins Meer hinausgespült. Vielleicht bis nach London, zu seinem Vater, den er nie kennengelernt hat.
Ich dachte, Du solltest es wissen. Bitte schick Deine Antwort an: info@casadaluana.com.br

Luana

Querida Luana,

es freut mich, von Dir zu hören, aber ich bin nicht sicher, ob ich Dich richtig verstehe. Mein Vater hat mir erzählt, unser Kind sei nie zur Welt gekommen.
Beijos,

André

Hallo André,

er hat sechsundzwanzig Jahre auf dieser Welt gelebt. Sein Name war Chico.
Aber das wusstest Du bereits, oder?

Luana

Liebe Luana, wovon zum Teufel redest Du da? Mein Vater sagte, Du hättest abgetrieben.

André

Wirklich? Du hast ihm geglaubt? Und Du hast mich nie kontaktiert, um zu überprüfen, ob es stimmte, oder um Dich einfach nur zu erkundigen, wie es mir geht? Matheus hat mir gesagt, dass Du nichts von Chico wissen wolltest. Ich war wütend, viele Jahre lang. Ich bin immer noch wütend. Deshalb habe ich Dir die Briefe geschickt.

Mein Vater (unser Vater, möchte ich sagen) hat mir nicht ein Sterbenswort gesagt. Er hat Dich doch in die Klinik mitgenommen – ich dachte, Du hättest die Abtreibung durchführen lassen. Ich habe Euch sogar zusammen zurückkommen sehen. Du hast unseren Sohn bekommen? Und er ist tot? Ist das Dein Ernst?

Noch bevor sie mir antwortet, schreibe ich ihr erneut:

Du hast recht. Ich hätte Kontakt zu Dir aufnehmen sollen. Ich war keine Sekunde auf den Gedanken gekommen, er könnte mich angelogen haben, aber vielleicht hätte ich davon ausgehen sollen – schließlich hatte er seit Jahren gelogen. Doch so oder so hätte ich Dich anrufen sollen. Es tut mir schrecklich leid. Ich war noch ein halbes Kind. Ich wusste nicht, was ich tun sollte.

Ich bin momentan auf der Arbeit. Alle fünf Minuten kommt ein neuer Patient herein, also lege ich mein Handy beiseite, hole die entsprechende Krankenakte hervor und tue so, als interessierten mich ihre Wehwehchen. Ich bin äußerst versiert darin – es besteht keine Gefahr, dass sie es bemerken. Schön, Sie wiederzusehen, Mrs. Gregson, Sie elende Hypochonderin. Ja, ja, hier haben Sie ein Rezept, nehmen Sie zwei davon am Tag, dann geht es Ihnen schon bald besser.

In meinem Posteingang erscheint ihr Name als Luana da Cruz. Sie hat den Namen ihres Mannes angenommen.

Ich war auch noch ein halbes Kind – ein Kind mit einem Baby. Du bist nach Europa abgehauen, während ich ihn allein aufgezogen habe. Meine Mutter hat mir geholfen, aber ich war allein, genau wie sie damals. Es freut mich, dass es Dir leidtut, André, aber verzeihen kann ich Dir nicht.

Ja, wir sind zusammen in die Klinik gegangen, aber ich habe

die Abtreibung letztlich nicht durchführen lassen. Meine Mutter war strikt dagegen. Wir haben dort mehrere Stunden lang diskutiert. Dein Vater versuchte, sie zu überreden. Nachdem sie gegangen war, erzählte er mir von der Affäre mit ihr. Die ganze Situation war vollkommen irrsinnig. Wir weinten beide. Alles brach in sich zusammen. Er redete auf mich ein, ich müsste es tun, weil das Baby krank zur Welt kommen könnte. Doch ich brachte es einfach nicht übers Herz, also ließ er mich gehen. Er gab uns Geld und half uns, eine neue Arbeit zu finden. Ich kann nicht glauben, dass er Dich angelogen hat. Nein, das stimmt nicht. Eigentlich überrascht es mich nicht im Geringsten.
Hier sind zwei Fotos von Chico – eins von seinem fünften Geburtstag in Rio, das andere entstand wenige Wochen vor dem Unfall.

Hallo, Azim. Mir geht es gut, und Ihnen? Meinen Kindern geht es bestens. Und Ihren? Normalerweise plaudere ich gern mit Azim; er hat ein kleines Geschäft auf der Albion Road, wo ich so gut wie jeden Tag vorbeischaue, und seine älteste Tochter geht mit Hannah in eine Klasse. Er erzählt mir, er könne nachts nicht schlafen. Ich gehe ins Bett und liege einfach stundenlang wach. Und dann stehe ich auf und schufte von morgens bis abends im Laden – Sie wissen schon –, und danach bin ich hundemüde, kann aber immer noch nicht schlafen. Armer Azim. Ich gebe mir Mühe, nicke mitfühlend, aber geistig bin ich woanders – bei den zwei Fotos, die ich fünf Sekunden lang betrachtet habe, bevor er zur Tür hereinkam. Ein kleiner Junge mit olivfarbener Haut und schwarzen Locken, einen Finger im Mund, kleine weiße Zähne, umrahmt von einem Lächeln. Vor ihm auf dem Tisch steht ein

Kuchen in Form eines grünen Fußballfelds, aber er blickt nicht darauf – er sieht die Person hinter der Kamera an, mit der unkomplizierten, bedingungslosen Liebe eines Kindes. Auf dem anderen Foto ist das gleiche Gesicht neu angeordnet, hat erwachsenere, kantigere Züge angenommen. Immer noch lächelnd, aber mit weniger Hingabe. Er hat eine gestärkte weiße Kellneruniform an. Seine Haare sind kurz geschoren. Er trägt eine Brille mit Drahtgestell. Der Ausdruck von Liebe in seinem Gesicht ist sanfter, reifer geworden. Er erinnert mich an meinen Bruder – an seine fein geschnittenen Gesichtszüge. Ich liebe ihn auf Anhieb, diesen Jungen. »Was soll ich also tun?«, fragt Azim. »Ich bin verzweifelt, Dr. Cabral. »Bitte nennen Sie mich doch André«, sage ich.

> Er war *muito bonito.* Ich stehe unter Schock. Ich bin auf der Arbeit. Ich weiß nicht, wohin mit mir. Du wohnst also in Marajó?

Warum habe ich nicht nach ihr gesucht? Ich hatte angenommen, sie wollte, dass ich aus ihrem Leben verschwinde. Einen Neuanfang machen. Das war zumindest das, was ich wollte, doch mit den Jahren wurde mir klar, dass es keine Neuanfänge gibt – und auch kein Ende, abgesehen vom Anfang und Ende des eigenen Lebens. Hätte ich es gewusst, hätte ich mich bei ihr gemeldet. Nicht wahr? Ja, das hätte ich.

> Ich wohne seit zwanzig Jahren in Salvaterra – ich wollte weg aus der Favela. Wusstest Du das auch nicht? Jorge und ich haben vor kurzem eine *pousada* eröffnet. Davor haben wir ein Restaurant geleitet.

Ich stelle mir meinen Sohn vor – als einen dieser leichtfüßigen, schmächtigen Favela-Jungs –, wie er den Hügel von Vidigal hinaufrennt, bis ganz nach oben, nur mit Shorts und Flip-Flops bekleidet. Die Art Junge, den ich keines zweiten Blickes gewürdigt hätte, wenn ich ihm auf der Straße begegnet wäre. Hüpfend, hüpfend, hüpfend. Immer zwei Stufen auf einmal. Gelbe Sonne auf seinem nackten braunen Rücken. Oben angekommen, bewundert er den leuchtend türkisblauen Atlantik, sattgrüne Berge umgeben die moderne Hässlichkeit. Francisco. Chico! Ich möchte seinen Namen herausschreien. Ich hätte alles für dich getan. Ich wäre nicht fortgegangen. Was hat sich Papai bloß dabei gedacht? All die Male, die ich in Rio war, und Papai hat nichts gesagt. Nicht einmal als Chico noch in der Stadt wohnte. Mein Sohn und ich hatten die gleiche Luft geatmet und auf denselben Strand hinuntergeblickt – er aus Vidigal und ich aus dem Fenster der Wohnung meines Vaters. War ich ihm auf der Straße begegnet? Ich bedecke mein Gesicht mit den Händen, zittere am ganzen Körper, versuche, die Tränen zurückzuhalten, bevor mein nächster Patient hereinkommt.

Hat mein Vater ihn je gesehen?

Bloß ein Mal, als er noch ein Baby war. Er hat es nicht ertragen, der *filho da puta*.

Luana, ich wusste nichts von alldem. Ich weiß nicht, was ich tun soll.

26

Fünf Minuten nachdem ich Esther eine E-Mail geschickt habe, um ihr zu sagen, dass ich nach Brasilien fliege, klingelt das Telefon.

»Gott sei Dank«, sagt sie, was genau das Gegenteil von dem ist, was ich erwartet habe. »Ich mache mir entsetzliche Sorgen um Bee. Ich habe kaum geschlafen, seitdem sie abgereist ist.«

Draußen ist es dunkel. Im Dezember ist es fast immer dunkel, das kühle Licht zeigt sich nur wenige Stunden am Tag. Ich habe mich immer noch nicht daran gewöhnt; vielleicht werde ich es nie. Ein Luftzug bläst durch die alten Fenster meiner Küche.

Ich höre, wie Esther inhaliert und die Luft auspustet.

»Du rauchst?«, frage ich.

»Nur eine E-Zigarette. Immerhin ist es keine richtige.«

»Das war kein Vorwurf.«

»Ich hatte vergessen, wie gut sich das anfühlt.«

Wir lachen. Einige unserer glücklichsten Erinnerungen sind in Zigarettenrauch eingehüllt: Rauchen im Bett, im Pub, auf der Straße nach unserer Hochzeit, in Pariser Cafés während unseres ersten Urlaubs – zwei junge verliebte Touristen.

Sie hustet, und ich kehre in die Gegenwart zurück. »Wie geht es dir, Esther?«

»Ganz gut.« Und dann überrascht sie mich, als sie sagt: »Ich vermisse dich.«

»Ich dachte, du hasst mich.«

»Oh, das tue ich auch«, sagt sie in ironischem Tonfall.

»Du hättest dir einen Ehemann aus einem fortschrittlicheren Land aussuchen sollen. Schweden oder Dänemark. Er wäre außerdem größer gewesen und hätte besser ausgesehen.«

Sie lacht, und ich spüre einen kleinen Funken Optimismus im Bauch. Es erinnert mich daran, wie wir uns kennenlernten und wie leicht ich sie damals zum Lachen brachte.

»Erinnerst du dich ans Fitzroy?«, frage ich.

»Natürlich. Wie kommst du denn jetzt darauf?«

»Ich weiß nicht. Als du gelacht hast, musste ich daran denken, wie wir waren, als wir uns kennengelernt haben.«

»Die Dinge sind einfacher, wenn man sich noch nicht kennt.«

»Du bist so zynisch, Esther. Wir waren verliebt.«

Sie sagt nichts, doch aus der Stille höre ich ihre Zustimmung heraus.

»Du hast mir die Venus gezeigt, weißt du noch?«, frage ich. »Du warst deprimiert, weil Weihnachten war.«

»Ich war so melodramatisch.«

»Du hattest nicht unrecht.«

Ich halte inne und denke: Ja, ich werde es tun. Ich hole tief Luft. Mir schlägt das Herz bis zum Hals.

»Hör mal«, sage ich, »ich wollte dir etwas erzählen.«

»Ich weiß bereits Bescheid«, sagt sie.

»Worüber?«

»Über deine Affäre mit diesem Mädchen auf der Arbeit.«

»Wie bitte?«

»Die junge Ärztin, die dich damals ständig angerufen hat.«

Ich sehe sie fast vor mir, wie sie dort in unserer Küche sitzt und eine nervöse Röte ihren Hals hochzieht. Das mag ich an Esther, ihre Leidenschaft, die sie dazu bringt, vorschnelle Schlüsse zu ziehen, und die sie damals, als wir noch jung waren, dazu gebracht hat, sich Hals über Kopf auf mich zu stürzen.

»Annie?«, frage ich.

»Wie auch immer sie heißt, ich weiß bereits alles.«

»Esther, ich war seit dem Tag, an dem wir uns kennengelernt haben, mit keiner anderen Frau mehr zusammen. Hast du wirklich geglaubt …«

»Was ist es dann?«

»Ich möchte dir das nicht am Telefon erzählen. Kann ich vorbeikommen?«

27

Als ich in Rio aus dem Flugzeug steige, riecht es nach zu Hause – warm und feucht, der Geruch von feuchter Erde. Die Luft fühlt sich schwerer an.

Vor zwei Tagen bin ich abends zu unserem Haus auf der Winston Road gegangen und habe Esther die ganze Geschichte erzählt. Wir saßen im Wohnzimmer, neben dem Weihnachtsbaum, der von blinkenden Lichtern bedeckt war. Esther machte große, ungläubige Augen, wirkte aber gleichzeitig erleichtert, dass wir endlich zum Kern der Sache vordrangen. Ich zeigte ihr Luanas Briefe, und sie las sie zweimal durch. Sie brachten sie zum Weinen, und sie schüttelte den Kopf darüber. Sie weinte wegen Luana, nicht meinetwegen. Danach saßen wir schweigend da, geschlagene zehn Minuten lang – ich blickte währenddessen die ganze Zeit auf die Uhr an der Wand –, dann hob Esther auf die Sekunde genau zu sprechen an.

»Du musst dich mit ihr treffen«, sagte sie. »Mit deiner … deiner Schwester.«

Ich zuckte zusammen. Meine Schwester. Papais Tochter, ja sicher. Aber meine Schwester? Niemand hatte Luana bisher auf diese Weise bezeichnet. Aber ja, das war sie.

»Meinst du?«, fragte ich.

»Sie hat euer gemeinsames Kind großgezogen. Deinen *Sohn*«, sagte sie und verdrehte ungläubig die Augen. »Das bist du ihr schuldig.«

Sie blickte auf und nippte an ihrem Rotwein. Sie rieb sich die Augen und fuhr sich mit den Händen durch ihr dunkles gelocktes Haar, das sie nun kinnlang trug; an den Schläfen waren erste silberne Strähnen zu sehen. Doch das Mädchen, das ich geliebt hatte, war immer noch da, verbarg sich hinter ihrem Gesicht.

»Was für eine verfahrene Geschichte«, sagte sie. »Gott, ich wünschte, du hättest mir das alles schon vor Jahren erzählt.«

»Dann hättest du mich nicht geheiratet.«

»Blödsinn. Du versuchst immer, all deine Probleme unter den Teppich zu kehren, André. Wir hätten das gemeinsam durchgestanden.«

»*Hätten?*«

»Ich habe jemanden kennengelernt.«

Sie fuhr fort und erzählte mir von dem Mann: Er war geschieden und hatte in Oxford studiert. Sie waren seit fünf Wochen ein Paar – die Mädchen wussten noch nichts davon.

»Ist es etwas Ernstes?«, fragte ich.

»Ich weiß es nicht. Es läuft noch nicht lang genug, um all seine schlechten Seiten zu kennen.«

»Hat er denn gute Seiten?«

»Nun ja, er kocht abends für mich, das ist schon mal ein guter Anfang.«

Sie wich meinem Blick aus, schien sich schuldig zu fühlen. Du hast nie für mich gekocht, wollte sie sagen. Du hast mir nie mit den Kindern geholfen. Du hast es nie hingekriegt, Engländer zu sein. Zum Abschied küssten wir uns auf beide Wangen, wie Freunde.

Das Taxi setzt mich vor unserem Wohnhaus ab – vor Thiagos Wohnhaus –, an der Avenida Vieira Souto. Der *porteiro* kommt aus dem Gebäude heraus und will mein Gepäck ins Haus tragen, aber ich sage ihm, dass ich es selbst mache. Ich möchte einfach bloß hier stehen und auf den Strand gucken. Was für ein vertrauter und wunderschöner Anblick. Ipanema an einem Montagnachmittag, zwei Tage vor Heiligabend. Fünfunddreißig Grad verkünden die Thermometer auf der Straße, und kein einziges Wölkchen am blau-goldenen Himmel. In der Ferne die Cagarras-Inseln. Ich schnappe kurze Gesprächsfetzen auf, während die Leute auf dem schwarz-weißen Straßenpflaster an mir vorübergehen.

»Hast du Clarice neulich gesehen? *Meu Deus*, sie sah zum Weglaufen aus!«

»Kommt, wir gehen zu Lojas Americanas und kaufen Süßigkeiten.«

»*Ai*, Mamãe, guck mal, der Hund da, ist der süß!«

Es ist beruhigend und verstörend zugleich. Der Klang der Heimat. Wirklich seltsam, dass mir das vorher nie klar geworden ist: Rio wird nie wieder mein Zuhause sein. Wie überstürzt wir Entscheidungen treffen, wenn wir jung sind.

Als ich im fünften Stock an der Tür zur Küche klingle, höre ich auf der anderen Seite kleine Hunde kläffen. Und die Stimme meines Bruders, der mit väterlicher Zärtlichkeit ruft: »Weg da!« Die Tür zum Wohnzimmer öffnet sich ein paar Meter weiter auf dem Flur, und ich gehe darauf zu. Ich bin jetzt ein Gast, verdiene es, durch die besondere Tür einzutreten. Es ist sechs Jahre her, dass ich meinen Bruder zum letzten Mal gesehen habe – eine beschämend lange Zeit, aber sie schmilzt auf der Stelle dahin, als ich ihn sehe. Er hat sich kaum verändert. Er trägt sein gewelltes

Haar ein bisschen länger, und um die Augen zeigen sich erste Falten. Er ist immer noch ein junger Mann, zumindest gerade noch. Hätte jedes Mädchen haben können, das er wollte, aber er wollte keins.

»André!«, ruft er und beugt sich zu mir hinunter, um mich zu umarmen.

Ich reiche ihm kaum bis über die Schulter. Die Hunde kommen herausgestürmt – ein Yorkshire Terrier und ein Dackel – und beginnen, auf und ab zu hüpfen.

»Wir sind alle ganz aus dem Häuschen, wie du siehst. Wie war der Flug? Langweilig? Ich nehme dir den Koffer ab. Komm rein!«

Er führt mich ins Wohnzimmer, das nach Papais Tod umgestaltet wurde. Weiße Wände, Möbel aus Teakholz, moderne Kunst, die Aussicht auf den Strand. Wie aus einem Design-Katalog.

»Es sieht ganz anders aus«, sage ich.

»Wir haben es vor ein paar Jahren renoviert. Gefällt es dir?«

»Es ist kaum wiederzuerkennen.«

»Ich nehme das mal als Kompliment.«

»Es sieht großartig aus.«

Thiagos Freund, Jesse, kommt aus dem hinteren Teil der Wohnung herbei, seine Flip-Flops klatschen über den Holzfußboden. Er ist Amerikaner, hat rotes Haar und rotbraune, sommersprossige Haut.

»André, welcome home!«, begrüßt er mich auf Englisch.

Wir schütteln uns die Hände.

»Wie viele Jahre ist das jetzt her?«, fragt er. »Zwei, drei?«

»Leider schon sechs. Viel zu lange.«

»Komm, ich zeige dir dein Zimmer.«

»Mein altes Zimmer?«

»Nein«, sagt Thiago, »du übernachtest in meinem alten Zimmer. Ist das für dich in Ordnung? Dein altes Zimmer ist jetzt mein Arbeitszimmer.«

»Selbstverständlich. Das macht mir nichts aus, Thi. Ich schlafe, wo immer ihr mich unterbringt.«

»*Bom*«, sagt er, »Dann zeigen wir dir jetzt dein Reich.«

Thiago führt mich aus dem Wohnzimmer, eine Hand auf meine Schulter gelegt. Ich bin überwältigt, wieder in seiner Nähe zu sein. Ich möchte ihn erneut umarmen, tue es aber nicht – bin mittlerweile zu englisch geworden. Vielleicht war ich es schon immer. Jesse folgt uns, trägt mein Gepäck und stolpert fast über die Hunde.

»Oh«, sagt Thiago. »Wie konnte ich das vergessen. André, das sind Kika und Biba. Sagt eurem Onkel André hallo.«

Am Strand von Ipanema ist es ruhig, abgesehen von den Touristen, Pennern, Verrückten und Studenten. Mädchen in Bikinis sitzen beim Posto Nove auf Klappstühlen, sind sich ihrer eigenen Perfektion nicht bewusst, lesen Freud, Marx oder Bücher über Anatomie. Oder vielleicht sind sie sich ihrer Schönheit doch bewusst und geben nur vor, es nicht zu sein. Mädchen wie Daniela. Früher gehörten solche Mädchen zu meinem Freundeskreis, doch jetzt bin ich bloß einer von vielen schlaffen Männern mittleren Alters, der sie aus den Augenwinkeln betrachtet. Mein Bruder und ich schmieren uns dick mit Sonnencreme ein, sitzen auf gemieteten Strandliegen mit Blick auf den Atlantik, tragen Badehosen und Sonnenbrillen – er ist immer noch jung genug, um eine *sunga* zu tragen. Ich schlürfe einen süßen, eisgekühlten Caipirinha aus einem Plastikbecher, und Thiago trinkt Mineralwasser. Ich bin schließlich hier im Urlaub.

Was wohl aus Daniela geworden ist?

»Sie ist eine renommierte Dermatologin«, sagt Thiago, und mir wird klar, dass ich die Frage laut ausgesprochen habe. »Alle Schauspielerinnen und Models gehen zu ihr.«

»Du kennst sie?«

»Ich sehe sie ab und zu. Als ihr beide zusammen wart, kannte ich sie nicht, aber wir haben uns später über gemeinsame Freunde kennengelernt. Sie ist mit diesem Journalisten verheiratet, Guilherme Soares – kennst du ihn?« Ich schüttele den Kopf. »Du weißt ja, wie es ist. Hier kennt jeder jeden.«

»In *Londres* ist das anders.« Und etwas linkisch füge ich hinzu: »Du solltest uns mal besuchen kommen.«

»Das wäre klasse. Deine Familie fehlt mir. Ist eine Ewigkeit her, dass ich in *Londres* war, oder? Zwölf Jahre?«

»So um den Dreh. Warum bist du nie wiedergekommen?«

»Ich warte noch auf meine Einladung!«

Er lacht sein charmantes offenes Lächeln, zeigt seine perfekten Zähne. Ich sehe mein Spiegelbild in seiner Piloten-Sonnenbrille: ein alter Mann mit struppigem schwarzem Bart. Vielleicht sollte ich wieder anfangen, mich zu rasieren.

»Du brauchst keine Einladung, Thi.«

»Mag sein«, sagt er, sein Lächeln wird ein wenig sanfter, »trotzdem wäre es nett, eine zu bekommen.«

»Dann lade ich dich hiermit ein. Wo kommt Jesses Familie noch mal her?«

»Aus Minnesota. Es ist sterbenslangweilig dort. Ich fahre nicht mehr hin – seine Familie mag mich nicht.«

»Scheiß auf sie«, sage ich.

»*Saúde*«, sagt er, hält sein Mineralwasser in die Höhe, und wir stoßen an, Plastik gegen Plastik.

»Willst du schwimmen?«

»Unbedingt.«

Thiago bittet eine Gruppe Studenten, auf unsere Sachen aufzupassen, dann gehen wir zum Wasser.

»Ah, ist das kalt!«, ruft Thiago, als wir unsere Füße hineintauchen.

»Komm schon, so schlimm ist es nicht.«

Ich gehe voraus und stürze mich hinein. Als ich mit zusammengekniffenen Augen wieder auftauche, lacht Thiago.

»Du siehst aus wie eine Schildkröte, die den Kopf aus dem Wasser streckt.«

»Komm rein!«

Thi watet ins Meer. Dunkles Wasser umtanzt seinen Körper. Als eine Welle auf ihn zukommt, wirft er sich hinein, und wir schwimmen gemeinsam los, vom Ufer weg. Ohne zu sprechen, den Blick geradeaus auf die Inseln gerichtet. Die Wellen sind heute sanft, genau richtig. Ein leichtes Wiegen. Wir lassen uns auf dem Rücken treiben, blicken auf den Strand: auf den langen gelben Sandstreifen, Vidigal am Ende und auf die hohen Wohnhäuser, darunter Thiagos.

»*Que delícia*«, sagt er. »Ich kann mich nicht erinnern, wann ich das zum letzten Mal gemacht habe. Ich gehe so gut wie nie an den Strand.«

»Wenn ich hier wohnen würde, wäre ich jeden Tag hier.«

»Ich sollte mich wirklich bemühen, öfter herzukommen. Jesse ist ständig am Strand. Ich arbeite ununterbrochen. Der Mann lässt sich aushalten!«

Wir lachen beide.

»Wie läuft es denn auf der Arbeit?«, frage ich.

»Gut. Ich habe zu viele Patienten. Heutzutage will jeder eine

Therapie machen. Sogar meine Putzfrau hat mich gebeten, ihr jemanden zu empfehlen.«

»Ihr habt keine *empregada*?«

»Nein, bloß eine Putzfrau. Sie kommt zweimal pro Woche. Und wie läuft es bei dir auf der Arbeit?«

»Ganz gut«, sage ich. »Ziemlich langweilig. Vielleicht hatte Papai recht, und ich hätte Chirurg werden sollen.«

»Und warum bist du das nicht?«

»Mir fehlte der Ehrgeiz. Oder vielleicht wollte ich ihm auch bloß eins auswischen.«

Wenn ich die Augen schließe, kann ich Thiago fast wieder auf einen Meter zwanzig zurückschrumpfen lassen und so tun, als wäre er sieben und ich siebzehn und als hätte ich ihn mit an den Strand genommen, um schwimmen zu gehen.

»Das hier ist das Paradies«, sage ich.

»Warum bist du dann weggegangen?«

»Komm schon, du weißt, warum.«

Eine große Welle bäumt sich vor uns auf, wird größer. Wir tauchen darunter durch, und sie wirft uns in die Luft, der Sonne entgegen. Thiago streicht sich mit den Fingern die Haare zurück.

»Papai war nie wieder der Alte«, sagt er.

»Mach mir kein schlechtes Gewissen, Thi. Es ist ja nicht so, dass ich ihn aus meinem Leben verbannt hätte. Ich habe ihn besucht, so oft ich konnte.«

»Du warst sein Lieblingssohn, weißt du?«

»Das ist nicht wahr.«

»Er hat sich in dir wiedererkannt.«

»Aus den falschen Gründen.«

Wir treiben schweigend dahin, tauchen unter Wellen durch, von denen eine größer als die andere zu sein scheint.

Nach der fünften oder sechsten sagt Thiago: »Hey, erinnerst du dich an *jacaré*? Komm, wir versuchen, Wellen zu fangen, so wie früher.«

»Okay.«

Wir schaukeln auf und ab, während ein paar kleine Wellen an uns vorbeiziehen. Zwanzig Meter von uns entfernt baut sich eine größere Welle auf.

»Das ist unsere, André!«

Einen Arm in die Luft gereckt, warten wir darauf, dass sie heranrollt, bereit, ihr entgegenzukraulen. Ich spüre, wie das Wasser hinter mir anschwillt, und schwimme los, schwinge die Arme herum und fühle, wie ich hochgehoben und mitgerissen werde. Aus dem Augenwinkel sehe ich, wie mein Bruder ebenfalls auf der Welle reitet. Sie setzt uns im flachen Wasser ab, wo wir stehen bleiben, während uns das Wasser um die Beine schwappt. Wir lachen beide wie Kinder, spüren das Adrenalin in unserem Blut.

Nach einigen Runden *jacaré* schwimmen wir wieder weiter raus, hinter die Wellen, und lassen uns treiben.

»Was ist denn eigentlich zwischen dir und Esther vorgefallen?«, fragt er. »Bia hat gesagt, dass ihr euch getrennt habt.«

»Sie hat es dir erzählt?«

»Ja. Warum hast du es mir nicht erzählt?«

»Ich weiß nicht. Es war mir unangenehm.«

»Was ist passiert?«

»Sie war schon lange nicht mehr glücklich mit mir, und jetzt hat sie einen anderen Mann kennengelernt. Sie sagt, ich wäre gefühlskalt. Offenbar hat dieser Gringo mehr Gefühle als ich.«

»Lasst ihr euch scheiden?«

»Erst mal nicht«, sage ich. »Ich hoffe, sie überlegt es sich noch anders.«

»Weiß sie Bescheid – du weißt schon?«

»Ich habe es ihr vor ein paar Tagen erzählt. Sie war merkwürdigerweise gar nicht besonders schockiert. Sie wirkte eher erleichtert.«

Ich mache eine Pause, frage mich, ob ich ihm mehr erzählen soll.

Bevor ich es mir anders überlegen kann, frage ich: »Thi, wusstest du, dass Luana meinen Sohn zur Welt gebracht hat?«

»Wie bitte?«, fragt er, und ihm bleibt der Mund offen stehen. »Ich dachte, sie hätte abgetrieben.«

»Papai hat mich angelogen.«

»Ist das dein Ernst?«

»Ein Junge namens Francisco. Er ist tot.«

Thiago schnappt nach Luft.

»Er ist letztes Jahr in Belém im Fluss ertrunken – mit sechsundzwanzig.«

»*Meu Deus*, das ist unglaublich.«

Ich wende den Blick von seinem entsetzten Gesicht ab, um mir die Schande zu ersparen. Eine Welle rollt heran, und wir tauchen darunter hindurch. Als ich aus dem Wasser auftauche, blicke ich zum blassen, klaren Himmel auf. Thiago berührt mich am Arm. Er sagt meinen Namen. Als ich ihm ins Gesicht blicke, erkenne ich darin keine Verachtung, sondern Mitleid.

»Du hast einen Sohn«, sagt er kopfschüttelnd.

»Ich hatte einen Sohn.«

»Francisco?«

»Ja, Chico. Ich werde Luana besuchen. Sie wohnt auf Marajó. Erinnerst du dich daran?«

»Vage. Hältst du es wirklich für eine gute Idee, dorthin zu fahren?«

Ich blicke zum Strand hinüber, zu den Studenten, die mit ihren Handys herumspielen, zu den Verkäufern, die Snacks und Getränke feilbieten, am Strand auf und ab laufen und »*Guaraná! Mate! Água! Cerveja!*«, »*Queijo na brasa!*«, »*Abacaxi!*« und »*Camarão!*« rufen. Mein Blick folgt einem Getränkeverkäufer, einem alten schwarzen Mann, der sich den Weg am Strand entlang bahnt.

»Es ist nicht das, was du denkst. Zwischen uns ist nichts mehr. Ich möchte nur mehr über meinen Sohn erfahren.«

Ich denke an Luana, im Alter von sechzehn Jahren. An ihre schmalen braunen Beine. Augen, so grün wie das Fruchtfleisch einer Limette. Natürlich frage ich mich, ob es so ist wie früher, aber im Grunde meines Herzens hoffe ich, dass es das nicht ist. Die Luana, die ich liebte, ist schon lange verschwunden.

Zurück am Strand, gehen wir zu unseren Liegestühlen.

»Willst du noch etwas trinken?«, frage ich.

»Nach dieser Enthüllung könnte ich ein Bier vertragen.«

Ich gehe zu der *barraca* am Strand, wo ein anderer schwarzer Mann auf einem Plastikstuhl im Schatten sitzt. Als er mich auf sich zukommen sieht, steht er auf.

»Was darf es sein, *senhor*?«, fragt er.

»Noch einen Caipirinha und ein *Skol*.«

»War der letzte Caipirinha gut?«

»Er war perfekt.«

»Gut, das höre ich gerne.«

Er schneidet eine Limette in Viertel und beginnt, sie in einem Becher zu zerstampfen.

»Wo kommen Sie her, *senhor*?«, fragt er.

»Ich bin *carioca*. Hört man das nicht?«

»Sie klingen irgendwie anders. Wie ein *paulista*.«

»Oh, also, das nun wirklich nicht – ich komme nicht aus São Paolo! Ich wohne in *Inglaterra*, in *Londres*.«

»*Londres*. Das ist weit weg von der Heimat.«

Er gießt etwas Cachaça in den Becher, schüttet dann Zucker und Eis hinterher.

»Waren Sie schon einmal da?«, frage ich.

Er reicht mir den Caipirinha, und ich bedanke mich bei ihm.

»*No, senhor*, ich habe Brasilien noch nie verlassen, aber meine jüngste Tochter zieht bald nach Paris. Hat einen Gringo kennengelernt, und er nimmt sie mit dorthin, also werde ich sie irgendwann besuchen müssen.«

»Paris, ja? Da kann sie sich glücklich schätzen.«

»Diese Gringos lieben unsere Frauen, nicht wahr? Und unsere Frauen lieben sie aus irgendeinem Grund auch. Er ist reich – das könnte der Grund sein!« Er lacht, zeigt die Lücken zwischen seinen verbliebenen Zähnen, öffnet eine Kühlbox, holt ein Bier heraus und reicht es mir. »Aber er ist in Ordnung. Sie haben mir angeboten, mit ihnen zu kommen, mich dort zur Ruhe zu setzen, aber ich könnte Rio nie verlassen. Ich wurde hier geboren, und ich werde hier sterben. Ich wohne gleich dort drüben.«

Er deutet auf Vidigal, am Ende des Strands. Mein *babá* war aus Vidigal, möchte ich sagen. Und meine Schwester. Aber ich sage nichts. Ich bitte ihn, mir die Getränke auf den Deckel zu schreiben, und gehe zurück zu meinem Bruder.

»Wo warst du so lange?«, fragt Thiago.

»Ich habe mich mit dem Besitzer der *barraca* unterhalten. Er hat mir von seiner Tochter erzählt – sie hat einen Gringo geheiratet und zieht mit ihm nach Paris.«

»Gringos lieben solche Mädchen.«

»Was für Mädchen?«

»*Neguinhas da favela.*«

»Das hat er auch gesagt.«

Er holt ein Päckchen Zigaretten hervor.

»Du rauchst immer noch?«, frage ich.

»Sag Jesse nichts davon. Ich rauche alle zwei Tage eine.«

Mein Bruder sieht nicht aus wie ein Raucher – er ist schlank, gebräunt und gesund. Man sieht ihm an, dass er ins Fitnessstudio geht. Wenn ich mich dagegen betrachte: Mein Bauch wölbt sich vor, meine Haut hängt schlaff herunter, ich habe Ansätze von Männerbrüsten.

»Willst du eine?«, fragt er.

»Bloß nicht. Ich habe vor Jahren aufgehört.«

Das ist gelogen. Meine letzte Zigarette habe ich vor fünf Monaten geraucht. Ich erinnere mich so genau an das Datum wie an die Geburtstage meiner Töchter: Es war der 10. Juli 2014. Ein paar Wochen nachdem mich Esther rausgeworfen hat und vier Tage vor meinem sechsundvierzigsten Geburtstag. Ein letzter Versuch, der Mann zu werden, den sie sich wünschte.

»Ach, was soll's, gib mir eine«, sage ich. »Aber lass mich während meines Urlaubs keine weitere rauchen.«

»*Sim, senhor.*«

Thiago steckt sich zwei Zigaretten in den Mund und zündet sie an, dann reicht er mir eine. Ich nehme einen Zug und blase den Rauch aus, hänge dem gräulichen Geschmack nach, der widerlich und wunderbar zugleich ist. Es ist so lange her, dass mir vom Nikotin schwummrig im Kopf geworden ist. Ich schmecke Rauch und Salz auf meinen Lippen und spüre, wie der Cachaça durch meine Blutbahn schwimmt und meine Gliedmaßen schwer und entspannt werden lässt. Es ist jetzt Mittag, und die Sonne steht auf ihrem höchsten Punkt. Vor uns mein Strand und mein Meer. Sie würden für immer mir gehören, ganz gleich wie lange ich fortblieb.

»Es ist wunderschön hier«, sage ich.

»Ja, nicht wahr?«

»Damals wusste ich das nicht zu schätzen.«

»Du wohnst in *Londres*. Dort, wo jeder hinwill.«

»Anderer Ort, gleiche Person.«

Mir treten Tränen in die Augen. Gut, dass ich meine Sonnenbrille aufhabe. Ich schlucke, um sie zurückzuhalten. Ich atme angestrengt, und Thi legt mir die Hand auf die Schulter. Ich weiß, dass es tröstlich gemeint ist, aber seine liebevolle Geste wühlt mich erst recht auf.

»Wenn ich an früher zurückdenke, frage ich mich: *Wer war das?*«

»Du warst jung«, sagt er. »Solche Sachen passieren.«

»Besonders in unserer Familie.«

»Dabei fällt mir wieder ein«, sagt er, »ich habe neulich etwas Seltsames entdeckt.«

Er leert sein Bier und ruft einen der Dosensammler herbei. Ein schwarzer Typ um die vierzig, stämmig und verschwitzt vom Hin-und-her-Laufen am Strand, auf der Suche nach Dosen, die er verkaufen kann. Eine geringe Ausbeute im Vergleich zum Wochenende. Thiago reicht ihm die Dose und bedankt sich bei ihm.

»Ich habe vor ein paar Monaten Papais Papiere durchgesehen«, sagt er, »und bin dabei auf seine Geburtsurkunde gestoßen. Der Name seiner Mutter war mit schwarzem Kugelschreiber durchgestrichen.«

»Wie merkwürdig. Was das wohl zu bedeuten hat?«

»Das werden wir nie erfahren. Sie sind alle tot.«

Wir haben Papais Eltern nie kennengelernt, aber ich habe ein paar Fotos gesehen. Sie hatten sich in einem Fotostudio steif in Szene gesetzt, übertrieben gekleidet für die Hitze am Amazonas. Nicht einmal die Andeutung eines Lächelns. Papai sagte oft, sie hätten adlige Vorfahren, aber das bedeutete nichts; sie wurden nach Ende des Kaiserreichs geboren, als die Adelstitel der Familie bereits für null und nichtig erklärt worden waren.

»Papais Vater Felipe hatte offenbar überall verstreut Kinder mit anderen Frauen«, sagt Thiago.

»Stimmt, Mamãe hat das ab und zu erwähnt.«

»Es waren mindestens sieben oder acht. Papai kam mit dem Zählen nicht mehr nach. Ständig erzählten ihm die Leute, sie hätten eines seiner Halbgeschwister kennengelernt.«

Papai hatte nie mit mir darüber geredet, mit Thiago offenbar schon. Ich verspürte ein stechendes Gefühl der Eifersucht. Während meiner Abwesenheit waren sie sich nähergekommen.

»Als Papai in Belém sein Arztpraktikum machte«, sagt Thiago, »behandelte er einmal eine junge schwarze Frau, und als sie erfuhr, wie er mit Nachnamen hieß, sagte sie, sie wäre mit seinem Bruder verheiratet. Papai antwortete: ›Ich habe keinen Bruder. Ich bin ein Einzelkind.‹«

»Cabral ist ein häufiger Name«, gebe ich zu bedenken.

»Die Frau kannte den vollständigen Namen unseres Großvaters, sie wusste, wo er wohnte, alles. Ihr Mann war Papais Halbbruder.«

»Was für ein *filho da puta.*«

»Da bin ich ja direkt froh, keine Kinder zu haben«, sagt Thiago. »Zumindest laufe ich so nicht Gefahr, sie zu verkorksen.«

»Und ich bin froh, dass ich nur Töchter habe«, sage ich und vergesse für einen Moment Chico, doch dann fällt er mir wieder ein, und ich spüre einen dumpfen Schmerz in der Brust.

»Verflucht«, sage ich. »Ich schätze, ich bin auch ein *filho da puta.*«

Ich lache, obwohl es nicht lustig ist. Thiago blickt geradeaus, seine Augen werden von der Sonnenbrille verdeckt.

»Hast du je darüber nachgedacht, Kinder zu haben?«, frage ich, um das Thema zu wechseln.

»Nein, aber Jesse möchte ein Straßenkind adoptieren.«

»Wirklich?«

»Ach, du weißt ja, wie diese Gringos sind«, sagt er und streckt die Arme über dem Kopf aus. »Sie lieben es, Menschen zu retten.«

28

Es ist Neujahr. Wir haben Silvester zu Hause gefeiert: Thiago, Jesse, ich und ein paar von ihren Freunden. Es gab Essen und Cocktails von einem Catering-Unternehmen. Wir sahen uns vom Balkon aus das Feuerwerk an, schliefen vier Stunden, und dann brachte mich Thiago zum Flughafen. Als wir uns zum Abschied umarmten, wollte ich ihn gar nicht mehr loslassen.

Als das Flugzeug landet, erkenne ich auf der Tragfläche den Schriftzug »Gol«. Der Himmel über Belém jenseits der Tragfläche ist bewölkt, die Gebäude sind groß und grau, der Fluss braun und glatt. Mir kommt nichts bekannt vor. Die ganzen billigen Hochhäuser – hat es sie damals schon gegeben? Träge rechne ich aus, wie lange mein letzter Besuch zurückliegt. Fast dreißig Jahre. Mein letzter Besuch? Mein einziger. Ich habe so oft an Pará gedacht, dass es mir absurd vorkommt, erst ein Mal hier gewesen zu sein. Mir tut der Kopf weh.

Ich habe zehn Tage in Rio verbracht, aber nicht versucht, irgendeinen meiner alten Freunde ausfindig zu machen. Es war einfach zu viel Zeit vergangen. Was waren sie jetzt noch für mich? Was war ich für sie? Nur jemand, den sie vor langer Zeit einmal gekannt hatten. Tante Lia war einige Jahre zuvor an Lungenkrebs gestorben, und ihr Bruder, der verrückte Gustavo, war schon lange tot. Ich traf mich mit ein paar Cousins zweiten Grades und ihren verweichlichten Kindern, denen jeglicher Ehrgeiz fehlte, zum Mittagessen. Abgesehen von Thiago scheint niemand in meiner Familie einer Arbeit nachzugehen, aber Geld haben sie alle. Sie hocken den ganzen Tag im Haus und spielen im Internet mit Wertpapieren und Aktien, während *empregadas* um sie herumputzen und ihnen das Mittagessen servieren. Noch funktioniert das alte Brasilien, aber wie lange noch? *Empregadas* haben mittlerweile Rechte, immer weniger Leute können sich welche leisten. Alle beklagten sich über die neue Präsidentin und ihre Amtshandlungen. Es ist so übel hier, erzählten sie mir, während eine *empregada* unsere Teller abräumte. So schlimm war es noch nie. Wir hätten nach Europa auswandern sollen, so wie du.

Ich ging jeden Morgen an den Strand, und Thiago und Jesse führten mich jeden Abend aus. Manchmal beneidete ich sie um ihr kinderfreies Leben. Sie nahmen mich mit in Restaurants in Zona Sul, Bars in Lapa und Ausstellungen in schicken neuen Museen. Rio hatte sich gewandelt.

Am Heiligabend waren wir bei ihrer Freundin Luciana zum Abendessen eingeladen, in deren Villa oben in Santa Teresa mit Blick auf die Stadt. Die Gegend hatte sich deutlich gebessert, erzählte Thiago mir. Sie war nicht zu ihrer Glanzzeit des neunzehnten Jahrhunderts zurückgekehrt, aber es war dort mittlerweile relativ sicher.

»Ja«, bestätigte Luciana. »Ich höre gar keine Schüsse mehr. Um ehrlich zu sein, kann ich mich nicht mal mehr erinnern, wann ich zum letzten Mal welche gehört habe, aber da ich immer mit Ohrenstöpseln schlafe, hätte ich es wahrscheinlich sowieso nicht mitbekommen.«

Luciana war eine elegante, lebhafte Frau um die vierzig, die mich an Mamãe erinnerte. Thiago und ihr fiel nicht mehr ein, wie sie sich kennengelernt hatten – sie kannten sich einfach. Sie hatte lange dunkle Haare und eine heisere, humorvolle Stimme, goldener Schmuck schimmerte an ihren Handgelenken und ausdrucksvollen Händen. Nur an ihrem Ringfinger trug sie keinen Schmuck. Sie war Schmuckdesignerin – eine typische Nicht-Arbeit für eine reiche *carioca* –, aber sie kochte selbst, weit und breit keine *empregada* in Sicht. Nach dem Abendessen saßen wir am Pool und tranken Cocktails. Luciana zündete eine Zitronella-Kerze an, um die Mücken fernzuhalten, dann steckte sie sich eine Zigarette an. Ich wusste, dass Thiago auch gern eine geraucht hätte, aber er hielt sich zurück, um Jesse nicht vor den Kopf zu stoßen. Weiter unten am Hang, beinahe in Reichweite, funkelten die Favelas. Um uns herum zirpten Zikaden.

Es erinnerte mich an unsere Schulabschlussfeier im Dezember 1986, als wir vom Haus von Rodrigos Cousine in Santa den Sonnenaufgang beobachtet hatten. Beim Essen war ich relativ schweigsam – ich nahm an, dass niemand erpicht darauf war, sich Geschichten aus dem Leben eines beinahe geschiedenen Allgemeinmediziners anzuhören –, doch mittlerweile hatte ich mir ein paar Drinks genehmigt, also erzählte ich ihnen von der Party.

»Die Aussicht war fast genau die gleiche«, sagte ich. »Die Cousine meines Freundes muss deine Nachbarin gewesen sein.«

»Wie hieß dein Freund?«, fragte Luciana.

»Rodrigo Morais.«

»Rodrigo!«

»Du kennst ihn?«, fragte Thiago.

»Er ist mein Cousin – es war meine Party! *Ai meu Deus*, André Cabral, natürlich! Ich erinnere mich an dich. Wo ist deine Brille abgeblieben?«

»Ich trage Kontaktlinsen. Du wohnst immer noch hier?«

»Ich bin vor sieben Jahren zurückgekommen. Zona Sul war einfach nicht das Gleiche. Im Herzen bin ich ein Santa-Mädchen, ich fühle mich nur oben in den Hügeln wohl. Außerdem hat sich meine Mutter einsam gefühlt, nachdem mein Vater gestorben ist. Besser gemeinsam einsam als allein – aber sie lebt mittlerweile auch nicht mehr.«

»Das tut mir leid … Und du bist wirklich Rodrigos Cousine?«

»Ja! Bin ich so leicht zu vergessen?«

»Nein, es ist nur so viele Jahre her.«

»Saúde«, sagte sie, und wir erhoben das Glas.

Auch wenn ich Luciana nicht wiedererkannte, erinnerte ich mich noch gut an sie. Lulu, wie wir sie damals nannten, war ein oder zwei Jahre jünger als wir, schon damals eine Schönheit mit hüftlangen Haaren und ihrer *morena*-Haut. Als Rodrigos *priminha* war sie für uns tabu, wodurch ihr Reiz nur noch stieg. An jenem Morgen im Jahr 1986 war sie zusammengerollt wie ein Fötus auf einer der Sonnenliegen zusammengesackt, nur mit einem Bikini bekleidet, ihre Kurven neu und unausgereift. Ich erkannte die frische, junge Lulu nicht in der eleganten, kettenrauchenden Luciana wieder, deren olivbraune Haut von Jahrzehnten in der Sonne faltig geworden war. Sie hatte mich auch nicht wiedererkannt. Ob ich mich zu meinem Vor- oder Nachteil verändert hatte?

Das war vergangene Woche. Am Flughafen blicke ich mich suchend nach meiner Tochter um. Zwei Monate sind für mich nichts, aber bei einem Teenager reichen sie für eine komplette Verwandlung. Ich entdecke sie: eine hoch aufgeschossene, braun gebrannte junge Frau kommt auf mich zu, in T-Shirt, Shorts und

Flip-Flops. Sie trägt die Haare in einem Pferdeschwanz, die Piloten-Sonnenbrille auf dem Kopf zurückgeschoben. Trotz ihrer sonnengebräunten Haut sieht sie durch und durch englisch aus.

»Dad!«, ruft sie. »Hier bin ich!«

Ein paar Männer drehen sich zu der entzückenden großen Gringa um. Schaut gefälligst woandershin, möchte ich sagen, aber Bia bemerkt ihre Blicke gar nicht. Wie ein Kind kommt sie auf mich zugerannt und schlingt die Arme um mich, sodass ich meine Taschen zu Boden fallen lasse. Ihre Augen funkeln vor Freude, nach langer Zeit endlich wieder ein bekanntes Gesicht zu sehen.

»Wie geht es dir, *querida?*«

»Ich freue mich so, dass du da bist!«

Ich bin ein wenig nervös, bin es nicht gewohnt, mit meinen Kindern allein zu sein. Ich habe sie bei Freunden abgeholt, sie zum Musikunterricht gefahren und ihnen abends Geschichten vorgelesen, wenn Esther dafür zu müde war. Aber sie hat alles andere gemacht: sie morgens angezogen, sie ermahnt, ihre Hausaufgaben zu machen, sich hysterisch kreischende Auseinandersetzungen mit ihnen geliefert, während ich der neutrale Mittelsmann gewesen war. Manchmal hatte ich mich wie ein Eindringling in einem Haus voller Frauen gefühlt.

Wir nehmen ein Taxi zum Hotel. Die Luft ist stickig und die Sonne gleißend hell, aber im Auto ist es so kalt wie in einem Kühlschrank.

»Rua Henrique Gurjão, *por favor*«, sagt Bia mit selbstsicherem ausländischen Akzent. Sie hat das Hotel gebucht und bereits eine Nacht dort verbracht, nachdem sie mit dem Bus aus Maranhão angereist war.

»Ich hoffe, das Hotel gefällt dir. Es ist recht schlicht.«

»Mir ist alles recht. Wie war es in Maranhão?«

Sie erzählt begeistert von Lençóis Maranhenses, einem Nationalpark, der von weißen Sanddünen und Lagunen durchzogen ist. Auf Bildern sieht er unwirklich aus, wie ein Strand von einem anderen Planeten.

»Warst du schon einmal da?«, fragt sie.

»Nein, aber ich möchte gern einmal dorthin. Ich glaube, meine Großmutter kam aus Maranhão.« Ich muss daran denken, dass ihr Name auf Papais Geburtsurkunde durchgestrichen war. »Ich habe sie allerdings nie kennengelernt.«

»Wirklich nicht? Unglaublich!«

Sie lässt sich in den Sitz zurückfallen, blinzelt ins Sonnenlicht.

»Was ist unglaublich?«

»Ich weiß so gut wie gar nichts über dich«, sagt sie.

»Das hat mit mir nichts zu tun – ich komme nicht von hier.«

Der Fahrer – ein stämmiger Mann Ende dreißig mit dem Gesicht eines Einheimischen – sieht uns im Rückspiegel an.

»Wo kommen Sie her?«, fragt er.

»Aus *Inglaterra*«, sagt Bia.

»Aber der *senhor* sieht brasilianisch aus.«

»Ich bin Brasilianer, meine Tochter ist Engländerin«, sage ich. »Wir wohnen in *Londres*.«

»Sind Sie *carioca*?«, fragt er.

»Ja.«

»Und wieso sind Sie nach *Londres* gegangen?«

Ab diesem Punkt kann Bia unserem Gespräch vermutlich nur noch schwer folgen, aber ich sehe, dass sie sich konzentriert, die Sätze im Geist in ihre Einzelteile zerlegt.

»Ursprünglich um zu studieren«, sage ich, »und dann habe ich meine Frau kennengelernt und bin dageblieben.«

»Sie können sich glücklich schätzen, dort drüben zu leben. Ich habe einen Cousin, der einen portugiesischen Pass ergattern konnte und nach *Inglaterra* gezogen ist. In *Londres* hat er keinen Job gefunden, deshalb ist er nach Manchester gegangen.« Eigenartig, dieses Wort hier zu hören – Manchester – auf dem Rücksitz eines Taxis mitten im Amazonasgebiet. »Er arbeitet auch als Taxifahrer. Er sagt, es ist unglaublich kalt dort, aber er ist überglücklich.«

Ich lehne mich in meinem Sitz zurück.

»Er hat einen Cousin in Manchester«, erzähle ich Bia. »Kaum zu glauben, oder?«

»Würg. Ich weiß, wo ich lieber wäre.«

»In Belém? Auf keinen Fall.«

Wir bleiben nur zwei Nächte in der Stadt. Belém erschien mir schon 1985 vollkommen uninteressant, und jetzt ist es noch deprimierender. Die alten Kolonialhäuser in der Cidade Velha sind noch älter geworden. Früher residierten darin hoffnungsvolle Männer, die mit Zucker und Kautschuk ein Vermögen machten, doch heute stehen von vielen nur noch die Fassaden, ohne Fenster, Dächer oder Fußböden. Schäbige Denkmäler eines Goldenen Zeitalters. Unser Hotel ist, wie Bia sagte, schlicht und sauber, nur zur Hälfte belegt, und meine Tochter ist der einzige ausländische Gast. Das neue Brasilien, nach dem die Gringos gieren – Sex und Strände, Kunst und Wohlstand –, ist noch nicht bis zum Amazonas vorgedrungen.

Auf dem Markt am Fluss essen wir Bratfisch mit Limette und *açaí* und zum Nachtisch *cupuaçu*-Eis. Danach spazieren wir über den Markt, schwitzen in der Sonne, bemitleiden die vielen schwer atmenden, fast bewusstlosen Tiere, die dort zum Kauf angeboten werden: Nagetiere, Papageien, Kaninchen und Hühner. Einige von ihnen sehen aus, als wären sie bereits halb tot. Die kleine Zunge hängt ihnen heraus. Am Abend hören wir uns einen Gitarren-Solisten im rosafarbenen Teatro da Paz an, an das ich mich von meinem letzten Ausflug erinnere – ein altehrwürdiges europäisches Theater, das sich an den Amazonas verirrt hat, die Sessel aus Korbgeflecht statt aus rotem Samt. Regen trommelt aufs Dach wie Tausende Fäuste.

An unserem letzten Abend in Belém essen wir *pato no tucupi* in einem Restaurant, das in einem ehemaligen portugiesischen Palast untergebracht ist. Bia hat es in ihrem Reiseführer gefunden – offenbar ist es berühmt. Ob es hier passiert ist? Ist er hier gestorben? Nein, es muss mehrere Restaurants am Fluss geben. Wir sitzen draußen an einem Tisch, zehn Meter vom Ufer entfernt. Das *jambu* entfaltet seine Wirkung und betäubt unsere Münder. Obwohl der Garten beleuchtet ist, liegt der Fluss schwarz und endlos da. Keine Trennlinie zwischen Himmel und Wasser. Ich spreche nicht aus, was mir durch den Kopf geht. Ich spüre mein Herz schon wieder. Wir trinken Bier, und ich sehe Bia dabei zu, wie sie eine Zigarette raucht. Ich wusste bereits, dass sie raucht, weil ich es manchmal an ihr gerochen habe, aber ich habe sie noch nie rauchen sehen. Es gibt schlimmere Dinge im Leben, als mit neunzehn zu rauchen – und wenige bessere. Ich bitte sie nicht um einen Zug.

29

Ich brauche einen Moment, bis mir wieder einfällt, wo ich bin. Ein weißes Zimmer, ein Ventilator, der schnell und laut über meinem Bett schwirrt. Das Hotelzimmer in Belém.

Als Kind machten mir Ventilatoren Angst. Sie erschienen mir gefährlich, besonders die alten in der Wohnung meiner Großeltern in Rio, die immer kurz davor zu sein schienen, von der Zimmerdecke abzuheben und uns in Salamischeiben zu verwandeln. Als ich sechs Jahre alt war, musste ich beim Mittagessen einmal laut über die Vorstellung lachen, der Ventilator könnte von der Decke fallen und Papa köpfen – und ich erzählte allen davon.

»Ödipuskomplex«, sagte Tante Lia lächelnd und nickte, als wäre es das Reizendste, was ich je gesagt hatte.

Nachdem ich mich geduscht und angezogen habe, gehe ich nach unten und klopfe an Bias Tür. Von drinnen ertönt ein Murmeln.

»Bia, wir müssen die Fähre erwischen – Zeit zum Aufstehen.«

»Hmmm, okay.«

»Wir treffen uns in zwanzig Minuten in der Lobby.«

»Ja, ist gut, Dad!«, ruft sie, von den Wänden gedämpft, aber unüberhörbar genervt.

In dem Hotel wird so früh noch kein Frühstück serviert, also setze ich mich an den Pool im Innenhof, der von kleinen Palmen umringt wird. Die Sonne geht gerade erst auf, aber kühl ist es trotzdem nicht. Später wird es höllisch schwül werden. Eine Putzkraft kommt vorbei, Schrubber und Eimer in der Hand.

»Guten Morgen, *senhor*«, sagt sie.

»Guten Morgen.«

»Sie sind aber früh auf den Beinen.«

»Ich nehme die Fähre nach Marajó.«

»Waren Sie schon einmal da?«

»Ein Mal, vor langer Zeit.«

»Marajó verändert sich nie.«

»Das ist schön zu hören.«

»Schauen Sie mal«, sagt sie und deutet auf das Schwimmbecken.

Ein gelber Vogel mit schwarzen Flügeln und schwarz umrandeten Augen hüpft auf das Becken zu. Er breitet die Flügel aus und hebt ab, taucht kurz ins Wasser ein, dann ruht er sich am Rand aus und schüttelt die Flügel, bevor er erneut eintaucht.

»Sie kommen jeden Morgen hierher. *Ei, amarelinho,* du liebst dein morgendliches Chlorbad, nicht wahr?«

Der Vogel sieht sie an und neigt den Kopf zur Seite. Ein weiterer Vogel, der genauso aussieht wie der erste, kommt herbeigeflogen und nimmt ein Bad. Die Putzfrau greift in ihre Tasche und holt einen Beutel mit Samen hervor.

»Ach, deshalb kommen sie hierher«, sage ich, als sie die Samen auf den Pflastersteinen verstreut.

Sie lacht.

»Erst sind sie wegen des Pools gekommen, und jetzt kommen sie wieder, weil sie gefüttert werden«, sagt sie. »Eine schöne Zeit auf Marajó wünsche ich Ihnen, *senhor.*«

Auf der Fähre nach Marajó gibt es zwei verschiedene Klassen: die klimatisierte Lounge und das offene Deck. Ich entdecke ein paar Gringos, die zielstrebig auf den klimatisierten Teil oben auf dem Schiff zugehen, aber Bia und ich bleiben wegen der Aussicht draußen in der Hitze. Wir trinken starken Kaffee aus kleinen Bechern und sitzen auf Plastikstühlen nahe der Reling. Der Himmel ist blassgolden, die Wolken lösen sich auf, die Sonne macht sich bereit, uns zum Schwitzen zu bringen.

»Faszinierend, dass man das andere Flussufer nicht sehen kann«, sagt sie. »Als wäre es ein Meer.«

Wir stehen auf, lassen unsere Taschen auf den Sitzen zurück und lehnen uns an die Reling, genießen die Aussicht. Derselbe Fluss wie vor dreißig Jahren, doch damals existierte Bia noch nicht. Ich kann mich kaum noch daran erinnern, wie es war, keine Kinder zu haben. Die Erinnerungen besitze ich zwar noch, aber ich weiß nicht mehr, wie es sich *anfühlte*. Als wäre mir Bias und Hannahs Gegenwart immer bewusst gewesen, als hätten sie bloß um die Ecke gestanden und darauf gewartet, dass ich ihr Vater werden würde.

»Hier ist alles größer«, sage ich. »Der Fluss, der Dschungel, das Land, die Dimensionen …«

»Die Leute«, sagt sie.

»Die Leute?«

»Sie scheinen hier mehr Raum und Zeit einzunehmen.«

»Ist das etwas Gutes?«

»In London hat niemand Zeit für niemanden.«

Ich trete von der Brüstung des Schiffs zurück und blicke meine Tochter an. Eine gewisse Traurigkeit umgibt sie, in den Tiefen ihres Gesichts. Vermutlich ist es meine Schuld.

»In deinem Alter schon?«

»In jedem Alter«, sagt sie, ein wenig brüsk. Aus der Tasche ihrer khakifarbenen Shorts zieht sie eine Packung *Hollywoods* hervor, holt eine Zigarette heraus und steckt sie sich an.

»Du gehst bald auf die Uni, dort wird es anders sein.«

»Dort wartet jede Menge Arbeit auf mich.«

»Arbeit tut einem gut. Meine Familie arbeitet nicht genug. Sie sind ein Haufen Faulpelze.«

»Sie sind glücklich.«

»Brasilianer sind gut darin, Glück vorzuspielen.«

»Mal ganz im Ernst – warum hast du Brasilien verlassen?«, fragt sie.

»Es liegt mir im Blut.«

»Was soll das heißen?«

»Die meisten meiner Vorfahren stammen nicht aus Brasilien. Sie kamen aus Portugal, Libanon, Italien. Das viele Umherreisen in der Welt – es ist schwer, damit aufzuhören.«

Bia nickt, ihr Gesicht glänzt, strahlt. Ihr gebräunter Arm, der auf der Brüstung der Fähre lehnt, ist schmal und sehnig. Mittlerweile ist es unerträglich schwül. Wir setzen uns hin. Sie liest ein Buch – John Updikes *Brasilien,* das fürchterlich ist, was ich aber für mich behalte –, während ich ihren *Lonely Planet Brasilien* durchblättere. Siebenhundert Seiten voller Sehenswürdigkeiten, die ich mir nie anschauen werde.

»*Bom dia*«, sagt jemand, und ich blicke auf.

Es ist einer der Gringos, die ich in die klimatisierte Lounge habe hasten sehen – ein Mann, etwa in meinem Alter, mit grauem Haar, Shorts, T-Shirt und Bauchtasche. Er beugt sich zu uns vor, einen Fuß auf einem Stuhl aufgestützt. Sein weißes Gesicht ist vor Hitze rot angelaufen.

»*Bom dia*«, sage ich.

Doch er ist kein Gringo – bloß einer dieser seltsamen Südbrasilianer, die nicht brasilianisch wirken. Nicht bloß aufgrund seiner deutschen Blässe, sondern auch wegen seines fremdartigen Gebarens.

»Wussten Sie, dass es da oben einen Raum mit Klimaanlage gibt?«, fragt er.

»Ja, das weiß ich.«

»Sie beide sollten dort oben sitzen, nicht hier unten.«

»Sollten wir das?«, frage ich.

»Ich habe mich gewundert, dass Sie und Ihre Tochter hier unten geblieben sind, und dachte, ich komme mal vorbei, um Ihnen Bescheid zu geben.«

»Wir sitzen gerne hier draußen.«

Ich blicke zu den anderen Leuten hinüber, die auf dem offenen Deck sitzen. Auf ihre Taschen, die mit Obst und Gemüse gefüllt sind. Auf ihre dunklen, von der Arbeit gezeichneten Gesichter.

»Dort oben haben Sie es bequemer«, sagt er.

»Wir möchten hier sitzen und die Aussicht genießen. Danke für den Hinweis, aber wir bleiben hier.«

Seine Augenbrauen ziehen sich enger zusammen. Vor seiner hummerfarbenen Haut erscheinen sie grau wie Staub. Ihm steht der Mund offen, vielleicht vor Verlegenheit, vielleicht nur wegen der Hitze.

»Okay, kein Problem.«

Er tritt den Rückzug an, schlendert übertrieben lässig zu seiner Erste-Klasse-Lounge im oberen Geschoss, als hätte es den Wortwechsel zwischen uns gar nicht gegeben.

»Was war das denn?«, fragt Bia.

»Ein idiotischer *gaúcho*.«

»Was ist ein *gaúcho*?«

»Jemand aus dem Süden. Mit deutscher Abstammung – sie sehen aus wie Gringos, ist dir das aufgefallen? Aber in all meinen Jahren in London habe ich keinen einzigen Gringo erlebt, der sich so verhalten hätte. Er ist zu hundert Prozent brasilianisch, dieser *filho da puta*.«

»Was zum Teufel hat er denn gesagt?«

»Er meint, wir sollten oben bei den anderen Weißen sitzen.«

»Machst du Witze?«

Wie war er zu dem Entschluss gekommen, eine Stunde nach Beginn der Überfahrt zu uns herunterzukommen, um uns vor dem Fußvolk zu retten? Offenbar fühlte sich der Mann mir verbunden, weniger aufgrund meiner Hautfarbe – ich bin nicht gerade weiß –, sondern aufgrund anderer Merkmale: Ray-Ban-Sonnenbrille, Segelschuhe, ein iPhone in der Brusttasche und eine Tochter, die mit mir Englisch spricht.

»Was für ein Wichser«, sagt sie.

Bedauerlicherweise habe ich eins mit den *gaúchos* gemeinsam: eine Vorliebe für rustikale Boutique-Hotels. Wir steigen in demselben Gästehaus ab, der Pousada Laranja in Salvaterra. Das Hotel schickt einen Minibus, der uns von der Fähre abholt, damit wir uns nicht mit den lokalen Taxis und der Geruchsmischung aus Hühnerscheiße, Dschungel und Schweiß herumschlagen müssen, die ich von meinem Besuch vor dreißig Jahren kenne. Doch das tut nichts zur Sache. In meiner Tasche befindet sich ein kleines Stück Papier mit der Adresse von Luanas *pousada*, die sie mir per E-Mail geschickt hat. Ich habe sie mir notiert, obwohl ich sie bereits auswendig kannte, als würde sie echter werden, indem ich sie aufschrieb. Casa da Luana, Rua Decima Segunda, Hausnummer zehn. Ich suchte im Internet danach, doch das Gästehaus hatte noch keine eigene Homepage – bloß zwei Bewertungen auf TripAdvisor mit einem Foto vom Frühstücksbuffet. Ich fand Salvaterra und seine nummerierten Straßennamen auf einem Plan: Rua Primeira, Rua Segunda, Rua Terceira, Rua Quarta und so weiter. Ihre *pousada* befindet sich auf der zwölften Straße, und sie erwartet mich heute im Laufe des Tages. Gestern Abend in Belém habe ich Bia erzählt, dass ich in Marajó eine alte Freundin besuchen würde. Es schien ihr nichts auszumachen. Vielleicht war sie erleichtert, dass sie nicht mitkommen musste, oder sie war nach mehreren Runden Bier einfach zu angeheitert, um anzumerken, dass ihr alter Dad keine alten Freunde hatte, nirgendwo.

Die Pousada Laranja liegt direkt am Strand: mehrere pastellorange Hütten scharen sich um einen kleinen Pool, falls den Gästen nicht der Sinn danach steht, im Fluss zu schwimmen. Unser Minibus setzt uns kurz vor zwölf Uhr mittags dort ab. Der arme *gaúcho* sitzt ganz hinten im Bus und scheint es kaum abwarten zu können, endlich auszusteigen und mir zu entkommen. Bia und ich essen einen ausgezeichneten Fischeintopf zu Mittag, direkt am Strand. 1985 gab es hier noch keine *pousada*. Einige Dinge haben sich verändert, nicht aber der Fluss – er ist immer noch genauso endlos und leicht trüb. Ich erinnere mich, wie ich an genau diesem Strand rausgeschwommen bin und Papai und Thiago weit zurückgelassen habe. Wie ich mich auf dem Rücken treiben ließ und über meine Vergangenheit nachdachte, dabei hatte ich damals noch gar keine Vergangenheit. Irgendwie bin ich immer noch dieselbe Person, in schlechterer Verpackung, in Begleitung dieses reizenden Mädchens, das ich erschaffen habe.

Eine weitere Sache, die sich nicht verändert hat: Es ist glühend heiß. Auf Bias Gesicht sind bereits die ersten roten Flecken zu sehen.

»Du solltest immer Lichtschutzfaktor dreißig benutzen«, sage ich, als ein Kellner beginnt, unsere Teller abzuräumen.

»Ja, ich weiß, ich bin schließlich keine zwölf mehr«, sagt Bia.

»Wenn du erst mal so alt bist wie ich, wirst du mir dankbar sein, weil du immer noch eine schöne Frau bist und keine verschrumpelte alte Schachtel.«

»Ich werde nie so alt sein wie du.«

»Was soll das denn heißen?«

»Nichts. Bloßes Wunschdenken.«

Sie nimmt einen Schluck aus ihrer Kokosnuss.

»Alles okay mit dir, Dad?«

»Ja, warum?«

»Dein Mund zuckt.«

Ich berühre meinen Mund. Spüre ein leichtes Pochen.

»Ich bin bloß müde vom vielen Reisen«, sage ich. »Ich sollte jetzt besser aufbrechen.«

»Wo gehst du hin?«

»Eine alte Bekannte besuchen – ich habe dir gestern Abend davon erzählt.«

»Hast du? Ach, stimmt, das hast du. Wer ist sie? Eine Exfreundin?«, fragt sie grinsend.

Ihre Zähne sind weiß und gerade, heben sich von ihrer zunehmend roten Haut ab.

»Nein, nein. Bloß eine alte Freundin aus Rio. Und was hast du vor?«

»Am Strand rumliegen.«

»Setz einen Hut auf«, sage ich.

Sie verdreht die Augen, holt ihr Handy aus der Tasche und entwirrt ihre blauen Kopfhörer.

»Ich hole dich dann hier wieder ab«, sage ich. »Ich möchte

noch eine Runde schwimmen gehen, bevor die Sonne untergeht.«

»Okay, Dad. Viel Spaß.«

Ich setze mir meinen Panama-Hut auf und gehe los, zwischen den Hütten hindurch, am Swimmingpool vorbei, winke dem *gaúcho* zu, der neben dem Becken steht (Dummkopf, wer planscht schon im Pool, wenn er im Amazonas schwimmen kann?), und er winkt zurück, dann habe ich die Straße erreicht. Es gibt kaum Schatten, um sich vor der Sonne zu schützen, weil die Häuser so niedrig sind – nur die sengende gelbe Sonne. Ich habe mir einen kleinen Plan gezeichnet und mir Luanas Wegbeschreibung eingeprägt. »Du kannst dich nicht verlaufen«, versicherte sie mir – offenbar wusste sie nichts von meinem erbärmlichen Orientierungssinn. »Außerdem kennst du es ja bereits.«

Nein, ich kenne Salvaterra nicht wirklich. Die Straßen sehen vertraut aus, aber bloß vage, so als würde man im Traum jemanden wiedererkennen, aber beim Aufwachen denken: Wer zum Teufel *war* das? Eine alte schwarze Frau in einem langen weißen Kleid kommt mir entgegen, sie trägt einen rosa Schirm. Sonnencremedurchtränkter Schweiß strömt mir in die Augen und bringt sie zum Brennen.

»Guten Tag«, sage ich.

»Guten Tag, *senhor*!«

Ein kleiner goldbrauner Hund beginnt mir zu folgen, trottet langsam voran, die Zunge hängt ihm aus dem Maul. Ich tätschele ihm den Kopf. Er ist noch ein Welpe und sehr niedlich, obwohl er ein Streuner ist. Jungen fahren auf Fahrrädern vorbei, die aussehen, als hätten sie sie auf der Müllkippe gefunden. Fröhlich pfeifen sie vor sich hin. Der Hund läuft ihnen hinterher. An den Häusern stehen die Fenster und Türen offen, aus allen Radios ertönt dasselbe Lied; ein altes, melancholisches Stück, das ich nicht erkenne, eine Frauenstimme, die ein Liebeslied singt. Bei Luanas Straße angekommen, bleibe ich stehen und versuche, wieder zu Atem zu kommen. Ich schwitze wie ein Pferd. (Ich erinnere mich daran, wie ich in Teresópolis mit Mamãe reiten gegangen bin, als ich acht Jahre alt war, bevor sie mit Thiago schwanger wurde. Als ich die Hand nach unten ausstreckte und den Hals des Pferdes streichelte, fühlte es sich warm und feucht an, pulsierend vor Leben.)

Ich gehe die Straße entlang, sehe aber keine Hausnummern. Ein Junge sitzt am Straßenrand und spielt mit einem Hund – eine schwarz-braune Promenadenmischung –, ärgert ihn mit einem kurzen Stock.

»Guten Tag«, sage ich.

»*Olá, senhor.*«

»Weißt du, welches Haus die Nummer zehn ist? Es ist eine *pousada.*«

»Luanas *pousada?*«, fragt er, und mir springt fast das Herz aus der Brust. Ich bringe ein Nicken zustande. »Es ist gleich dort drüben, das blaue Haus.«

Er deutet auf die gegenüberliegende Straßenseite, ein paar Häuser weiter. Das blaue Haus. Natürlich, Papais Haus. Daran hängt ein Schild: »Casa da Luana«. Jetzt gehört es ihr. Nach Papais Tod war mir aufgefallen, dass das Haus nicht in seinem Testament aufgeführt wurde, aber Thiago sagte, es sei einige Jahre zuvor verkauft worden – das hatte Papai ihm erzählt. Der Garten quillt vor leuchtenden Blumen über – rosa Hibiskus, gelbe und purpurfarbene Orchideen, andere Blumen, die ich nicht einzuordnen weiß, in allen erdenklichen Farben – deutlich mehr als die, an die ich mich erinnere. Ich gehe zur Haustür, hole ein Taschentuch aus meiner Tasche hervor und wische mir den Schweiß aus dem Gesicht. Eine junge Frau kommt heraus, trägt ein kleines Kind auf der Hüfte. Ein paar Sekunden lang stockt mir der Atem.

»Guten Tag«, sagt sie und lässt die Tür für mich offen.

Doch es ist nicht Luana, denn Luana ist nicht mehr jung. Ich trete ein.

Ritas Tochter. Unsere *empregada*. Die Tochter meines Vaters. Die Mutter meines Sohns. Meine Schwester. Meine Luana. Ich erkenne sie sofort, als ich sie an der Rezeption ihrer *pousada* sitzen sehe, im ehemaligen Hausflur. Ich entdecke sie, bevor sie mich sieht. Sie blickt nach unten, auf die Papiere auf ihrem Schreibtisch, trägt eine Brille mit Drahtgestell. Ihr Gesicht ist schmaler, als ich es in Erinnerung habe – fein geschnitten. Sie trägt eine schwarze Weste, die Locken offen, an den Spitzen von der Sonne gebleicht. Sie schiebt sich die Brille in die Haare und blickt auf. Ihre Augen sind immer noch grün. Natürlich sind sie das.

»Kann ich Ihnen helfen, *senhor*?«, fragt sie.

»Luana.«

Ihr bleibt der Mund offen stehen. Er besitzt immer noch diese tief geschwungene portugiesische Form; der Mund meines Vaters. Sie lächelt, aber nur eine Sekunde lang, dann setzt sie sich die Brille wieder auf die Nase und steht auf. Blaue Jeans und Gummi-Flip-Flops.

»Hallo, André.«

Wie viele Jahre habe ich damit zugebracht, sie in den hintersten Winkel meines Gedächtnisses zu verbannen. Doch Luana ist hier, sie ist echt, es ist wirklich passiert. Sie ist meine Schwester, und ich habe sie geliebt, und es ist abscheulich, und nie habe ich mich jemandem näher gefühlt. Sie steht vor mir, wartet darauf, dass ich etwas sage, aber ich kriege kein Wort raus, befinde mich in Schockstarre. Stirnrunzelnd mustert sie mich von Kopf bis Fuß. Ich fühle mich befangen, alt und hässlich. Sie ist immer noch wunderschön, aber mit einer Spur von Überdruss, der ihr gut zu Gesicht steht, ihr Eleganz verleiht, erwachsene Weiblichkeit. Ich weiß nicht, wie ich sie begrüßen soll. Ein Kuss auf jede Wange? Eine Umarmung? Ein Händedruck? Ich warte, dass sie den ersten Schritt macht. Ein paar Sekunden stehen wir einfach da und sehen uns an. Sie streckt die Hand aus und ich schüttle sie, dann schmunzelt sie über die förmliche Geste. Sie tritt einen Schritt zurück, von mir weg.

»Wo ist deine Brille?«, fragt sie.

»Ich trage Kontaktlinsen. Aber du hast jetzt eine Brille.«

»Ich bin kurzsichtig, war es selbst damals schon – ich wusste es nur nicht.«

Wie konnte ich das vergessen? Wie sie blinzelnd auf den Fernseher geschaut hatte, wenn die Telenovelas liefen – warum war mir das nicht aufgefallen? Wir waren beide halb blind, wie unser Vater. Die Luft zwischen uns knistert vor Befangenheit.

»Möchtest du etwas trinken?«, fragt sie.

»Etwas Wasser wäre gut. Ich bin diese Hitze nicht mehr gewohnt.«

»Wie wär's mit einem kühlen Bier?«

»Noch besser.«

»Komm, wir setzen uns draußen auf die Veranda.«

Wir nehmen im Schatten Platz, auf Korbstühlen, die nebeneinanderstehen, damit wir uns nicht in die Augen blicken müssen. Luana hat die Stühle so angeordnet. Sie sieht die meiste Zeit zur Straße hinüber, als wäre mein Anblick unerträglich.

»Wie ist *Londres?*«, fragt sie, während sie an ihrem Bier nippt.

»Gut«, sage ich und blicke zu ihr hinüber, aber sie sieht mich nicht an. »Es ist mittlerweile mein Zuhause. Ich bin schon so lange dort.«

Ich blicke wieder zur Straße hinüber. Keine Autos, keine Fußgänger, aber auf der gegenüberliegenden Straßenseite sitzt ein altes Paar auf seiner Veranda und sieht zu uns herüber, hoffentlich zu weit entfernt, um unser Gespräch mit anzuhören. Winzige Kolibris kommen in Luanas Garten herabgeschossen, fliegen von einer Blume zur nächsten.

»Ich weiß«, sagt sie. »Matheus hat mir davon erzählt.«

»Hast du ihn oft gesehen, bevor er gestorben ist?«

»Nein, gar nicht. Nachdem ich Rio verlassen hatte, habe ich ihn nie wiedergesehen, aber wir haben uns ein paarmal pro Jahr geschrieben. Ich glaube, es war besser so. Er war nie mein Vater, nicht richtig, aber ich bin ihm dankbar, dass er mir das hier vermacht hat«, sagt sie und deutet auf das Haus. »Ich wollte weg aus Rio – es war kein guter Ort für … für einen Jungen, um dort aufzuwachsen – und mir gefiel es hier. Also zogen wir hoch in den Norden, und ich fing an, in Restaurants zu arbeiten, als Köchin und Kellnerin. So habe ich meinen Mann kennengelernt, Jorge – ihm gehörte eine der Strandbars. Entschuldige, rede ich zu viel?«

Sie drückt die Lippen aufeinander und lacht, wie ich es nie zuvor gesehen habe, leicht und unbeschwert, doch dann hält sie inne und richtet den Blick wieder auf die Straße.

»Nein, natürlich nicht. Es ist großartig, was du hier erschaffen hast.«

»Wir haben die *pousada* erst dieses Jahr eröffnet«, sagt sie.

»Nachdem …?«

»Ja. Mir stand der Sinn nach etwas Neuem.«

Sie macht eine kurze Pause und trinkt ihr Bier.

»Hast du Brasilien meinetwegen verlassen?«, fragt sie, wendet mir den Kopf zu und blickt mir geradewegs in die Augen.

Ihr Selbstbewusstsein bringt mich aus der Fassung. Ich wende den Blick ab – richte ihn auf das alte Paar, das uns immer noch schweigend beobachtet. Der Mann steckt sich eine Zigarette an, und die Frau fächelt sich mit einem Stück Pappe Luft zu.

»Ja«, sage ich. »Es erschien mir am leichtesten, wegzulaufen – eine einfache Lösung.«

»War es das wert?«

»Meine Frau hat mich gerade verlassen, also nein, vermutlich nicht, aber meine Töchter waren es wert. Ich habe den gleichen Fehler begangen, den Menschen seit Anbeginn der Zeit machen: zu denken, man könnte sich ändern, indem man einfach woandershin geht. *Meu Deus*, ich klinge wie ein Selbsthilfebuch.«

Sie lacht schnaufend – ihr altes Lachen. Es ist entzückend anzuhören. Zwischen ihren Vorderzähnen hat sie eine kleine Lücke, an die ich mich nicht erinnere, und wenn sie lächelt, sehe ich ein winziges Stück rosa Zunge hervorschauen. Ebenfalls neu an ihr: Sie hat dunkelbraune Sommersprossen auf den Wangen, hervorgelockt von der nördlichen Sonne.

»Ich wäre nicht gegangen, wenn ich von Chico gewusst hätte«, sage ich. »Das weißt du, oder?«

Sie reagiert nicht – trinkt nur ihr Bier weiter. Was denkt sie bloß?

»Wie ist sie«, fragt sie dann, »deine Frau?«

»Sie ist auch Ärztin. Sie heißt Esther. Sie ist … sie ist großartig.«

Luana schürzt die Lippen, wie um zu sagen: Tut mir leid, dass du's versaut hast.

»Und deine Töchter?«

»Sie heißen Hannah und Beatriz.«

»Wie Dona Beatriz.«

»Sie sieht ihr auch ähnlich. Sie ist mit mir hier auf Marajó. Sie wird Medizin studieren.«

»So wie meine Tochter.«

»Sie sind Cousinen«, spreche ich aus, was mir soeben erst klar wird.

Luana trinkt noch einen Schluck Bier, dann füllt sie ihr Glas auf. Ich sehe ein goldenes Glitzern an ihrer Hand.

»Ich wäre gern Ärztin geworden«, sagt sie.

»Wirklich?«

»Ja, oder Anwältin oder etwas in der Art. Etwas *Gutes*. Ich habe dich beneidet, weißt du, aber letzten Endes war ich glücklich damit, meine Kinder hier großzuziehen und mit meinem Mann zusammenzuleben.«

»Wo ist Jorge?«

»Er ist heute in Belém, aber er kommt später zurück. Wir fahren häufig dorthin, schließlich wohnen unsere Kinder … wohnt Iracema ja da.«

Unsere Kinder. Einen Moment lang schien sie es vergessen zu haben, doch dann wischt sie den Lapsus mit einem raschen Lächeln beiseite. Es muss ihr ständig passieren. Ich kann mir nicht ausmalen, wie es sich anfühlen muss, ein Kind zu verlieren. Ich habe ihn verloren, bevor ich ihn gefunden habe.

»Und Rita wohnt immer noch in Rio?«, frage ich.

»Ja.«

»Richte ihr einen schönen Gruß von mir aus.«

»Nein«, sagt sie, »das werde ich nicht tun. Sie wäre nicht damit einverstanden, dass wir uns treffen.«

Sie blickt wieder auf die Straße und atmet schwer aus, bemüht sich, ruhig zu bleiben.

»Entschuldige. Vergiss, was ich gesagt habe.«

»Du glaubst, du wärst immer noch ihr Andrézinho, stimmt's? *Andrézinho da Rita*«, ahmt sie den lieblichen Tonfall nach, in dem ihre Mutter früher mit uns gesprochen hat. Auch sie hat damals in diesem Tonfall gesprochen, wie mir klar wird, doch ihre Stimme hat sich verändert. Sie ist tief und souverän, nicht länger lieblich.

»Es tut mir so leid, Luana.«

»Gut. Ich bin froh, dass es dir leidtut.«

Ich habe mein Bier kaum angerührt. Das Glas fühlt sich warm in meiner Hand an. Mein Mund ist trocken, und ich trinke einen Schluck. Der Moment verstreicht, und Luana fährt fort, mir von ihrem Leben zu erzählen. Sie ist in den vergangenen dreißig Jahren gesprächig geworden, vielleicht war sie es auch schon immer, und ich wusste es bloß nicht. Sie erzählt mir von Jorge, den sie während ihres ersten Monats auf der Insel kennenlernte, vor zwei Jahrzehnten, als sie in seiner Bar arbeitete. Er ist ruhig und bescheiden, sagt sie, und er liebte Chico, der bei ihrer Ankunft hier acht Jahre alt war. Und Chico liebte ihn. Als er in die Gastronomie ging, trat er in Jorges berufliche Fußstapfen. Jorge, der perfekte Vater. Jorge, der perfekte Ehemann.

»Ich weiß, für jemanden wie dich ist das keine große Errungenschaft«, sagt sie, »aber für einen Jungen aus Vidigal …«

»Er muss sehr engagiert gewesen sein.«

»Er hätte noch sehr viel mehr erreicht«, sagt sie. »Ich habe es immer gewusst.«

Ich bin stolz auf ihn, möchte ich sagen, kann es aber nicht. Ich habe rein gar nichts mit seinen Erfolgen zu tun. Das Einzige, was ich ihm vermacht habe, war mein Blut. Ob er Jorge »Papai« genannt hat? Ich frage nicht nach.

»Wie war er, Luana?«

»Komm und sieh selbst. Ich zeige es dir.«

Wir gehen ins Haus. Im Gegensatz zur unserer Wohnung in Ipanema ist der ursprüngliche Charakter des Hauses noch beinahe vollständig erhalten. Ich frage mich, ob ich eines der Gemälde an den Wänden wiedererkenne. Luana führt mich in den hinteren Teil des Hauses, hinter der Küche. Das Fernsehzimmer, in dem wir uns zum ersten Mal geküsst haben, ist jetzt verschlossen, und auf einem Keramikschild steht eine »1«, doch durch die Tür höre ich aufgezeichnetes Gelächter. Luana hat die Quartiere der Hausmädchen in eine separate Wohnung umgewandelt, in der sie mit Jorge wohnt, aber wir gehen nur bis ins Wohnzimmer.

»Das ist er«, sagt sie und nimmt ein Foto von ihrer Familie vor dem blauen Haus in die Hand. Darauf umarmt Luana einen älteren schwarzen Mann, ein pummeliges Mädchen im Teenageralter und einen jungen Mann, der größer ist als sie alle. Olivfarbene Haut, heller als Luanas, kurz geschnittenes lockiges Haar und, unverkennbar, Thiagos strahlendes breites Lächeln.

»Was für ein hübscher Junge«, sage ich.

»Er sieht aus wie Thiago, findest du nicht?«

»Genau das habe ich auch gerade gedacht. Hat er Jorges Nachnamen angenommen?«

»Nein, er hieß wie ich. Nazaré.«

»Francisco Nazaré.«

Sie nickt, den Blick immer noch auf das Foto gerichtet.

»Wann ist das Bild entstanden?«, frage ich.

»Vor zwei Jahren.«

Er weiß nicht, dass er sterben wird. Er weiß nicht, dass er niemals Kinder haben oder heiraten wird, niemals erleben wird, wie seine Schwester Ärztin wird. Er wird seinen Vater nie kennenlernen und weiß es nicht. Es ist das breite Lächeln eines unschuldigen Kindes. Meines Kindes. Ich entschuldige mich, weil mir Tränen in die Augen gestiegen sind. Ich spüre Luanas Hand auf meiner Schulter, dann liege ich in ihren Armen und halte sie fest. Ihr Körper fühlt sich kleiner und kräftiger an als in meinen Träumen, der Körper einer Fremden. Ich spüre ein Beben und weiß, dass sie weint. Sie sagt, ich bräuchte mich nicht länger zusammenzureißen, aber ich bringe es nicht über mich – ich kann nicht vor ihr weinen –, also hole ich ein paarmal tief Luft und schlucke die Tränen hinunter.

»Es tut mir so leid, Lua. Alles.«

Sie tritt zurück, hebt ihre Brille an und wischt sich durch die Augen.

»Du warst zu jung, um zu wissen, was du tatest«, sagt sie, »und ich war zu jung, um dich davon abzuhalten.«

»Aber du warst auch in mich verliebt, oder nicht?«

Sie war diejenige, die zu mir ins Zimmer gekommen war.

»Lass uns jetzt nicht davon anfangen«, sagt sie. »Vielleicht bei anderer Gelegenheit.«

Es wird keine andere Gelegenheit geben – das wäre sie gewesen.

»Etwas Gutes ist daraus entstanden, und das war Chico«, sagt sie. »Sechsundzwanzig Jahre lang hatte ich den besten Sohn, den man sich vorstellen kann. Ich wünschte, du hättest ihn kennengelernt, denn du hättest ihn auch geliebt. Deshalb – deshalb habe ich dir die Briefe geschickt. Ich wollte, dass du ihn kennenlernst. Ich wollte, dass du weißt«, sagt sie behutsam, »wie es sich angefühlt hat, ihn zu verlieren.«

»Danke«, sage ich.

»Haben dich die Briefe traurig gemacht?«, fragt sie mit hoffnungsvollem Blick, und wer könnte ihr einen Vorwurf daraus machen? Während ich mich bemüht habe, die Vergangenheit zu verscharren, hat sie jeden Tag damit gelebt. Die Vergangenheit hatte einen Namen, war ein Mensch gewesen.

»Ja«, sage ich, »sehr sogar. Ich habe sie Hunderte Male gelesen.«

»Gut. Ich bin froh darüber.«

Sie haben mich in den Wahnsinn getrieben, möchte ich sagen. Mein Leben ist ruiniert.

Doch stattdessen frage ich: »Luana, kommst du mit mir an den Strand? Ich würde dir gern Beatriz vorstellen.«

Eine Sekunde wirkt sie schockiert, doch sie ist gut darin, ihre Gefühle zu verbergen – hat jahrelange Übung darin als *empregada*, Kellnerin, Gastgeberin.

»Ich sage ihr nichts«, versichere ich. »Ich möchte nur, dass du sie kennenlernst.«

Sie lächelt und sagt: »Okay, ich komme mit.«

Wir gehen unter einem Mickey-Maus-Schirm die Straße entlang, wie Freunde, wie Geschwister; unsere Körper sind sich nicht so nah, dass man uns für ein Paar halten könnte. Luana erzählt mir, dass Jorge bestens über mich und meinen Besuch informiert ist. Auch Chico hatte von mir gewusst. Sogar Iracema wuchs in dem Wissen auf, dass ein Arzt aus Rio der Papai ihres Bruders war. Manchmal vergesse ich kurz, dass ich neben Luana hergehe, durch die Straßen von Marajó. Dann wird es mir wieder bewusst, und ich bin verblüfft, denke daran zurück, wie wir als Kinder durch dieselben Straßen spaziert sind, ohne die leiseste Ahnung von der Zukunft. Es gab bloß heute und morgen, den Strand und den Fluss.

Als wir den Strand erreichen, sehe ich Bia im flachen Wasser stehen. Ich rufe sie zu uns.

»*Meu Deus*«, sagt Luana. »Sie sieht genauso aus wie Dona Beatriz.«

Bia blickt verwirrt und mürrisch drein, ihr typischer Gesichtsausdruck vor einem Streit mit Esther. Doch als sie Luana aus der Nähe sieht, lächelt sie und reicht ihr die Hand. Statt ihr die Hand zu schütteln, küsst Luana sie auf beide Wangen. Bia hat die Etikette noch nicht verinnerlicht.

»Das ist meine Tochter«, sage ich auf Portugiesisch zu Luana, und auf Englisch sage ich: »Bia, das ist Luana, eine Freundin von früher.«

»Freut mich. Wie habt ihr euch kennengelernt?«

»Luanas Mutter war mein Kindermädchen. Wir sind zusammen aufgewachsen.«

»Was hast du gesagt?«, fragt Luana.

»Einen kleinen Teil der Wahrheit. Nicht alles.«

»Wirst du es ihr je erzählen?«

»Ich glaube schon. Aber nicht heute.«

Wir gehen in den Fluss, meine Tochter und ich.

»Sie ist sehr hübsch, deine Bekannte«, sagt Bia, als das Wasser an unseren Beinen emporsteigt.

»Ja, das ist sie.«

Luana bleibt am Strand zurück und bestellt sich an der Bar eine Cola. Sie hat gesagt, sie werde auf uns warten; später könnten wir gemeinsam zum blauen Haus gehen, um Jorge kennenzulernen – er wird dann aus Belém zurück sein. Was um alles in der Welt wird er über mich denken?

Bia ist eine gute Schwimmerin und schwimmt schon bald

weit voraus – ist nur noch ein schwarzer Punkt auf dem Wasser, das kühl, ruhig und himmlisch ist. Werde ich hier je noch einmal schwimmen gehen? Nein. Nur in meinen Träumen. Ich liege auf dem Rücken und lasse mich treiben, so wie damals, fühle mich fast wie früher. Bin bloß Fleisch und Knochen und Wasser, bloß ein weiteres Tier, ein weiterer Indianer, der im Amazonas schwimmt. Und dann blicke ich auf meine Arme – die von weißen Sonnensprenkeln überzogen sind – und auf meinen schlaffen Bauch und rufe nach meiner Tochter, weil ich mir Sorgen mache, dass sie zu weit rausgeschwommen ist. Ich schwimme zurück ans Ufer, Bia folgt mir in mehreren Metern Abstand. Das Platschen ihrer Kraulzüge beruhigt mich.

Als ich aus dem Wasser komme, blicke ich mich nach Luana um, entdecke sie aber nicht. Sie sitzt nicht mehr an ihrem Tisch. Ich gehe auf den jungen Mann zu, der die Bar betreibt. Er steht hinter der Theke und tippt auf seinem Handy herum.

»Hallo«, sage ich. »Eine Freundin von mir hat dort drüben an dem Tisch gesessen – wissen Sie, wo sie hingegangen ist?«

»Wer, Luana?«

»Sie kennen sie?«

»Ja. Sie hat bezahlt und ist gegangen, *senhor.*«

»Auf der Toilette ist sie nicht zufällig?«

»Nein, ich habe sie in diese Richtung davongehen sehen.«

Er zeigt vom Fluss weg auf die Straße.

»Sie sind ein Freund von Luana?«, fragt er leicht ungläubig.

»Ja, wir haben uns in Rio kennengelernt.«

»Wahrscheinlich ist sie bloß zurück zu ihrer *pousada* gegangen – wissen Sie, wo die ist?«

»Ja«, sage ich. »Kein Problem, ich sehe sie später noch.«

Er wendet sich wieder seinem Handy zu.

Vielleicht sind wir zu lange im Fluss geblieben und sie musste wieder zurück zu ihrer Arbeit. Ja. Sie ruft vielleicht später an und erklärt mir alles, und dann können wir uns morgen noch einmal treffen und uns weiter über Chico unterhalten. Ich werde in ihrem Wohnzimmer sitzen und mir vorstellen, er säße neben mir. Er wäre jetzt siebenundzwanzig – immer noch ein junger Mann, lachhaft jung –, würde Thiagos Lächeln lächeln und mir von seiner Arbeit in Belém erzählen. Ich würde ihm ein Flugticket nach London kaufen. Er würde seine englischen Schwestern kennenlernen. Sie würden ihn lieben, obwohl sie nicht dieselbe Sprache sprechen.

Eine Cola-Flasche und ein Glas stehen auf einem weißen Plastiktisch ein paar Meter entfernt. Beide sind fast leer. Am Rand des Glases befindet sich ein blasser Abdruck, dort, wo die Lippen meiner Schwester es berührt haben. Das körnige Muster ihres Mundes. Hinter mir watet meine Tochter aus dem Fluss heraus. Ich höre, wie sie mit den nackten Füßen über den Sand geht. Ich hebe das Glas hoch und halte es in die Sonne, um Luanas Abdruck zu betrachten – ihn mir einzuprägen –, dann lege ich die Lippen darüber und trinke die letzten Tropfen der süßen warmen Flüssigkeit.

Dank

Ich danke Emma Paterson bei Rogers, Coleridge & White, Mary Mount bei Viking, John Glynn und Nan Graham bei Scribner, Julia Sauma, Ardashir Vakil, Rachel Seiffert, Ramesh Gunesekera, Michal Shavit, Alex Christofi, Matt Smedley, Beatriz Bastos, Ana Abrew, Ana Paulina Sauma, Maxim de Sauma, Gabriel Sauma und ganz besonders Tim Goalen.